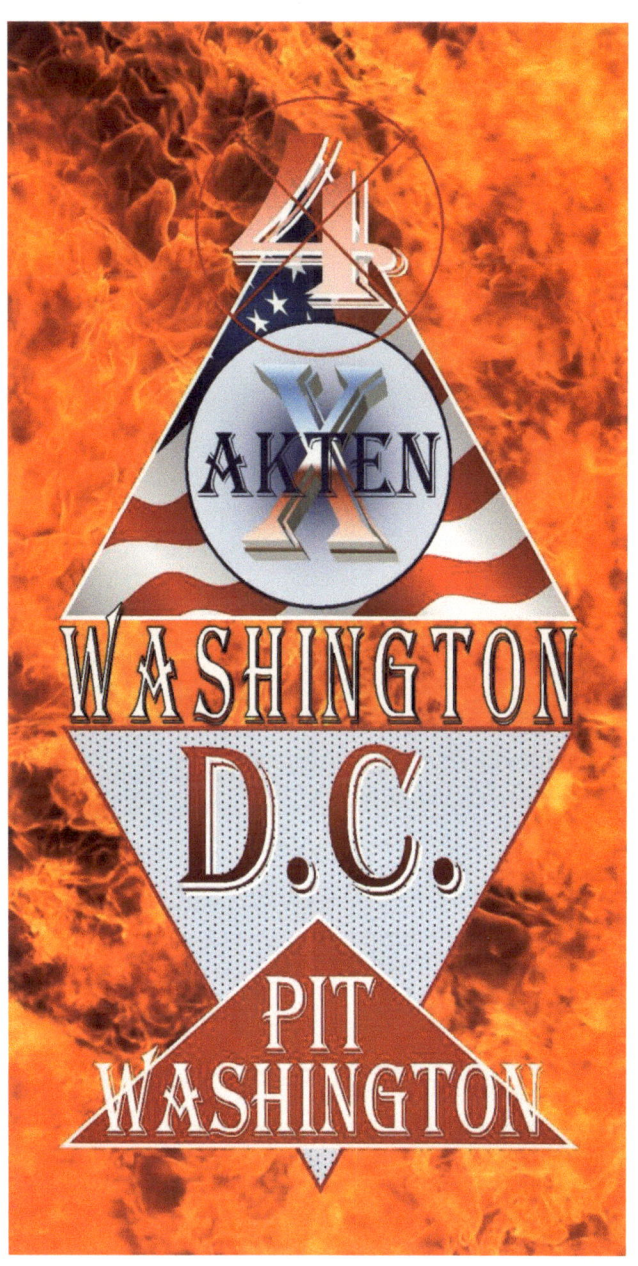

Cover & Design: P i T

Alle Stories sind frei erfunden

Impressum:

Herstellung und Verlag:
BoD - Books on Demand, Norderstedt
ISBN 978-3-7460-6684-4

© 2017

7	Das Böse 1
12	Das Böse 2 & 3
22	Kollision
30	Vermisst
36	City of Stupidity
42	Albtraum
49	Telefonzelle
53	Rosen
56	Verfahren
59	Die Bar
65	Einbruch
70	Der Helm
75	Der Fluch
83	Mordfall
90	Begegnung
95	Spritztour
99	Schwimmbad
104	Loch
109	Banküberfall
113	Buße
119	Stadt der Engel
124	Schreckensfahrt
127	Weihnachtsengel
134	Die Kette
138	Seemannsgarn
146	Traum
152	Wunschbuch
158	Letzter Arbeitstag
163	Jungbrunnen
169	Alpträume
173	Brücke
176	Schmetterlinge
183	Soße
188	Flug 2033
193	USB-Stick
200	Hauch des Lebens
205	Fantasien
210	Bommel-Mütze
213	Letzter Fall

WASHINGTON D.C.

218	Sandra
224	Hexe
230	Kredithai
237	Stein
242	Apotheke
246	Kleine Elfe
254	Kronleuchter
258	Knoten
264	Tattoo
268	Steppenbrand
272	Basecap
276	Flug ins Jenseits
284	Lebensbrunnen
291	Erbschaft
298	Pullover
303	Gelber Eimer
306	Hotel des Schreckens
313	Fuchs
320	Ausfahrt 77
333	Haus des Todes

Das Böse 1

Vor langer Zeit, als sich die Erde noch entwickelte und es noch keine Menschen gab, hatte es sich zugetragen, dass aus den schwarzen Tiefen des Universums eine riesige Hand durchs Universum fuhr. Es war das Böse, das nach dem Guten suchte, um es zu vernichten. Wer die Hand lenkte war nicht zu erkennen. Doch sie bewegte sich stetig und ohne Unterlass durch die unergründlichen und unermesslichen Weiten der zahllosen Galaxien. Schließlich traf sie auf die noch junge Erde und sie sah, wie dutzende Vulkane auf ihr eine Atmosphäre begannen zu bilden. Die Hand spürte, dass es das Leben war, das sich auf diesem kleinen Planeten herausbildete. Sie fühlte, dass es das Gute war, dass da entstand und sie wollte es vernichten. Schon holte sie zum vernichtenden Schlag aus und zielte geradewegs auf den Planeten. Doch die stetige Bewegung des Planeten um die Sonne bewirkte, dass die Hand den Planeten leicht verfehlte und nur ein Stück des Planeten abschlagen konnte. Sie glaubte jedoch, den Planeten für immer vernichtet zu haben und zog sich in die Tiefen des Universums zurück. Dorthin, woher sie einst gekommen war. Die beiden Bruchstücke des Planeten, ein kleines und ein großes, trieben seitdem umeinander und es formten sich über Millionen von Jahren die Erde und der Mond. Er umkreist den Planeten und zieht wie ehedem die Meere an und lässt sie wieder frei. Man nennt dieses Phänomen Ebbe und Flut und immer, wenn Menschen traurig oder glücklich sind, schauen sie sehnsuchtsvoll in den schwach leuchtenden Mond und haben Tränen in den Augen. Und immer dann, wenn sich auf der Erde das Böse formiert, um zum Schlag gegen das Gute zu wappnen, gleitet der Mond darüber hinweg und versucht, alles wieder zu glätten. Es war im Jahr 2222, als sich die Menschen derart verstritten hatten, dass sie nicht mehr gemeinsam auf der Erde leben konnten. Die Bösen vertrieben die Guten, die fortan auf dem Mond ihre Zuflucht fanden. Doch der Mond war viel zu klein für all die vielen guten Menschen und sie wollten wieder zurück auf die Erde. Doch die bösen Menschen hatten Waffen entwickelt, die mit ihrer verheerenden Wirkung alles Leben vernichten konnten. Deswegen gelang es den Guten nicht, die Erde wieder zu bevölkern. Traurig lebten sie in ihren engen kleinen Mondstädten und mussten zusehen, woher sie die Rohstoffe zur Energiegewinnung und letztendlich zur Bewirtschaftung des toten Mondgesteins beschafften. Immer weiter gelangten sie bei ihrer Suche ins Universum und irgendwann stießen sie auf ein Areal, welches von Ferne wie eine unfassbar große, leuchtende Gaswolke aussah. Die Raumfahrer begriffen nicht, was es war und flogen mitten in die Gaswolke hinein. In einer wabernden Masse entdeckten sie eine riesige schwarze Hand. Sie lag regungslos in der schmatzenden Masse und die Raumfahrer glaubten, es sei lediglich eine überdimensionale Gesteinsformation, die vollkommen gefahrlos war. Doch sie irrten gewaltig, denn die vermeintliche Gesteinsformation war die Hand des Bösen, die nur auf die guten Menschen gewartet zu haben schien. Als die Raumfahrer über sie hinweg glitten, holte sie aus und schnappte nach dem Raumschiff der Menschen. Nur einem Zufall war es zu verdanken, dass das Raumschiff dieser Hand entkommen konnte. Doch es war schwer beschädigt worden und kaum noch manövrierfähig. Es trieb durch die dichte Gaswolke und hatte vollkommen die Orientierung verloren. Die Raumfahrer glaubten, ihre Heimat, den Mond niemals mehr wieder zu sehen. Doch es war ganz seltsam- sie entdeckten, dass die schwarze Hand ihren Ursprung in einem riesigen „Schwarzen Loch" hatte, welches sich im Zentrum der fremden Galaxis befand. Das musste der Zugang zur Hölle, zum Satan sein. Wenn es den Menschen gelänge, diesen Zugang für immer zu verschließen, dann könnte diese Hand auch nicht mehr leben und das Böse wäre für alle Ewigkeiten besiegt. Aber wie konnte man ein solch riesiges kosmisches Objekt wie dieses *„Schwarze Loch"* verschließen? Es schien vollkommen unmöglich und mit den Mitteln, die die Menschen zur Verfügung hatten, unerreichbar. Da wurden die Raumfahrer so traurig, dass sie bitterlich weinten. Sie konnten sich einfach nicht mehr beruhigen und weinten hundert Tage und hundert Nächte und irgendwann hatten sie so viele Trä-

9

nen geweint, dass die Automatik des Raumschiffes all diese Tränen nicht mehr in verwendbares Wasser umwandeln konnte oder gar anderweitig zu verarbeiten vermochte. So musste all das salzhaltige Tränenwasser ins All abgelassen werden. Ein riesiger Schwall ergoss sich in die Schwerelosigkeit des Raumes und zerfiel in die kleinsten Kristalle. Da es derart viele Tränen waren, war es auch ein riesiger Kristallschwall, der durchs All flog. Wie magisch wurde er von dem starken Schwerefeld des *„Schwarzen Loches"* angezogen und drang schließlich wie ein scharfer Pfeil in dieses Loch ein. Doch da geschah etwas Seltsames – die Myriaden von Kristallen, welche die guten Menschen einst geweint hatten, vermochten sich nicht mit dem Bösen in diesem „Schwarzen Loch" zu verbinden. Es war, als würde Antimaterie auf Materie treffen und eine unglaublich heftige Explosion vernichtete das schwarze Loch. Das gesamte Areal wurde neutralisiert und die Hand verging bevor sie die guten Menschen vernichten konnte. Sie verschwand einfach wie das schwarze Loch in der Unendlichkeit. Augenblicklich löste sich die Gaswolke auf und verfrachtete durch die Wucht ihrer Explosion das manövrierunfähige Raumschiff der guten Menschen zum Erdmond zurück. Dort hatte sich bereits Merkwürdiges ereignet. Der Mond war auf die Erde gestürzt und hatte sich mit ihr vereinigt. Der einstige Zauber der bösen Hand war durch die Vernichtung des *„Schwarzen Loches"* beseitigt worden und es gab keine Trennung mehr. Das Gute hatte gesiegt und die Menschen lebten fortan in Ruhe und Frieden, in Eintracht und Liebe miteinander auf der blühenden, fruchtbaren Erde. Als eines fernen Tages ein junger Astronom die Grenzen des Universums untersuchte, stellte er eine sonderbare Erscheinung fest. Am Rande des Universums, am Rande aller Zeiten hatten sich mysteriöse Schatten formiert, die vor sich hin pulsierten wie die Zeiger einer überdimensionalen Uhr. Der Astronom konnte sich das nicht erklären, waren doch nach dem Zerbersten des *„Schwarzen Loches"* auch alle übrigen schwarzen Löcher des Universums vernichtet worden. Doch als er genau hinsah und die Leistung des Teleskops noch ein wenig verstärkte, erstarrte er vor Schreck!

Was er dort draußen am Rande des Universums erblickte, waren die Fingerkuppen einer unfassbar riesigen Hand, die das gesamte Universum in sich zu tragen schien …

Das Böse 2

Lisa war auf dem Weg von einer kleinen Geburtstagsparty, die ihre Freundin gegeben hatte, zu sich nach Hause. Es regnete und der Wind frischte ein wenig auf, doch das allerschlimmste war, dass sie durch ein dichtes Waldstück fahren musste. Es dämmerte bereits, als sie bei „Drivers Run" in den düsteren Wald einbog. Die Straße glänzte im Scheinwerferlicht, denn sie war nass und spiegelte das Licht ganz merkwürdig zurück. Weil Lisa ein wenig sonderbar wurde, legte sie sich eine CD ins Autoradio und lauschte dem leisen Blues. Plötzlich jedoch mischte sich ein anderes Geräusch, welches sich wie das Stöhnen eines alten Mannes anhörte, in die Musik. Zunächst glaubte Lisa, es sei ein Instrument, welches ja bei Blues nicht unmöglich sein mochte. Doch als es immer wieder ertönte, schaltete sie das Radio aus. Und wirklich, es war vielleicht ein sonderbarer Windhauch oder doch nur der Regen. Jedenfalls breitete sich ein monotones Stöhnen über dem Wald und der Straße aus. Lisa bekam eine Gänsehaut, was konnte das nur sein? Nervös schaute sie in den Rückspiegel, doch da war nichts. Die Straße lag schwarz glänzend hinter ihr wie das Trauerband auf einem Kranz. Irgendwie war es der jungen Mittdreißigerin gar nicht mehr so gleichgültig wie eben noch. Doch sollte sie ausgerechnet hier anhalten? Sollte sie in einer völlig unbekannten Gegend, die nicht einmal den allerbesten Ruf bei den Leuten hatte, einfach so den Wagen stoppen? Sie tat es, wollte der Sache auf den Grund gehen. Und so fuhr sie in einer kleinen Schneise von der Straße ab und hielt an. Jetzt hörte sie es ganz genau, dieses gruselige Geräusch, als wenn jemand vor Schmerzen stöhnte. *Haaa …* es wollte einfach nicht mehr enden. Lisa spürte ein leichtes Zittern, und als sie in den dunklen Wald hineinschaute, glaubte sie, rote Lichtblitze zwischen den Bäumen zu erkennen. Jetzt bekam sie Angst, sprang schnurstracks in ihren Wagen und startete den Motor. Mit quietschenden Reifen raste sie los und glaubte sich schon in Sicherheit. Aber da beugten sich urplötzlich die Wipfel der Bäume zur Straße herab und versperrten ihr den Weg. Sie bremste scharf und verriss das Steuer. Der Wagen gehorchte ihr nicht mehr und kam von der Fahrbahn ab. Zwischen Sträuchern und Büschen kam er schließlich zum Stehen und bewegte sich nicht. Lisa starrte auf die dicht stehenden Bäume um sich herum und fürchtete sich sehr. Das Stöhnen war nun so deutlich, dass sie glaubte, jemand wäre neben ihr. Und warum hatten sich die Wipfel eigentlich so plötzlich auf die Straße gebeugt? Panisch verriegelte sie die Wagentüren und rutschte ängstlich unters Armaturenbrett. Immer wieder hörte sie es, dieses „*Haaa*", welches so unheimlich war, wie diese gesamte unbegreifliche Situation. Wollte sie nicht längst daheim sein? Mit zitternden Händen kramte sie ihr Mobiltelefon aus ihrer Handtasche und wollte ihre Freundin anrufen. Doch als sie aufs Display schaute, bemerkte sie, dass sie gar kein Funknetz hatte. Natürlich war ihr klar, dass es hier in diesem Wald nur selten ein Funknetz gab, aber was sollte sie nur tun? Plötzlich beugten sich die Wipfel der umstehenden Bäume noch weiter herab und der Wagen mit der darin befindlichen jungen Frau löste sich einfach in Luft auf. Als er verschwunden war, ertönte noch einmal dieses mysteriöse, unheilvolle Stöhnen: *Haaa*. Dann wurde es still und die Bäume standen so, wie sie immer standen. Nur ein leichter Wind verfing sich in den Ästen und der Regen tropfte auf die einsame Waldstraße, als wenn er die Spuren der letzten untrüglichen Minuten verwischen wollte.

Das Böse 3

Als der letzte Schüler der Gymnasialklasse in den Zug eingestiegen war, schloss der Schaffner die Tür und blies inbrünstig in die Pfeife, um dem Zug das Abfahrtsignal zu geben. Langsam setzte sich die Lok mit ihren zwei Waggons in Bewegung, und die Schüler saßen müde an den Fenstern und waren schon zu kaputt, um sich noch endlos lange zu unterhalten. Einige schliefen bereits, als der Zug in ein dichtes Waldstück bog. Er fuhr sehr langsam und der Zugbegleiter trottete gelangweilt durch den Wagen, um die Fahrkarten zu kontrollieren.

Es musste auf der Höhe von „Drivers Run" gewesen sein, als der Zug plötzlich hielt. „Merkwürdig", zischte der Zugbegleiter, „Hier haben wir sonst nie angehalten!" Ungläubig schauten die Schüler aus den Fenstern, doch sie konnten nichts Genaues erkennen. Da sprang der Lokführer von seiner Diesellokomotive und rief: „Ein Baum liegt auf dem Gleis! Wenn ihr mal helfen könntet!" Die Schüler, die auf einmal gar nicht mehr so müde waren, fanden alles sehr aufregend und spannend und sprangen aus dem Waggon, um zusammen mit dem Lokführer und dem Zugbegleiter den schweren Stamm beiseite zu rollen. Es gelang und schon waren alle wieder im Zug, um endlich weiterzufahren. Doch nichts passierte, dafür aber erklang ein unheilvolles Geräusch. Es hörte sich an wie ein lautes Stöhnen, dass sich wie ein unsichtbarer Wurm durch

den umliegenden Wald und über die Baumwip-
fel schob, bis es schließlich wie ein böser Geist
durch den gesamten Zug kroch.

Das Licht in den Waggons begann zu flackern
und der Zugbegleiter konnte sich auch nicht erklären, was da vor sich ging. Draußen war es
stockdunkel geworden und nur das immer lauter
werdende Stöhnen konnte man noch hören. Die
Schüler, die eben noch glaubten, alles wäre in
Ordnung, gerieten in große Angst. Plötzlich bogen sich die Wipfel der am Bahndamm stehenden Bäume zum Zug herab und hüllten ihn vollständig ein. Es dauerte keine fünf Sekunden, da
hatte sich der gesamte Zug in Luft aufgelöst und
es wurde wieder still. Nur der Wind verfing sich
im Geäst der Bäume als sei gar nichts geschehen.
Diesmal allerdings schien etwas anders, denn
niemand hatte bemerkt, dass Jimmy, ein Schüler
aus dem eben noch vorhandenen Zug, fehlte. Er
hatte sich im Wald umgeschaut, wollte wissen,
woher das seltsame Stöhnen gekommen war und
fand sich in der Dunkelheit nicht mehr zurecht.
Als er am Bahndamm stand, verstand er die Welt
nicht mehr. Sein Zug war weg, aber wie war das
nur möglich? Eben noch war er doch noch da
und so schnell fuhr die Bahn ja nun auch nicht.
Nachdenklich und fröstelnd setzte er sich auf das
Gleis und starrte in die Dunkelheit. Was sollte er
nur tun, vielleicht nach Hause laufen? Aber er
wusste ja gar nicht, wie weit das noch war. So
fand er, dass er sich im Wald umsehen könnte,
um im dichten Buschwerk die Nacht abzuwar-

ten. Es hatte ohnehin keinen Zweck, in der Dunkelheit umherzuirren. Glücklicherweise hatte er seinen Rucksack auf dem Rücken. Darin befanden sich noch ein paar belegte Brote und eine Flasche Mineralwasser. Damit würde er schon irgendwie auskommen und so lief er los. Es war schon beschwerlich, sich den Weg durchs Gestrüpp zu bahnen, aber dann glaubte er, einen schwachen Lichtschein zu sehen. Doch nein, es waren rote Lichtblitze, die ganz schwach durchs Geäst flackerten. „Da muss jemand sein!", dachte er sich und lief geradewegs darauf zu.

Als er einen dichten Busch auseinanderdrückte, sah er es, dieses winzige alte Holzhaus, aus dessen kleinen Fensterchen rotes flackerndes Licht wie der Schein einer Laterne herausfiel. Erleichtert lief der Junge bis vor die Tür und hielt dann doch inne. Irgendwie schien ihm das Ganze nicht geheuer zu sein, und so lief er erst mal ganz vorsichtig um das Häuschen herum. An einem der kleinen Fenster blieb er stehen und schaute neugierig ins Innere. In dem kleinen Raum befand sich nicht viel; nur ein paar alte Möbel, eine Truhe und ein alter Lehnsessel, in dem tatsächlich jemand saß. Es war ein alter Mann, der wohl ein wenig schlief, denn er hatte seine Augen geschlossen. Doch gerade als Jimmy an das Fenster pochen wollte, um sich bemerkbar zu machen, öffnete der Alte seine Augen. Jimmy erschrak fürchterlich, denn es waren keine menschlichen Augen, die da in seine Richtung schauten! Es waren zwei stechende rote Lichter, die in Jimmys

Richtung starrten und dabei flackerten wie ein Warnlicht! Der aufgeregte Junge versteckte sich schnell unterhalb des Fensters und glaubte schon, der Alte hätte ihn längst bemerkt. Doch dem schien nicht so zu sein, denn es kam niemand. Dafür drang wieder dieses sonderbare Stöhnen an Jimmys Ohren. Er fürchtete sich wirklich sehr, und er wusste auch nicht so genau, was er tun sollte. Allerdings musste er schnellstens sehen, dass er unbemerkt von hier verschwand. Da knarrte die hölzerne Tür und der Alte erschien. Hatte er Jimmy doch bemerkt, dann wäre wohl alles verloren! Der Alte aber schritt geradewegs auf einen dicken Baum zu und sprach: „Öffne dich und gib mir das, was du heut gefangen hast!" Augenblicklich öffnete sich die Erde und gab den Blick auf etwas frei, dass Jimmy nicht glauben konnte. Es war ein Kanalsystem, welches offenbar alle Bäume des Waldes miteinander zu verbinden schien. Lange rote und blaue Fasern verbanden die Wurzeln der Bäume und es war, als wenn durch all diese Fasern und Leitungen irgendeine Flüssigkeit strömte. Wie konnte so etwas nur sein? Sollte am Ende gar der gesamte Wald unterirdisch mit diesen Fasern und Leitungen verbunden sein? War am Ende der gesamte Wald nur ein künstlich angelegtes Areal? Jimmy spürte, wie sein Herz bis zum Halse pochte. Er zitterte vor Angst und glaubte sich schon in der tiefsten Hölle. Doch da verschwand der Alte in der Erde, die sich hinter ihm langsam wieder zusammenschob. Erleichtert atmete Jimmy auf, doch wie sollte er unerkannt von diesem unheiligen Ort verschwinden? Neben der Holzhütte entdeckte er ein Motorrad. Das musste dem Alten gehören, und weil er bereits Motorrad fahren konnte, schlich er sich dorthin und schwang sich darauf. Er wusste, wie man eine solche Maschine kurzschloss und das tat er auch. Augenblicklich heulte der Motor auf und sogleich öffnete sich auch die Erde und der Alte stürmte wutschnaubend heraus. Zischend und schreiend rannte er auf Jimmy zu, doch der war schneller. Er gab der Maschine die Sporen und raste auf den kleinen Waldweg vor der Hütte. Der Alte schien allerdings auch ziemlich schnell zu sein und jagte wie ein Wirbelwind dem Motorrad hinterher. Jimmy schaffte es, den Alten abzuschütteln und auch das merkwürdige Stöhnen hielt ihn nicht mehr auf. Dafür senkten sich die Wipfel der Bäume auf den Waldweg herab und Jimmy glaubte sich bereits verloren. Aber er schaffte es, aus dem Wald zu entkommen, noch bevor die Baumkronen den Waldweg versperrten. Schließlich gelangte er auf eine Asphaltstraße, die irgendwann an einem Motel vorüberführte. Dort hielt er an und schaute sich ängstlich um. Von dem Alten und dem sonderbaren Wald war nichts mehr zu sehen und zu hören.

In der kleinen Gastwirtschaft allerdings wunderte man sich über den aufgeregten Jungen und gab ihm erst einmal ein Nachtlager und eine Kleinigkeit zu essen. Jimmy war hundemüde und legte sich alsbald ins Bett, wo er sofort einschlief.

Irgendwann rüttelte ihn jemand ziemlich heftig an der Schulter, und als er seine Augen öffnete, starrte er ungläubig in das liebevolle Gesicht einer recht vertrauten Person. Es war seine Mutter, die neben seinem Bett stand und ziemlich besorgt zu sein schien. Jimmy stotterte nur herum: „Was ist passiert? Warum bist du hier, in diesem Motel?" Die Mutter schien die merkwürdige Frage nicht zu verstehen. „Welches Motel? Du bist daheim in deinem gemütlichen, warmen Bettchen. Wie geht es dir, mein Schatz?" Jimmy verstand gar nichts mehr und Stück für Stück kehrten seine vermeintlichen Erinnerungen zurück. Diese Klassenfahrt, der bedrohlich düstere Wald, das Stöhnen, dieser sonderbare Alte, es war doch alles so unglaublich real. Doch seine Mutter beruhigte ihn und meinte, dass die Klassenfahrt erst bevorstand. Sicher hatte ihr aufgeweckter Sohn alles nur geträumt.

Einige Zeit später ging es ihm schon erheblich besser und er saß am Frühstückstisch und schaute neugierig aus dem offenen Küchenfenster. Die Sonne stand schon hoch am Himmel und es versprach ein schöner Sommertag zu werden. Gleich würde er in die Schule gehen, da tönte eine sonderbare Meldung aus dem Radio: „Seit drei Tagen wird eine junge Frau mit Namen Lisa M. vermisst. Sie war mit ihrem Wagen in einem entfernten Waldstück unterwegs, bevor sich ihre Spur verlor. Außerdem brach der Kontakt zu einer Schulklasse abrupt ab, die ebenfalls in diesem Wald unterwegs gewesen war."

Wie versteinert saß Jimmy am Tisch und starrte erschrocken aus dem Fenster.

Plötzlich war alles wieder ganz nah und doch glaubte er, dass er alles nur geträumt hatte. Wie konnte so etwas nur möglich sein? Eine Antwort gab es nicht. Nur kam plötzlich aus dem nahen Wäldchen am Haus solch ein merkwürdiges Geräusch, und es hörte sich an, als wenn die Bäume stöhnten und sich ihre Wipfel über dem Haus merkwürdig knisternd zu beugen begannen ...

Kollision

Es war trübe geworden und der Herbst hielt mit aller Macht Einzug in die wundersame Welt. Milla war eine junge Frau, die gerade erst ihr Psychologiestudium erfolgreich hinter sich gebracht hatte und nun in der großen Stadt *Atlantic-City* lebte. Der Regen an diesem Tage gefiel ihr gar nicht, doch sie ließ sich davon nicht abhalten, ein wenig durch die breiten Straßen ihrer schönen Stadt zu laufen. Sie wollte abschalten und es sah ganz so aus, als wenn es ihr auch gelingen mochte. Aber da waren auch die Probleme und die Sorgen, all die Rechnungen, die sie erhielt, nicht mehr begleichen zu können. Denn obwohl sie ihr Studium so erfolgreich abschließen konnte, hatte sie noch immer keinen Job gefunden und das Geld, welches sie sich zusammengespart hatte, ging ihr langsam aus. Wie sollte es nur weitergehen, wie sollte sie nur ihr Leben auf die Reihe bekommen, wenn doch so ganz und gar nichts richtig lief? Sollte sie vielleicht stempeln gehen, so jung, wie sie war? War das wirklich eine Lösung? Wo blieb das Glück, von dem sie oft träumte?

Da begegnete ihr ein kleines Mädchen. Mit seinen großen Kulleraugen schaute es zu Milla auf und schien sie irgendetwas fragen zu wollen. Natürlich blieb Milla stehen und sprach zu dem Kind, wollte wissen, warum es so schaute. Das kleine Mädchen aber schwieg zunächst, wollte wohl nicht sprechen, vielleicht war es aber auch einfach nur verstockt, aber dann sagte es doch noch etwas: „In drei Stunden geht die Welt unter und dann ist alles vorbei!"

Milla hatte ja so einiges erwartet und war auch schon einiges gewohnt, aber eine solche unfassbare Antwort hatte sie nicht erwartet. Was war nur mit diesem eigenartigen Mädchen los? Ging es ihr nicht gut oder war sie gar psychisch … nein! Milla schaute in den wolkenverhangenen Himmel und wischte sich dann den herniederprasselnden Regen von der Stirn. Als sie wieder nach unten schaute, war das kleine Mädchen verschwunden. Irritiert schaute sie sich nach allen Seiten um, aber zwischen den vorbeieilenden Menschen konnte sie die Kleine nirgends mehr entdecken. Nachdenklich lief sie zu einem angrenzenden Park und setzte sich auf eine der vielen vom Regen durchnässsten Bänke. Sie kam einfach nicht über diesen furchterregenden Satz hinweg. Wie kam diese Kleine nur auf einen solchen, zugegebenermaßen unglaublichen Gedanken? Wer hatte ihr das nur gesagt – den Weltuntergang gab es doch gar nicht, das wussten doch schon die Kinder in der Schule. Doch so sehr sie auch versuchte, das soeben Erlebte wegzuschieben, es gelang ihr einfach nicht. Stattdessen fielen ihr nun auch noch die Naturkatastrophen ein, über die in den Morgennachrichten berichtet wurde. Nein, sie musste unbedingt etwas Sinnvolles anstellen, bevor sie gänzlich in Panik verfiel. So setzte sie einfach ihren Spaziergang durch den Regen fort und zwang sich streng, nicht mehr daran zu denken. Als sie daheim war, schaltete sie den Fernsehapparat ein und war sprachlos. Denn da wurde eindrucksvoll berichtet, dass sich aus bisher ungeklärten Gründen der Nachbarplanet der Erde, der Mars aus seinem Orbit gelöst habe und sich nun auf die Erde zubewegte. Das Ganze geschah so schnell, dass bereits Notfallpläne veröffentlich wurden. Milla schoss der Schreck in alle Glieder und sie spürte, wie ihr Magen rebellieren wollte. Sollte das wirklich alles wahr sein, und woher wusste dieses kleine Mädchen von all diesem Übel? Hatte es diese Nachricht vielleicht schon irgendwo gelesen? Panisch stürzte Milla in die Küche und nahm sich eine Schreibe trockenes Brot. Irgendetwas musste sie jetzt zu sich nehmen, bevor sie das Haus wieder verließ. Immerhin dachte sie schon darüber nach, wie die Evakuierung ablaufen könnte. Doch draußen blieb es ruhig und nur der Regen plätscherte gleichmäßig gegen die Scheiben. Nervös setzte sich Milla wider auf ihr Sofa und verfolgte weiterhin die verhängnisvolle Nachrichtensendung.

Nun wurde ein Filmbericht gezeigt, indem man den Mars sehen konnte. Er war ein winziger Lichtpunkt, der sich rasch über den Himmel bewegte. Sollte das wirklich der nahende Planet, dieses nahende Unglück sein?

Wieder schaute sie aus dem Fenster, und diesmal hatten sich schon sehr viele Menschen aus ihren Häusern begeben, um zum Himmel zu starren und auf die Katastrophe zu warten. Milla aber wollte das nicht, sie nahm den Telefonhörer und rief Ken, einen Freund im Institut an, um sich nach dieser vermeintlichen Katastrophe zu erkundigen. Zu allem Unglück bestätigte Ken das nahende Desaster und meinte, dass er ihr einen Platz in einem Atombunker, nicht weit von der Stadt, anbieten könnte. Milla nahm dankend an, wollte aber erst einmal sehen, wie es weiterging. Nun hielt sie es doch nicht mehr in der Wohnung aus! Schnell packte sie sich einige Sachen in ihre Umhängetasche und stürmte ebenfalls hinaus zu den anderen auf die Straße. Unterdessen hatte sich der Regen verzogen und die Menschen konnten ungehindert in den klaren Himmel schauen. Auch Milla schloss sich der Masse an und starrte nach oben. Der immer größer werdende Lichtpunkt versetzte die ganze Stadt, ja sogar die ganze Welt in Angst und Schrecken. Als schließlich der gesamte Horizont von der mächtigen dunkelroten Scheibe des Mars verdeckt wurde, liefen einige Leute weinend davon. Andere suchten in ihren Häusern und Wohnungen Schutz, obwohl sie wussten, dass diese Notfallmaßnahme, dieser verzweifelte Rettungsversuch vollkommen unnötig war. Milla blieb, denn sie wollte auf einmal der tödlichen Gefahr ins Auge schauen. Wenn sie schon sterben musste, so dachte sie sich, dann wenigstens hoch erhobenen Hauptes! Schon konnte sie einzelne Krater und eigenartige Landschaftsformationen auf dem fremden Planeten ausmachen und es würde wohl nicht mehr lange dauern, bis er mit der

Erde kollidierte. Um den dabei entstehenden Krawall nicht mehr hören zu müssen, hatte sie sich Ohrstöpsel mitgenommen, die sie sich nun fest in die Ohren stopfte. Irgendwie wurde sie immer ruhiger und der nahende Tod ließ sie plötzlich kalt. „Wie schön der Mars doch ist" flüsterte sie so vor sich hin, und in Gedanken flogen all die vielen Erlebnisse und die schönen und weniger schönen Stunden wie Eilzüge an ihr vorüber. Sie dachte an ihre Lieben und an die, die sie nicht so sehr mochte. Und sie dachte an das, was sie vielleicht noch erlebt hätte. „Schade" raunte sie einsilbig dahin und war traurig, dass sie in Kürze auf eine ziemlich komische Art und Weise aus dem Leben gerissen werden würde. Plötzlich spürte sie etwas Warmes in ihrer Hand. Als sie herunterschaute, sah sie das kleine Mädchen. Es stand einfach neben ihr und hielt ihre Hand ganz fest. Doch es weinte nicht und es sprach auch kein einziges Wort, es stand nur einfach da und schaute zusammen mit den anderen zu dem riesigen Planeten dort oben am Himmelszelt. Schließlich sagte es doch noch etwas: „Siehst du, ich habe es dir ja gesagt", und Milla musste sich die Tränen aus dem Gesicht wischen. Aber nicht wegen der drohenden Katastrophe, nein, wegen der Traurigkeit des kleinen Mädchens, dass sein ganzes Leben noch vor sich hatte und es doch nicht leben sollte! Und auf einmal waren all die vielen Sorgen und Nöte wie weggeblasen. Wie ein Wasserfall, der mit aller Kraft an spitzen mächtigen Felsen nach unten stürzt, machten sich eine unendliche Klarheit und eine nie gekannte Leichtigkeit in Milla breit. Wieso hatte sie so etwas nicht schon viel früher gespürt? Warum sich immer nur über Nichtigkeiten aufregen, über Dinge, die man am Ende doch nicht ändern konnte? Warum eigentlich an all den vielen Tagen, dem vermeintlichen Glück hinterherrennen, und es dann doch nicht ergreifen können? Was war denn eigentlich dieses Glück? Geld, Reichtum, Erfolg, vielleicht ein supertoller Sportwagen? Sie wusste, dass es all das nicht sein konnte. Und als sie den riesigen roten Planeten da vor sich erblickte, drückte sie die Hand des kleinen Mädchens ganz fest an sich und wusste auf einmal, was das Glück wirklich war – es war dieser eine Augenblick, dass Leben selbst, der Himmel, die Luft, die sie atmen konnte und der Frieden, in welchem sie sein durfte. Ja, und es war dieses kleine Mädchen, das nicht viel sprach, aber doch so viel sagte, wie sie es noch nie erlebte. Ja, das alles war das Glück und sie würde alles darum geben, wenn sie einfach nur zwangslos und ohne alle Konventionen weiterleben dürfte, ja, dass würde sie! Und wie sie das so dachte und sich im Klaren war, dass selbst dieser eine kurze Moment, als ihr diese weitreichende Erkenntnis kam, unglaubliches Glück bedeutete, wurde es schwarz um sie herum! Sie glaubte, den Boden unter ihren Füßen zu verlieren, und auch das kleine Mädchen schien nicht mehr da zu sein. Was war nur geschehen; war das die befürchtete Kollision, war das das erwartete Ende? Es dauerte einige Zeit, bis sie ihre Augen wieder öffnen konnte. Sehr hell war es um sie herum, gleißend hell sogar. War sie vielleicht im Paradies oder war das die Hölle? Es war nichts dergleichen! Sie lag auf ihrem Sofa und hatte wohl alles nur geträumt. Stöhnend erhob sie sich und fühlte sich auf einmal recht wach und ausgeschlafen. Draußen war es hell und die Sonne schien zwanglos vom azurblauen Himmel. Ein wenig nervös und mit einer leichten Spur von Ängstlichkeit schaute sie zum Himmel. Doch da war weder der riesige Planet Mars, noch irgendein anderes Unheil, dass sich sogleich über sie und die Welt wie ein Schwarm Asteroiden niederwalzen mochte. Nein, da hing nur die wärmende Sonne und der endlose blaue Himmel. Und plötzlich spürte sie eine unbändige Kraft in sich und den alles beherrschenden Wunsch, in die Welt hinaus zu gehen, zu den anderen Menschen zu gehen und ohne Unterlass zu singen und zu tanzen. Und eine innere Stimme sagte zu ihr: Warum tust du dann nicht! Noch einmal schaute sie sich im Zimmer um - auf dem Tisch lagen noch drei unbezahlte Rechnungen, doch das störte sie überhaupt nicht mehr. Sie würde schon einen Weg finden, und so lief sie aus der Wohnung, die Stufen hinab, hinaus auf die belebte Straße. Auf dem Bordstein saßen zwei junge Männer. Neben ihnen lag ein riesiges Kofferradio, welches sie auf Volltouren gestellt hatten; und plötzlich begann Milla zu der überlauten, verrückten Musik zu singen und zu tanzen. Tja, und es war wirklich total irre, aber die anderen Leute tanzten einfach mit. Es schien, als ob alle nur auf diesen einen Moment gewartet hätten. Die ganze Straße sang und tanzte – dabei kam es weder auf Können, noch auf Stimme oder einen sicheren Text an – es ging nur um die Fröhlichkeit und um das Leben! Einfach nur leben, das dachten sich wohl alle; und ganz sicher hatte jeder dieser vielen Menschen mit irgendeiner Kollision im Leben zu kämpfen. Da gab es nur noch eines, rausgehen und leben, einfach nur leben!

Als Milla so unbeschwert durch die Straßen tanzte, bemerkte sie plötzlich ein Mädchen, welches schweigend am Straßenrand stand und sich freute, dass alle Menschen so glücklich waren. Milla erkannte es sofort – es war das kleine Mädchen aus ihrem Traum. Aber, war es überhaupt ein Traum? Egal, frohen Mutes winkte sie dem Mädchen zu und das winkte zurück und verschwand plötzlich in der Menschenmenge. Milla sah es niemals wieder, doch sie hatte ja auch schon das wichtigste im Leben wiedergefunden, das Glück!

Vermisst

Lori lebte in Pheonix/Arizona. Sie war eine glückliche Ehefrau und ihr Ehemann, der Bauunternehmer Jim Campbell, war erfolgreich und konnte gut für die Familie sorgen. Eines Tages jedoch schien dieses Glück zu zerplatzen wie eine Seifenblase im Wind. Jim kam nach Hause und unterbreitete seiner Ehefrau, dass die Firma pleite sei und kein Geld mehr vorhanden war. Melli wurde zwar sehr traurig über diese schlimme Nachricht, doch sie schwor Jim, dass sie immer zu ihm stehen wollte. Die Familie musste aus ihrem Haus in der Washington Ave ausziehen und in eine heruntergekommene Siedlung ziehen. Doch obwohl sich die beiden ewige Treue gelobten, schien das traute Familienleben innerhalb der folgenden sechs Monate erheblich unter den bestehenden Schwierigkeiten zu leiden. Da Jim oft unterwegs war, um einen neuen Job zu suchen, was sich als mehr als schwierig herausstellte, weil er nicht mehr so jung war, hatte er sich daran gewöhnt, dass Melli manchmal nicht zu Hause wartete, wenn er wieder nach Hause kam. Auch an jenem Freitag war das wieder so. Nach einem anstrengenden Tag, der mal wieder gar nichts brachte, kehrte Jim nach Hause zurück. Und zunächst wunderte er sich auch nicht, dass Melli nicht daheim war. Sie hatte ihrem Ehemann einen Topf auf den Herd gestellt, in welchem sie das Mittagessen, eine leckere Linsensuppe, vorgekocht hatte. Jim deckte den Tisch und wartete eine kleine Weile. Als Melli jedoch nicht kam, begann er zu essen. Doch nach einer halben Stunde, als Melli noch immer nicht erschienen war, begann sich der Mittvierziger Sorgen um seine Frau zu machen. Er stellte den Teller beiseite, holte sich auch keinen Nachschlag, obwohl die Suppe an diesem Tag besonders gut schmeckte und schaute aus dem Fenster. Draußen hatte es zu regnen begonnen, doch Melli war nirgends zu sehen. Jim wurde immer nervöser, er spürte, dass irgendetwas nicht stimmte, er fühlte es genau, aber was sollte er tun, wo sollte er suchen? Melli hatte nicht einmal einen Zettel auf den Tisch gelegt, so wie immer, wenn sie mal etwas länger von Zuhause fort war. Weil er es einfach nicht mehr aushielt, zog er sich eine Jacke über, nahm den Schirm und verließ das Haus. Draußen auf der Straße schaute er sich um, sein Blick schweifte über den Vorgarten bis zu den Häusern auf der anderen Straßenseite, doch nirgends, nicht einmal in irgendeinem Garten der angrenzenden Häuser konnte er seine Melli entdecken. Ihm wurde übel, denn er fühlte, dass etwas Schlimmes geschehen sein musste. Er fühlte genau, dass es etwas Außergewöhnliches war, dass sich wie ein scharfes Schwert in sein Leben geschnitten hatte, doch er wollte es nicht wahrhaben. Noch immer glaubte er, dass sich Melli doch noch meldete, dass sie wieder zurückkehrte, egal, wo auch immer sie war. Immer hatten sich die beiden Eheleute geschworen, dass sie zusammenbleiben wollten und sich immer ehrlich sagen würden, wenn etwas nicht stimmte. Diesmal aber gab es nicht ein Wort, keine geschriebene Zeile, keine Hinweise und auch kein Zeichen, nichts. Ein wenig panisch schwang sich Jim in den Wagen und fuhr mit quietschenden Reifen los. Er raste durch die breiten Straßen der großen Stadt, ließ seinen Blick über die Straßenränder schweifen, blieb stehen, um sich wieder umzuschauen und fuhr wieder weiter. Irgendwann kam er bei „Bills Drive Inn" vorbei, einer kleinen Kneipe, wo sie immer mal gemeinsam waren. Doch auch Bill wusste nicht, was mit Melli passiert sein konnte.

Weit war Jim hinausgefahren, bis dorthin, wo er als Kind oft war, wenn er nicht mehr weiterwusste. Die einsame Gegend brachte ihm schon in der Kindheit so manche brauchbare Idee, die ihm dann irgendwie weitergeholfen hatte. Er hielt den Wagen an und schaute auf sein Mobiltelefon. Niemand hatte angerufen, auch Melli nicht. Mutlos und geschwächt setzte er sich auf einen herumliegenden Stein und schaute auf die mannshohen stacheligen Kakteen am Straßenrand. Aus der Ferne hörte er Geräusche, die sich wie Kinderlachen anhörten. Als er sich umschaute, versuchte, in der Ferne irgendetwas zu erkennen, war da jedoch nichts. Er blieb bis es dämmerte und auch da wollte er einfach nicht mehr heim. Weil er keine Kinder mit Melli hatte, schien es ihm auch nicht mehr so wichtig, nach Hause zu fahren. Er wollte einfach weitersuchen, doch irgendwann musste er die Polizei einschalten, denn allein konnte er nichts mehr tun. Plötzlich machte sich dichter weißer Nebel breit. Er kam so schnell, dass es Jim nicht mehr schaffte, in seinen Wagen zu steigen um wegzufahren. Er wollte abwarten, bis sich die dichten Schwaden wieder verzogen, doch sie gingen nicht weg und wurden stattdessen immer stärker und immer dichter. Durch den weißen Nebel hörte sich das vermeintliche Kinderlachen noch unheimlicher an als eben noch. Jim stand regungslos in diesem undurchdringlichen Nebel und rührte sich nicht, da spürte er, wie ihn jemand ganz sacht an der Schulter berührte. Als er sich umdrehte, stand da Melli. Sie stand einfach nur da und rührte sich nicht. Ihr Blick war sorgenvoll und ihr rotgeschminkter Mund drückte Trauer und Bestürzung aus. Jim wollte etwas sagen, doch Melli hielt ihm den Zeigefinger auf den Mund, was so viel bedeuten sollte, dass er nicht sprechen möge. Vorsichtig aber auch entschlossen nahm sie seine Hand und zog ihn hinter sich her. Jim folgte widerstandslos und die beiden erhoben sich auf einmal in die Luft und flogen durch den dichten Nebel hindurch. Jim fragte schon lange nicht mehr, wie all das sein konnte, wie es möglich war, dass seine Frau so plötzlich bei ihm war, dass sie so unbehelligt sein konnte und das sie schließlich durch diesen Nebel flogen als seien sie Vögel. Er fand sich einfach damit ab und machte alles mit, so, als wenn es ganz normal sei, was da mit ihnen ablief. Die beiden flogen durch die undurchdringlich wirkenden Nebelschleier und schienen überhaupt kein Ziel mehr zu haben. Irgendwann blieben sie stehen und Melli sagte: „Wir sind da." Jim wunderte sich, konnte er doch nichts entdecken, außer Nebel. Aber plötzlich verfärbte sich der Nebel und gab den Blick auf eine eigenartige Konstruktion frei. Wie Federn schwebten sie im Universum, alles um sie herum war dunkel und die Planeten des Sonnensystems drehten sich langsam und mächtig um sie herum. Plötzlich aber wurden sie immer kleiner und verschwanden in einer Art flirrenden Edelstein. Der driftete riesig groß und wuchtig im samtschwarzen Raum vor ihnen und Jim verstand überhaupt nicht, was das alles zu bedeuten hatte. Er wollte Melli danach fragen, doch die kam ihm zuvor und flüsterte: „Das ist unser Universum, alles wird vergehen, schon in Kürze. Das Universum zieht sich zusammen und wir werden alle vergehen. Ich bin auserwählt, um es den Menschen zu berichten. Dann wird alles neu beginnen."

Fassungslos starrte Jim auf den Edelstein und dann zu Melli. Er konnte nichts damit anfangen und schloss seine Augen, weil ihm alles zu viel wurde. Als er sie wieder öffnete befand er sich nicht mehr im Universum und es war auch nicht schwarz um ihn herum und auch nicht neblig. Friedlich lag er in seinem Bett und neben ihm lag tatsächlich seine Ehefrau Melli.

Wie konnte das nur möglich sein, wie war er so schnell in sein Bett gekommen, waren sie doch eben noch im Universum. Aber es war so wie es immer war, er musste das Ganze wohl einfach nur geträumt haben.

Als gegen Morgen die beiden Eheleute aufstanden und Melli das Frühstück zubereitete, hatte Jim seinen verrückten Traum erfolgreich beiseitegeschoben, wenngleich er ihm nicht ganz aus dem Kopf gehen wollte. Zu realistisch schienen die Erlebnisse und zu echt waren der Nebel und dieses Universum, durch den er mit Melli gefahren war. Dennoch schmeckte der starke Kaffee an diesem sonnigen Morgen ganz wunderbar und die beiden unterhielten sich angeregt über dies und das. Als Melli ihrem Mann noch etwas Kaffee nachschenkte, fiel dessen Blick auf ihre Hand. Was er dort erblickte, jagte ihm einen eiskalten Schauer über den Rücken. Denn an ihrem kleinen Finger glitzerte ein Ring mit einem großen Edelstein, den Jim bis dahin noch nie bemerkt hatte. Es glich aufs Haar jenem Edelstein, der in seinem vermeintlichen Traum im Universum schwebte, und plötzlich schaute Melli ganz seltsam zu ihm herüber. Es war ein Blick, der ihm durch Mark und Bein ging und wieder hörte er dieses seltsame Kinderlachen, während Melli flüsterte: „Schon bald wird es geschehen. Das Universum wird vergehen."

City of Stupidity

Irgendwo, ganz tief im Osten oder Westen einer sonst recht aufgeräumt erscheinenden Welt lag eine Stadt, die man weder gerne sah noch gern dort leben mochte. Als Paul mit seiner Frau Christin aus der großen Welt wegen des Jobs dorthin zog, waren die Verhältnisse gar nicht mehr schön. Eine einzige Partei regierte dies Provinznest und die Bewohner trauten sich nicht dagegen vorzugehen. Es war die Partei der Heimlichkeit und der Totalität! Und es war die Partei der Ignoranz und der grenzenlosen Dämlichkeit! Als die noch anständigen Leute sich dann doch auflehnten, trauten sie ihren eigenen Augen und Ohren nicht mehr. Denn nicht etwa sie selbst, die diese Revolte angezettelt hatten, waren die Nutznießer dieses respektablen Aufstandes. Nein, die Macht wurde von dummen, geldgierigen und oberflächlichen Lebewesen übernommen, die nichts anderes im Schilde führten, als mit ihrer Dummheit die übrigen Bewohner dieser Stadt zu malträtieren. Alles verkam, verdreckte und vergammelte und es regierte der besoffene und zugekiffte Mob, der nur Angst, Zwietracht und Aggressivität schürte! Paul, der all das miterleben musste, konnte es nicht fassen. Sollten allen Ernstes nun die Dummheit und der Pöbel regieren? Sollte all das, was er und die anderen intelligenten, gebildeten Menschen aufgebaut hatten, unter dem Schweiße ihres Angesichts und mit ihren eigenen Händen errichtet

hatten, für alle Zeit verloren sein? Alles nur wegen solch dummen Wesen? Er konnte es nicht
begreifen, wollte es nicht wahrhaben und zog
sich wie all die anderen umgänglichen Leute in
sein Schneckenhaus zurück. Nächtelang sannen
er und seine kleine Familie nach einer Lösung
und tagelang ertrug er die Dummheit, welche
fortan diese arme Stadt regierte. Er sah die feis-
ten fettbeschmierten aufgedunsenen und leeren
Gesichter dieser üblen Brut, und er hörte, wie
primitiv und gewöhnlich sie miteinander zu
kommunizieren pflegten, wenn sie sich nicht
gerade niederschlugen! Er sah, wie die Intelligenten und Gebildeten ganz langsam an unerklärlichen Nervenkrankheiten dahinsiechten und er
erlebte, wie jene Leute, welche noch gesund waren, die Stadt und die gesamte Region der
Dummheit für immer verließen. Er wusste es
und er spürte es mit jeder Faser seines Körpers,
dass er handeln musste, so schnell es nur ging!
Und so verabredete er sich mit Conny, der ebenfalls zu den wissenden Leuten gehörte und den
Niedergang dieser Stadt nicht mehr ertragen
konnte. Die beiden verabredeten sich heimlich
und trafen sich im Keller von Pauls kleinem
Häuschen, denn die Dummen hatten ihre intri-
ganten falschen Augen beinahe überall und liefen in ihrer Dämlichkeit sofort zum Bürgermeister oder der Polizei, wenn sie eine ihnen sonderbar erscheinende menschliche Ansammlung beobachteten. Die beiden Männer unterhielten sich
lange und kamen doch zu keinem einzigen Er-

gebnis. Längst war Mitternacht vorüber und Pauls Ehefrau Christin wollte schon schimpfen, da meinte Conny, dass sie vielleicht ebenfalls diese heruntergekommene Stadt verlassen sollten. Warum sollten sie diese Dummheit, diese Aggressivität auf den stinkenden Straßen und den Verfall der Moral und der Sitten, den allgemeinen Niedergang dieser einstmals so glorreichen Stadt, wo man mal wunderschöne Autos gebaut hatte, bis sie dann vollkommen verfiel, noch länger ertragen? Warum sich selbst zerstören, wenn es anderswo viel schöner und viel besser, viel anständiger und viel lebendiger zuging? Christin konnte Connys Vorschlag nur zustimmen und so beschlossen sie traurigen Herzens, die Stadt schon in der nächsten Nacht heimlich zu verlassen. Die Reisetaschen waren schnell gepackt und die Sachen flink übergeworfen. Doch als sie in der dunklen diesigen Nacht schließlich ihre Autos bestiegen und ihre kleinen Häuser, ihren doch so geliebten Lebensmittelpunkt so traurig hinter sich in der Dunkelheit liegen sahen, wurde es ihnen ganz schwer ums Herze. Sollten sie das wirklich tun? Einfach alles, sogar das Mobiliar, einfach so zurücklassen? Sollten sie wirklich all ihr Eigentum diesen Dümmlingen, die diese Stadt so bösartig heruntergerichtet hatten, überlassen? Nein, das wollten sie nicht! Und als sie wieder ausstiegen, fielen sie sich weinend in die Arme. Dennoch war das Problem nicht beseitigt - die Stadt musste dringend verändert werden. Und plötzlich wussten sie, was zu tun war!

Wovor hatte die Dummheit Angst? Richtig, vor Intelligenz und Wissen, sie bekam Panik vor Schönheit und Leben, vor Hoffnung und Glauben, vor Selbstbewusstsein und Courage! Und genau das mussten sie den Leuten wieder beibringen – Klugheit und Wissen, Selbstbewusstsein und Courage! Natürlich würde es schwer werden, gegen die alles bestimmende und regierende Dummheit, die sich schon im Rathaus und in den Stadtverwaltungen breitgemacht hatte, vorzugehen. Dennoch mussten sie es wenigstens versuchen. Denn kampflos wollten sie ihre geliebte Stadt, ihre einst lieb gewonnene Heimat keinesfalls hergeben! Sie wollten kämpfen und das Gute wieder in ihre Stadt zurückbringen!

Schon am darauf folgenden Tag begannen sie, ihr mutiges Vorhaben in die Tat umzusetzen. Sie zogen sich ordentlich an und traten entschlossen und hoch erhobenen Hauptes hinaus auf die Straße. Dort schlichen die Dummen mit dunkler Einheitskleidung und gesenktem Kopf an ihnen vorüber und taten mit versteinerter eisig kalter Miene so, als bemerkten sie nichts. Doch Paul und seine Freunde liefen mit aufrechtem Gang, lächelnd und mit selbstbewusstem Schritt die Straßen entlang. Und es war ganz seltsam, hinter den Gardinen der meisten Häuser bewegten sich plötzlich menschliche Silhouetten. Und auf einmal öffneten sich die sonst stets verschlossenen Türen der Häuser, die bislang trübe und trist, einsam und kalt in der Düsternis lagen und Dutzende von aufrecht laufenden, lachenden und singenden Menschen strömten ans Tageslicht. Es waren all jene, welche sich über die Zeit total zurückgezogen und abgeschottet hatten. Es waren all jene, die klug und intelligent, sympathisch und charismatisch waren. Es war die anständige Bevölkerung der Stadt, die von den Dummen bis eben noch unterjocht wurde. Sie alle besannen sich angesichts des entschlossenen Auftretens von Paul und seinen Freunden ganz plötzlich auf ihre Stärken und schlugen sich bis zum Rathaus durch. Und es war kaum zu glauben – es waren schließlich so unglaublich viele Menschen, dass die Dummen nicht wagten, sie anzugreifen. Die Intelligenten waren einfach in der Überzahl und es wurden von Minute zu Minute mehr. Schließlich versuchte der poltrige herumbrüllende Bürgermeister der Dummen den eingeschüchterten Mob gegen die selbstbewusste Stadtbevölkerung aufzuwiegeln. Doch die waren nicht nur dumm, sondern auch mächtig feige. Und so trauten sie sich nicht an die Revoltierenden heran. Sie gaben schließlich auf und wollten sich in ihrer Feigheit den Demonstranten anschließen. Die ließen sich jedoch nicht beirren und jagten den vermeintlichen Bürgermeister mit Hieben und mit Schimpf und Schande aus der Stadt! Da verzogen sich die dunklen Wolken über den Häusern, der Gestank in den Straßen wich einer neuen wohlduftenden optimistischen Brise und die Stadt erstrahlte hell im freiheitlichen warmen Sonnenlicht einer bes-

seren Zeit. Die Dummen und die Säufer, die Kif-
fer und die Ungebildeten, die Primitiven und
jene, die vom Bock zum sprichwörtlichen Gärt-
ner erhoben wurden, weil sie ein paar sinnreiche
Worte dummschwätzerisch nachgeplappert hatten, zogen sich in eine menschenleere Gegend
zurück, wo sie in trostloser Vergessenheit und
ihrer eigenen Dummheit ungesehen und unge-
hört vergingen. Die Stadt hingegen wurde ein
glorreiches Beispiel für die gesamte Region und
schon bald erging es der gesamten Gegend so
und sie erlebte einen regelrechten positiven Auf-
schwung! Paul und seine Freunde regierten fortan diese neue lebendige Stadt und alle Menschen, die dort lebten, konnten sich daran betei-
ligen und waren endlich wieder erleichtert und
froh. Sie waren glücklich, den üblen Mob, den
Hass und die Dummheit, die Oberflächlichkeit
und die Bösartigkeit für immer aus ihrer Stadt
verbannt zu haben. Und sie passten genau auf,
dass diese Brut niemals wieder ihre schöne Stadt
beschmutzte! Tja, und wenn sie nicht gestorben
sind, und die Dummheit und die Oberflächlichkeit nicht wieder die Seelen der gut situierten
Leute verseuchten, dann könnten sie vielleicht
noch heute leben, oder?

Albtraum

Der äußerst erfolgreiche Konzernchef Stephen Blind war auf der Suche nach neuen Absatzmärkten. Nachdem es seine wundervolle Suspensorien-Firma von „Null" auf „Hundert" in nur zehn Jahren schaffte, schien für ihn nun das schöne und geheimnisvolle Asien das gefundene Fressen zu werden!

Es war der Tag, an dem es hieß, Gott würde auf die Erde schauen, um zu sehen, was seine Geschöpfe so trieben, da machte sich Blind auf seinen glorreichen Siegeszug. Er wollte nach Schanghai, um dort seine neuesten Verträge abzusichern. Er hatte sogar schon die zukunftsorientierten Vorschläge nagelneuer umweltfreundlicher Suspensorien, extra für die stets freundlichen Asiaten, im Petto. Ging alles so, wie er es sich erträumte, würde seine Firma schon bald die mächtigste der Welt sein. Der Privatflieger seiner ureigenen „Blind-Air" stand schon bereit, und der Abschied von der alten Heimat schien nicht wirklich tränenschwer. Denn die Familie war längst beim Packen und schon bald würde auch sie in die geheimnisvolle Region des scheinbar ewigen Lächelns folgen. Im Flieger gab es alles, was das Herz begehrte: Schampus, Kaviar und Hummer ohne Ende! Und so rekelte sich Blind zufrieden auf dem weißen Büffel-Ledersofa vor seinem vergoldeten Tablett-PC und beduselte sich dabei mit den allerneuesten Zahlen seiner Firma. Nahezu jeder halbwegs auf sich haltende männliche Zeitgenosse schien neuerdings ein Suspensorium seiner ach so familienfreundlichen und umweltbegeisterten Werke ergattern zu wollen. Plötzlich geriet das Flugzeug in starke Turbulenzen! Blind hatte das schon oft erlebt und geriet nicht sonderlich in Angst. Außerdem war die nähere Zukunft, das, was er erreichen konnte, viel stärker als das bisschen Wackeln einer winzigen Privatmaschine. Doch es hörte einfach nicht mehr auf und laut polternd fielen die kostbaren Errungenschaften der modernen Zivilisation durch den mit teurem Plüsch ausgelegten Gang … auch Blind selbst. Zwischen dem heruntergeklappten Notsitz und dem aufgesprungenen Aktenkoffer mit seiner modernsten

„Asia-Suspensorien–Kollektion"

blieb er liegen und hatte große Schmerzen. So bemerkte er nicht, wie der Pilot hektisch gestikulierend in die Kabine stürmte, um zu berichten, was sich rund um die Maschine tat. Denn nicht etwa ein schweres Gewitter oder eine plötzliche Sturmfront hatte den Flieger in der Gewalt – es war ein unvorstellbar großer Wirbel, der aschgrau das Flugzeug in sich einhüllte. Es gab weder Oben, noch Unten, weder Rechts noch Links. Das Flugzeug trudelte steuerungslos durch den Strudel und schien wohl bald zu zerbrechen wie ein Streichholz zwischen zwei Fingern. Der Pilot half Blind wieder auf die Beine und die beiden humpelten umständlich nach vorn ins Cockpit. Was der schon einiges gewohnte Blind da zu sehen bekam, ließ ihm das Blut in den Adern gefrieren. Sämtliche Instrumente flackerten wirr auf, um danach gleich wieder zu erlöschen. Weder eine Anzeige noch eine Sicherheitseinrichtung funktionierte noch. Die Maschine schien ein Spielball dieses riesigen, Furcht einflößenden Strudels zu sein. Zitternd hielten sich die beiden verwirrten Passagiere an der Tür fest und waren einfach nur starr vor Schreck. Allmählich wurde es wieder ruhig und es schien, als sei der merkwürdige Spuk vorüber. Doch plötzlich verwirbelte sich der aschgraue Strudel, und aus dessen Innerem tauchte eine riesige blutig-rote Hand vor der Maschine auf. Sie schien sich aus den tosenden Wolken, aus dem todbringenden aschrauen Strudel, wie aus einer lebendigen Eizelle gebildet zu haben. Blind und sein Pilot konnten nicht einmal mehr schreien, so grauenvoll erschien ihnen der Anblick jener Monsterhand. Und ehe sich die beiden versahen, packte die riesige Hand das Flugzeug und nahm es mit sich. Es wurde stockdunkel in der Maschine und die beiden hilflosen Passagiere waren längst vom heftigen Herumwirbeln des Flugzeugs unsanft auf den Boden geworfen worden. Als es wieder ruhig wurde, krochen die beiden stöhnend hervor und starrten ungläubig durch das dicke Glas der Bullaugen. Offenbar waren sie noch am Leben und die Maschine flog, so viel schien sicher. Doch wo befanden sie sich? Blind versuchte, Kontakt mit einer Bodenstation aufzunehmen. Irgendwer musste sie ja hören. Aber aus den Lautsprechern drang lediglich ein monotones

Knistern und Rauschen. Am Geigerzähler bemerkte der Pilot eine unglaublich hohe radioaktive Strahlung! Befanden sie sich etwa noch immer in dieser übermächtigen Satanshand? Da zuckte ein greller Blitz aus dem Inneren der Schwärze hervor und schien alles zu vernichten, was sich auf seiner Bahn befand, auch das Flugzeug mit Blind und dem Piloten. Doch welch Wunder – abrupt endete dieser vermeintliche Totentanz und Blind starrte in eine merkwürdige Leere hinein. War das vielleicht das Ende der Welt, oder war das die unbekannte schwarze Materie, von der man nicht wusste, was sie wirklich war? Aus der gähnenden Leere formte sich eine Kugel. Schnell wuchs sie zu einem mächtigen Gebilde, zu einem riesigen Raum, zu einer übergroßen Halle heran. Längst glaubte Blind gestorben zu sein und ließ alles willenlos mit sich geschehen. Wie von Geisterhand getragen schwebte er in diese sonderbare Halle hinein und konnte sich nicht erklären, warum es einerseits so dunkel, andererseits auch wieder so hell um ihn herum wurde. Doch dann wich dieses Wechselspiel von Hell und Dunkel einem blutigen Rot. Seltsame Geräusche drangen an seine Ohren. Alles schien unwirklich und bedrohlich zu sein. Wo war er nur? War das vielleicht Gott, der ihn nun zu sich holte? Sah so allen Ernstes der Himmel aus? Oder war er in der Hölle beim Satan gelandet? Sein Atem schien zu stocken und wurde schwer, sehr schwer. Atmete er überhaupt noch? An den purpurnen schwingenden Wänden, die nach oben keine Grenzen zu haben schienen, thronten seltsam geformte gläserne Sarkophage. Als Blind in einen dieser bedrohlich wirkenden Sarkophage schaute, erschrak er fürchterlich. In einer roten pulsierenden Flüssigkeit lagen da recht bekannte Dinge herum. Ein Rad, eine komplette Maschine, ein Flugzeug, eine Rakete, Blind konnte sich das alles nicht zusammenreimen. Doch dann ahnte er, was es sein könnte. Das da vor ihm waren all die ungezählten Errungenschaften der Menschheit und der westlichen Welt! Er schien sich in einer Art Bibliothek des menschlichen Wissens aufzuhalten. Aber wie kam nur all dieses Wissen an diesen verklärten unwirklichen Ort? Sollte wirklich Gott, oder doch der Satan, nein, unmöglich! Da spürte er plötzlich einen unerträglichen Stich in seinem Hirn. Wie in Zeitlupe torkelte er zu Boden und spürte im selben Augenblick, wie eine übermächtige Kraft an seinen verwirrten Gedanken nagte. Wollte man nun auch sein ureigenes Wissen stehlen? Sollte sein Wissen etwa auch in diese Bibliothek des Grauens einfließen? Er wollte es nicht und stemmte sich mit aller Macht gegen dieses bedrohliche Gefühl. Und zunächst gelang es ihm auch – langsam wurde er wieder frei von diesem fremdartigen Stechen. Am scheinbaren Ende der Halle entdeckte er eine fluktuierende silbrige Wolke. Übermächtig schwebte sie über dem samtig grau wabernden Boden und wurde mal größer und mal kleiner. Sämtliche Sarkophage waren durch glitzernde

Fasern und schillernde Sehnen mit dieser Wolke verbunden. Als sich Blind der Wolke näherte, fühlte er, wie sich auch sein Denken mit diesem Gebilde verband. Er konnte sich einfach nicht dagegen wehren. Und nun sah er auch, was diese vermeintliche Wolke wirklich war – es war ein überdimensionales pulsierendes menschliches Gehirn! Es saugte alles, was sich in der Halle befand, und auch Blinds Wissen gierig in sich hinein. Blind fühlte sich ohnmächtig und wusste nicht mehr, ob ihn Gott für seinen plötzlichen Suspensorien-Erfolg belohnen oder ob ihn der Satan für seine Gnadenlosigkeit und für seine Gier nach Macht und Reichtum bestrafen wollte. War sein Aufbruch nach Osten wirklich falsch? Schweißgebadet und kraftlos fiel er schließlich zu Boden und schien all seine Gedanken verloren zu haben - war er nun endgültig gestorben?

Ein sonderbares monotones Rauschen drang an seine müden Ohren. Wo war er nur, in der Hölle? Aber wo blieb dann der Satan? Es war der Pilot, der geduldig grinsend vor ihm stand! Und in treuem Gehorsam half er seinem Chef sogar aufzustehen. Offenbar war Blind durch die starken Turbulenzen im Flugzeug der Länge nach hingefallen und hatte dabei das Bewusstsein verloren. Irgendwie schmerzte alles in seinem Körper, und er erkundigte sich ängstlich und leicht verwirrt nach dem Allmächtigen. Der Pilot wusste nicht, was sein sonst so bodenständiger Chef da vor sich hin faselte. Er hatte doch nur ein Fax aus Schanghai erhalten und wollte es Blind ergebenst überreichen. Erleichtert und laut stöhnend ließ der sich unterdessen in seinen weichen Massagesessel fallen und war froh, alles nur geträumt zu haben. Als es ihm endlich wieder etwas besserging, las er die Nachricht. Darin stand jedoch nicht etwa, dass man in China eine ordentliche Lieferung seiner neuesten Suspensorien orderte. Nein, es war die niederschmetternde Botschaft, dass eine Landung in Schanghai zurzeit nicht möglich sei. Eine seltsame Schlechtwetterfront hielt sich hartnäckig über der Landebahn. Und als Blind die angehängten Fotos der düsteren Nachricht betrachtete, traf ihn beinahe der Schlag. Denn das vermeintliche Schlechtwettergebiet hatte die Gestalt einer riesigen blutigroten Hand, in deren höllenschwarzem Würgegriff sich eine seltsame Kugel zu formen schien.

Telefonzelle

Gerade hatte ich mir ein neues Handy gekauft. Stolz telefonierte ich mit sämtlichen Bekannten und war stundenlang damit beschäftigt, das neue Wunderwerk meinen Bedürfnissen anzupassen. Ich lud mir die verrücktesten Klingeltöne herunter und hörte damit immer und überall meine Musik. Als ich Tage später in den Urlaub fuhr, geschah genau das, womit ich nicht gerechnet hatte: Irgendwo draußen, zwischen zwei riesigen Feldern, blieb der Wagen stehen und bewegte sich keinen Meter mehr vorwärts. Fluchend schlug ich auf das Lenkrad ein. Doch alles Schimpfen nutze nichts, der Wagen funktionierte nicht mehr und musste wohl abgeschleppt werden. Genervt griff ich nach meinem nagelneuen Handy und wollte den Abschleppdienst anrufen. Doch ich konnte es nicht glauben, es ließ sich einfach nicht einschalten. Mir fiel ein, dass ich am gestrigen Abend noch stundenlang daran herumgestellt hatte. Vermutlich war der Akku leer. Voller Wut warf ich es auf den Beifahrersitz. Zu allem Unglück begann es auch noch zu regnen. Aber es half nichts, ich musste aussteigen, um Hilfe zu holen. Vielleicht gab es in der Nähe eine Siedlung oder ein bewohntes Haus. Ich stieg aus, zog mir die Jacke über den Kopf und lief los. Zu meinem Glück entdeckte ich an einer Trafostation eine alte Telefonzelle. Entschlossen ging ich hinein. Doch auch dort funktionierte nichts. Das Telefon war, wie ich es mir bereits dachte, tot. Gerade wollte ich die Telefonzelle wieder verlassen, da hielt ein klappriger Lieferwagen und drei maskierte Männer sprangen heraus. Ich wollte wegrennen, doch zum Fliehen war es bereits zu spät. Die Männer rissen die Tür auf und brüllten: „Los! Geld raus und her mit den Wertsachen!" Mir rutschte das Herz in die Hose. Entsetzt starrte ich die Männer an und zog umständlich meine Geldbörse aus der Hosentasche. Plötzlich geschah etwas Merkwürdiges. Einer der Gauner griff schon nach der Börse, die ich ihm entgegenhielt, da knarrte und quietschte die Tür der Telefonzelle und schlug unvermittelt und laut zu. Ich konnte gerade noch rechtzeitig meine Hand zurückziehen. Die Gauner aber gaben nicht auf. Sie versuchten mit aller Kraft, die Tür wieder zu öffnen. Doch es ging nicht. Aus irgendeinem Grund ließ sich die Tür nicht mehr öffnen. Abwechselnd schlugen die Drei gegen die Scheiben, traten heftig mit ihren Springerstiefeln dagegen. Aber die Tür rührte sich nicht. Nun griffen sie zu härteren Mitteln. Eifrig beschäftigten sie sich damit, große Steine in der Umgebung zusammen zu suchen. Ich ahnte, was sie damit vorhatten. Meine Befürchtungen wurden bittere Realität! Mit aller Kraft schleuderten sie die Brocken gegen die Verglasung der Zelle. Schon bildeten sich lange Risse, und ich sah mich bereits leblos am Boden liegen. Da knackte und knirschte es in den Scheiben und sämtliche Risse verschwanden. Die Telefonzelle schien sich selbst zu regenerieren.

Innerhalb von wenigen Sekunden waren die Scheiben wieder vollkommen in Ordnung. Den drei Gaunern, die jene seltsamen Geschehnisse ebenfalls verfolgt hatten, stand das blanke Entsetzen ins Gesicht geschrieben. Auch sie konnten nicht glauben, was sie da sahen. Schnellstens sprangen sie in ihren Wagen zurück und verschwanden. Es dauerte nicht lange, da erschien ein Streifenwagen der Polizei. Die Beamten erkundigten sich, ob ich drei junge Männer in einem alten Lieferwagen gesehen hätte. Noch immer unter Schock stehend schilderte ich ihnen die furchtbaren Geschehnisse. Mein seltsames Erlebnis mit der Telefonzelle aber verschwieg ich. Vor lauter Schreck vergaß ich, die Beamten um Hilfe wegen meines liegen gebliebenen Wagens zu bitten. Erst als sie wieder abgefahren waren, fiel es mir wieder ein. Jedoch kam ich nicht dazu, mich endlosen Selbstvorwürfen hinzugeben. Ich traute meinen Augen nicht. Die Drei Gauner, die ich schon weit entfernt glaubte, kehrten zurück. Doch diesmal wollte ich mich nicht von den dreien bedrohen lassen. Schnell versteckte ich mich hinter einem Busch neben dem Trafohäuschen. Die Drei hielten tatsächlich an und stiegen aus. Schließlich untersuchten sie die Telefonzelle. Dabei gingen sie äußerst rabiat vor. Sie zerfetzten die herumliegenden Telefonbücher und schlugen wie wild auf den Telefonapparat ein. Vermutlich erhofften sie sich auf diese Weise an das Geld im Inneren heran zu kommen.

Auch der Telefonhörer musste daran glauben. Sie rissen einfach das Kabel aus ihm heraus und schlugen ihn dann so lange auf die metallene Telefonbuchkonsole, bis er aufsplitterte und zerbrach. Plötzlich vernahm ich das gleiche Knacken und Knirschen, welches ich bereits von dem letzten Überfall her noch kannte. Laut krachend schlug plötzlich die Tür zu und die Drei saßen in der Falle. Sie standen laut brüllend und tobend in der Zelle und kamen nicht mehr heraus. Und zu meiner großen Erleichterung erschein auch der Polizeiwagen. Diesmal allerdings mit Sirenengeheul und Blaulicht. Die Beamten sprangen aus dem Wagen und umstellten die Telefonzelle. Dann befahlen sie den Gaunern, sofort mit erhobenen Händen heraus zu kommen. Und, welch Wunder, wie von selbst öffnete sich die Tür und die Drei wurden verhaftet. Ich konnte es einfach nicht glauben. Die Telefonzelle hatte mir tatsächlich zum zweiten Mal das Leben gerettet. Schließlich riefen mir Polizeibeamten noch einen Abschleppdienst und mein Wagen wurde in die nächste Werkstatt gebracht. Meinen Urlaub aber trat ich nicht mehr an. Zu tief saß noch der Schreck und zu teuer war auch die Reparaturrechnung der Werkstatt. Doch all das war mir egal. Ich war nur froh, dass ich bei dem Überfall so glimpflich davonkam. Und manchmal fahre ich hinaus zu der alten Telefonzelle. Dann sitze ich neben ihr im Gras, genieße die Ruhe und weiß in diesem Augenblick genau, dass ich dort so sicher wie nirgendwo auf dieser Welt bin …

Rosen

Es war der dritte und letzte Verhandlungstag. Der arbeitslose Gauner Eddi Johns war angeklagt, den Banker James Miller aus Habgier ermordet zu haben. Auf einem Friedhof sollte er den Banker abgefangen haben, als dieser gerade dabei war, seinem Vater einen Strauß seiner geliebten gelben Rosen aufs Grab zu legen. Eddi wollte Geld von ihm. Doch als dieser ihm keines geben konnte, schoss er auf ihn. Der Banker starb noch auf dem Grab seines Vaters. Auch der starb vor wenigen Wochen unter merkwürdigen Umständen. Der Mord wurde von einem angetrunkenen Obdachlosen beobachtet, der sein Nachtlager in unmittelbarer Nähe des Grabes aufgeschlagen hatte. Eddi leugnete jedoch bis zur letzten Minute. Schließlich wurde er freigesprochen. Denn obwohl man dem Obdachlosen glaubte, konnte die Waffe, mit welcher er umgebracht wurde, nirgends gefunden werden. Damit schien der Fall abgeschlossen. Eddi verließ als freier Mann das Gerichtsgebäude. Millers Mutter aber blieb verstört und allein gelassen zurück. Ihre Trauer war unbeschreiblich. Sie konnte den Verlust des einzigen Sohnes einfach nicht verkraften. Ihr ging es von Tag zu Tag immer schlechter. Ein klein wenig Trost fand sie bei ihren geliebten gelben Rosen. Überall im Garten hatte sie diese wunderschönen Blumen angepflanzt. Sehr oft sprach sie mit ihnen. Und gerade jetzt, wo sie in so kurzer Zeit hintereinander den Mann und den Sohn verlor, weinte sie sich bei ihren Rosen aus. Beinahe jeden Tag ging sie auf den Friedhof, um am Familiengrab, in welchem nun auch ihr geliebter Sohn lag, zu trauern. Jedes Mal nahm sie einen Strauß ihrer gelben Rosen mit. Sie konnte nicht mehr allein zu Hause sein, zu schwer wog der Verlust.

An einem Sonntag ging sie wieder einmal völlig verzweifelt zum Grab. Sie hatte zwei große Sträuße gelber Rosen bei sich. Als sie vor dem Grab stand, brach sie weinend zusammen. Dabei fielen ihr die Sträuße aus der Hand. Sie landeten auf der Wiese neben dem Grabstein. Als sie die Blumen wieder aufheben wollte, bemerkte sie etwas Glänzendes, welches sich unter den Blumen im dichten Gras verbarg. Als sie das Gras etwas beiseite drückte, erstarrte sie vor Schreck: Im Gras lag ein Revolver! Sie holte den Friedhofsverwalter und der alarmierte die Polizei. Da sich der Fundort in unmittelbarer Nähe des Grabes befand, hatten die Ermittler einen ganz bestimmten Verdacht. Vermutlich war das die Waffe, mit der Eddi den Banker erschossen hatte. Der Revolver wurde auf Fingerabdrücke untersucht. Und wirklich, auf der Waffe fanden die Ermittler seine Fingerspuren. Eddi gestand alles. Doch beim Verhör gab es plötzlich Unklarheiten. Eddi beteuerte, die Waffe in einen Fluss geworfen zu haben. Er beschrieb sogar, an welcher Stelle er den Revolver ins Wasser warf. Die Ermittler untersuchten das gesamte Gelände, welches Eddi beschrieb. Doch einen Revolver fanden sie nicht.

Dafür aber einen wunderschönen Strauß gelber Rosen. Irgendjemand hatte sie in den Papierkorb, der am Flussufer neben einer weißen Holzbank stand, geworfen. Einer der Ermittler nahm den Strauß aus dem Korb. Dabei fiel eine kleine weiße Tüte heraus. Darauf war der Schriftzug „Arsen" zu lesen. Sofort wurde der Rosenstrauß zur Gerichtsmedizin gebracht. Es stellte sich heraus, dass die Tüte ebenfalls Eddi gehört hatte. Denn neben den Fingerspuren, welche auf der Tüte gesichert werden konnten, fanden die Ermittler auch einen kleinen Notizzettel, auf dem der Name und die Adresse von Millers Vater stand. Es war eindeutig Eddis Handschrift! Nun konnte auch der rätselhafte Tod von James Millers Vater aufgeklärt werden. Als die Ermittler Eddi mit dem Rosenstrauß, in welchem sie die Arsentüte fanden konfrontierten, bestritt dieser, jemals einen Rosenstrauß in seinen Händen gehalten zu haben. Er litt seit seiner Kindheit an einer seltenen Rosenallergie.

Verfahren

In den Sommermonaten war ich beinahe täglich mit meinem Fahrrad unterwegs. Da ich noch nicht sehr lange in diesem kleinen Dorf lebte, erkundete ich auf diese Weise die herrliche Umgebung. Auch an den Pfingsttagen des letzten Jahres war es so. Ich zog meine Fahrradkleidung über und fuhr los. Irgendwann landete ich in einem riesigen Waldstück. Es hätte ein wirklich herrlicher Ausflug werden können, wenn da nicht dicke Regenwolken ihre Last ausgerechnet über mir loswerden mussten. Zu allem Unglück hatte ich mich auch noch verfahren! An einer einsamen Gabelung blieb ich stehen und schaute mich ratlos um. Doch ich wusste beim besten Willen nicht, in welche Richtung ich weiterfahren musste. Nirgends fand ich ein Schild und der dichte Wald verhinderte die Sicht. Ich wusste einfach nicht mehr, wo ich mich befand. So wendete ich und fuhr in die Richtung, aus welcher ich glaubte, gekommen zu sein. Doch der Weg endete im Dickicht des Waldes. Plötzlich sah ich einen jungen Mann in einem Jogginganzug. Er stand mitten auf dem Weg und winkte mir zu. Als ich näherkam, rannte er los. Ich verstand nicht, was das zu bedeuten hatte. Brauchte er Hilfe oder wollte er mir den Weg aus dem Wald zeigen? Lange überlegte ich nicht. Ich schnappte mein Rad und fuhr dem Mann hinterher. Hinter einer Biegung aber war er verschwunden. Wieder blieb ich stehen und wartete. Dann plötzlich erschien er wieder. Er stand einfach vor mir auf dem Weg und winkte unaufhörlich in meine Richtung. Und wieder rannte er los. Ich folgte ihm, doch es war so wie eben. Nach einigen Kurven verlor ich ihn aus den Augen. Ich konnte ihn nirgends mehr entdecken. Irgendwann stand ich vor einem kleinen Haus. Es war teilweise von Bäumen verdeckt, sodass man leicht an ihm vorübergehen konnte, ohne es zu bemerken. Ich stieg vom Rad, um mich zu orientieren. Aber der junge Mann zeigte sich nicht mehr. Da ich auch nicht wusste, wo ich mich befand, wollte ich in dem Haus nach dem Weg fragen. Vielleicht konnte mir dort jemand helfen. Ich ging auf die schmale Holztür zu und klopfte vorsichtig an. Dabei sprang die Tür einen Spalt weit auf. Vermutlich hatten die Bewohner vergessen, sie abzuschließen. „Hallo, ist jemand da!", rief ich laut. Zunächst kam keine Antwort. Doch als ich noch einmal rief, vernahm ich deutlich ein seltsames Stöhnen und Wimmern. Obwohl mir nicht so ganz wohl war, trat ich ein. Noch einmal rief ich, ob jemand zu Hause sei. Und erneut vernahm ich das rätselhafte Wimmern. Langsam ging ich durch den schmalen Korridor. Hinter der nächsten Tür fand ich dann doch jemanden vor – ein Mann lag auf dem Boden und wand sich vor Schmerzen. Neben ihm lag ein Jagdgewehr. Vermutlich hatte sich ein Schuss gelöst. Als ich mich zu ihm herunterbeugte, um ihm zu helfen, erstarrte ich! Es war der junge Mann, den ich soeben im Wald gesehen hatte! Später stellte sich heraus, dass der junge Mann als Förster in dem großen Waldstück tätig war. An diesem Tage wollte er zur Jagd. Doch kurz zuvor erlitt er einen Kreislaufkollaps. Dabei fiel er auf das Gewehr. Es löste sich ein Schuss und verletzte ihn schwer. Wäre ich nicht rechtzeitig im Haus erschienen, wäre der Mann vermutlich gestorben. Hatte mich vielleicht der Geist des jungen Mannes zu seinem Hause geführt? Waren etwa seine große Not und seine Angst daran beteiligt, dass seine Seele mich zum Haus führte. Ich wusste es nicht und war froh, ihm noch rechtzeitig geholfen zu haben. Als der Mann endlich mit einem Notarztwagen abgeholt werden konnte, wollte auch ich wieder weiterfahren. Dabei fiel mir ein, dass ich ja den Weg nicht kannte. Ich hatte in dem Trubel einfach vergessen, nach dem Weg ins Dorf zu fragen. Da keiner mehr im Hause war und ich mein Handy nicht bei mir hatte, wollte ich das Telefon im Haus nutzen, um zu Hause anzurufen. Doch das funktionierte nicht. Ich konnte es nicht fassen! So viel Pech konnte man doch gar nicht haben. Genervt legte ich den Hörer auf die Gabel und schaute kurz aus dem Fenster. Doch was war das, ich konnte nicht glauben, was ich da sah. Draußen auf dem Weg stand der junge Mann und lächelte zum Fenster hinüber. Dabei winkte er mir zu und rannte schließlich los …

Die Bar

Manchmal, wenn ich allein zu Hause sitze, erinnere ich mich an die alten Zeiten. Dann krame ich mir die alten Fotos aus dem Schrank und verbeiße mir so manche Träne. Ja, es war schon eine ereignisreiche Zeit, damals, vor 30 Jahren. Auf einem Foto entdeckte ich eines Tages auch unsere kleine alte Bar. Dort hatte ich damals meinen Ehemann Jim kennen gelernt. Die Musik, der Blues *„What A Wonderful World"* mit Louis Armstrong – ich höre es noch, als wären all die vielen Jahre nicht vergangen. Ich sah mich mit Jim an einem der wackeligen Holztische sitzen und Rotwein trinken. Ach, wir konnten uns damals kaum etwas leisten. Aber in die kleine Bar gingen wir dennoch immer, wenn wir Zeit hatten. Damals lebten wir noch in einem herunter gekommenen Zimmer mitten in Boston. Wenn wir miteinander tanzten, dann war es so, als kannten wir uns schon eine Ewigkeit. Und dann heirateten wir. Irgendwann zogen wir weg aus der Gegend. Dann kamen die Kinder, die Karriere, das Haus, die Scheidung. Tränen liefen mir übers Gesicht. In die alte Bar sind wir seither nie mehr gegangen. Ich klappte das Fotoalbum zu und beschloss, nach Boston zu fahren. Noch einmal wollte ich nach der Bar suchen, vielleicht gab es sie ja noch. Mir war nach Erinnerungen und die Neugierde ließ mir einfach keine Ruhe. Ich zog eine Jacke über, stieg ins Auto und fuhr nach Boston. Natürlich konnte ich mich nicht mehr genau erinnern, wo sich die Bar befand. Aber ich erinnerte mich noch, dass sie wohl zwischen zwei zierlichen runden Gebäuden stand, die aussahen wie Türmchen. Und tatsächlich, nachdem ich mich mehrmals verfahren hatte, entdeckte ich die winzige Seitenstraße mit den beiden Türmchen. Sogar die Bar gab es noch. Doch die Fenster waren vernagelt und das Schild überm Eingang, welches mir damals viel größer erschien, hing nur noch an einer alten Stromleitung und pendelte im Wind hin und her. Die Schrift darauf war nicht mehr zu erkennen. Ich erinnerte mich, dass wir damals heimlich, um nicht den Eintrittspreis zahlen zu müssen, durch einen Nebeneingang, den ausschließlich das Personal nutze, hineingingen. Ich suchte nach diesem Nebeneingang. Und ich fand ihn. Er stand offen. Vorsichtig trat ich ein. Unter meinen Schuhen knirschten Glasscherben der zerbrochenen Fensterscheiben. Die schmale Treppe, die zum Tanzsaal hinaufführte, war total verdreckt. Überall lagen zerfetzte Zeitungen und Unrat herum. Es roch muffig und alt. Sogar die Pendeltür zum Saal gab es noch. Ich stieß sie auf und stand augenblicklich in meiner eigenen Vergangenheit. Durch die Spalten der Bretter, die vor die Fenster genagelt wurden, fiel etwas Sonnenlicht auf das zerschundene Parkett. Das Licht verfing sich im Staub des leeren Raumes und verzauberte ihn regelrecht. In der Mitte des Saales stand vergessen ein kaputter Stuhl herum. Ich setzte mich, und was dann geschah, erscheint mir noch heute wie ein Wunder. Als ich mit meinen Fingern an der Unterseite des Stuhles entlang tastete, stieß ich auf etwas Weiches, das unterm Sitzpolster klemmte, es schien Papier zu sein. Ich zog es hervor und betrachtete es. Es war eine alte Zeitungsseite aus dem Jahre 1976. Unter einem langen Text konnte ich ein Foto sehen. Es war schon recht vergilbt. Aber ich konnte genau erkennen, was, oder besser gesagt *wer* darauf abgebildet war: Jim und ich, wie wir auf dem Parkett tanzend unsere Runden drehten. Ich konnte es nicht fassen - wir beide - damals vor über dreißig Jahren, unbegreiflich. Mir schien es beinahe so, als sollte ich diese Zeitung finden. Denn plötzlich knackte es draußen vor der Pendeltür. Ich erschrak und schaute ängstlich zur Tür. Was, wenn irgendwelche Gauner hereinkämen? Oder vielleicht Obdachlose, die das verfallene Haus für sich okkupiert hatten? Doch es kam ganz anders! Als das Knacken und Knirschen verstummte, stieß jemand die Pendeltür auf. Durch das staubige Sonnenlicht konnte ich zunächst nicht sehen, wer da gekommen war. Langsam erhob ich mich von meinem Stuhl. Und jetzt konnte ich sehen, wer dort stand: Jim! Er schaute mich an und wir sprachen kein Wort. Wie konnte das nur möglich sein? Woher wusste er, dass ich ausgerechnet heute hier sein würde? Ich konnte mir all das nicht erklären. Doch es war real, Jim stand wirklich vor mir! In diesem Augenblick spürte ich einen heftigen Stich im Herzen. Mir schossen die Tränen in die Augen und ich konnte meine Gefühle nicht mehr kontrollieren. Jim lächelte mich an und sprach noch immer kein einziges Wort. Und auch ich konnte nichts sagen, mir hatte es regelrecht die Sprache verschlagen. Das konnte einfach kein Zufall sein! Wir liefen aufeinander zu und umarmten uns. Wir konnten uns nicht mehr loslassen und in diesem Moment war es so, als gäbe es nichts, dass uns noch trennen konnte. Was für ein faszinierender märchenhafter Augenblick. Wir küssten uns und tanzten so wie damals unsere Runden – quer durch den Saal. Und wie im Märchen ertönte der alte Blues, zu dem wir schon damals getanzt hatten: *„What A Wonderful World"* mit Louis Armstrong. Wir konnten unser Glück nicht fassen. Stundenlang tanzten wir zu einer Musik, die eigentlich gar nicht da zu sein schien. Als es draußen langsam dunkler wurde, hielten wir uns noch immer in den Armen. Wir wussten in diesem magischen Augenblick genau – es musste ein Zeichen sein, dass wir uns genau zu diesem Zeitpunkt in dieser kleinen verfallenen Bar mitten in dieser riesigen Stadt wiederfanden. Es war fantastisch und unwirklich zugleich. Es war unfassbar! Als wir gemeinsam die Bar verließen schien es uns, als wollte sie sich von uns verabschieden. Ein seltsam trauriges Gefühl schwebte in der Luft. Wir bedankten uns beim Verlassen des alten Gebäudes für diese wundervolle Schicksalsfügung. Und irgendwie schien es, als wünschte uns die alte Bar alles erdenkliche Glück dieser Welt. Jim und ich lebten seitdem wieder zusammen. Und es begann eine intensive und liebevolle Zeit, die wir dankbar entgegennahmen. Ein Jahr später, es war unser Hochzeitstag, wollte Jim wieder zur alten Bar zu fahren. Vielleicht konnten wir dort wie früher tanzen und dem alten Blues lauschen. Dazu nahm Jim einen kleinen CD-Player mit. Er hatte sich vor Jahren die CD mit unserem Lied gekauft. Wir fuhren nach Boston, doch das Gebäude, unsere kleine Bar zwischen den Türmchen gab es nicht mehr. Sie war weggerissen worden. An der Stelle, an welcher sie stand, befand sich nur noch ein Trümmerhaufen. Das Merkwürdigste aber war, dass wir neben dem Schutthaufen einen alten Stuhl fanden. Ich betrachtete ihn mir genau und fand die alte Zeitungsseite mit unserem Foto unter dem Sitzpolster. Ich zog sie heraus und steckte sie ein. Dann erkundigten wir uns in einem Antiquitätenladen ganz in der Nähe, wann das Gebäude weggerissen wurde. Die freundliche Inhaberin schaute uns irritiert an - offensichtlich wunderte sie sich über diese Frage. Schließlich meinte sie kühl: „Die Bar gibt es schon seit dreißig Jahren nicht mehr. Sie ist damals bis auf die Grundmauern abgebrannt. Seitdem liegt der Schutthaufen hier herum und keiner kümmert sich mehr darum." Wir konnten es nicht glauben. Doch plötzlich erklang Musik aus der Ferne, ein Blues, welcher uns beiden sehr bekannt vorkam und uns die Tränen in die Augen trieb: „What A Wonderful World" mit Louis Armstrong. Und wir tanzten versunken in unseren Träumen in dem

kleinen Laden dazu, als sei die Zeit niemals vergangen ...

Einbruch

Bis heute kann ich mir nicht erklären, was in dieser furchtbaren Gewitternacht wirklich geschehen war. Aber ich kann mich noch immer an jedes einzelne gruselige Detail erinnern. Seit kurzer Zeit besaßen wir ein kleines Haus auf dem Lande. Wir hatten es uns im letzten Jahr gekauft. Ray, mein Ehemann, arbeitete in der Stadt als Rechtsanwalt. Und es gab Tage, an welchen er nicht nach Hause kam. Er musste sich mit Klienten treffen und sehr viel recherchieren. Da wir uns noch im Aufbau unserer jungen Familie befanden, musste er jedes Mandat annehmen. Wir brauchten einfach das Geld! Ich war im vierten Monat schwanger und saß oft allein zu Hause. Doch ich genoss den herrlichen Ausblick auf den Wald gleich hinter dem Haus. An jenem verhängnisvollen Sommerabend saß ich noch lange auf der Terrasse unseres Hauses. Seit geraumer Zeit las ich in einer alten Bibel, welche ich von meiner Großmutter zum letzten Weihnachtsfest geschenkt bekam. Irgendwann musste ich eingeschlafen sein. Jedenfalls wurde ich von lautem Donnergrollen eines nahenden Gewitters geweckt. Irgendwie musste die Bibel heruntergefallen sein. Ich hatte sie jedenfalls nicht mehr in der Hand und dachte wegen des Gewitters auch nicht daran, sie zu suchen. Todmüde ging ich ins Haus und vergaß vermutlich, hinter mir die Terrassentür zu schließen. Das Telefon klingelte und Ray war dran. Er meinte nur, dass er auch an diesem Abend nicht nach Hause kommen könnte. So blieb ich also wieder einmal mutterseelenallein zu Haus. Unterdessen war das Gewitter sehr nahe und die grellen Blitze erzeugten sekundenlang merkwürdige Schatten im Zimmer. Plötzlich fiel das Licht aus und mein Telefongespräch mit Ray wurde unterbrochen. Nun war ich also auch noch von der Außenwelt abgeschnitten. Nachdem ich mir noch etwas zu trinken aus der Küche geholt hatte, ging ich nach oben ins Schlafzimmer. Trotz des Gewitters musste ich schnell eingeschlafen sein; jedenfalls wurde ich von einem lauten Knall regelrecht aus dem Bett geworfen. Es hörte sich an, als sei eine Tür vom Wind zugeworfen worden. Oder war es etwas ganz anderes, ein Schuss vielleicht? Ich fuhr hoch und knipste an meiner Nachttischlampe herum. Doch der Strom war noch immer nicht da. Neben meinem Bett hatte ich eine kleine Taschenlampe für Notfälle postiert. Und jetzt war ein Notfall! In mir kroch die Angst hoch, die Angst um mich und um mein ungeborenes Kind. Ich nahm die Taschenlampe und ging hinunter ins untere Stockwerk, wo sich das Wohnzimmer und die Wirtschaftsräume befanden. Aber da war nichts. Lediglich der Wind bewegte die offenstehende Terrassentür auf und zu und erzeugte dabei diese merkwürdigen Geräusche. Erleichtert wollte ich wieder nach oben, um mich ins Bett legen. Da knallte es erneut – diesmal jedoch schien es ganz nah und sehr laut zu sein. Plötzlich überschlugen sich die

66

Ereignisse. Ich stand noch auf der Treppe, da bemerkte ich, wie ein Schatten von der Terrassentür zur Küche huschte. Und schlagartig wurde mir klar: Ein Einbrecher musste im Haus sein! Wie angewurzelt verharrte ich auf der Treppe und schaltete die Taschenlampe ab. Ich wagte nicht einmal Luft zu holen. Doch irgendwann musste ich weitergehen. Der Einbrecher durfte mich nicht zu fassen bekommen. Ich wagte nicht, mir vorzustellen, was er tun würde, wenn er mich entdeckte. Besorgt strich ich mit der Hand über meinen Bauch. Ich dachte in diesem Moment nur an eines: An mein Kind! Glücklicherweise war es eine Stahltreppe, auf der ich stand, so konnte sie wenigstens nicht knarren. Aber mein Pech schien in dieser Nacht nicht mehr aufhören zu wollen. Ich stieß mit der Lampe an das Metallgeländer. Das dabei verursachte Geräusch war laut genug, um den Einbrecher auf mich aufmerksam werden zu lassen. Blitzschnell kam er aus der Küche gerannt und stand bewegungslos vor der Treppe. Zu allem Unglück kam auch noch der Strom wieder und das Licht im Haus schaltete sich ein. Nun konnte ich nur noch beten. Der Einbrecher hatte einen schwarzen Strumpf über sein Gesicht gezogen und einen Revolver in der Hand. Damit fuchtelte er wild in der Luft herum. So schnell es mir möglich war, rannte ich die Treppe nach oben, geradewegs ins Schlafzimmer hinein. Ein Schuss fiel, er traf mich aber nicht. Hinter mir schloss ich ab und wartete. Ich durfte mich keinesfalls zu sehr aufregen, doch die Angst lähmte meinen gesamten Körper. Was, wenn der Einbrecher die Tür aufbrach? Was, wenn ich mein Kind durch den Schock verlor? Nein, soweit durfte es niemals kommen! Irgendeine Gerechtigkeit musste es doch geben. Wieder fiel ein Schuss, und ihm folgte ein lauter Schrei! Dann wurde es schlagartig ruhig. Was war geschehen? Hätte der Einbrecher nicht längst hier oben sein müssen. Bange Minuten vergingen, in denen ich nicht wagte, die Tür wieder aufzuschließen, um nach dem Rechten zu schauen. Die Stille im Haus war unerträglich. Ich zitterte am ganzen Leibe. Mein Blick fiel zum Wecker auf dem Nachttisch, er zeigte: Viertel Zwei. Plötzlich vernahm ich erneut ein Geräusch, es hörte sich an, als würden Schlüssel klappern. Das musste Ray sein! Oh mein Gott, endlich! Ich musste ihn unbedingt warnen. Hastig schloss ich die Tür auf und rannte zur Treppe. Es war tatsächlich Ray. Sprachlos und wie vom Schlag gerührt stand er in der Diele. Und auch ich blieb entsetzt stehen. Vor der Treppe lag der Einbrecher und rührte sich nicht mehr. Allerdings wimmerte und stöhnte er leise vor sich hin. Vermutlich war er gestolpert und mit dem Kopf auf das Treppengeländer gefallen. Dabei wurde er wohl bewusstlos. Ray erfasste sofort die Gunst der Stunde. In Windeseile holte er einen Strick aus der Küche und fesselte damit den Einbrecher. Unterdessen rief ich die Polizei. Die Beamten kamen schnell und der Einbrecher konnte festgenommen werden. Es stellte sich heraus, dass es sich bei dem vermeintlichen Einbrecher um einen lang gesuchten Mörder handelte. Er hatte bereits eine Frau in einem benachbarten Ort überfallen und getötet. Mir fiel ein Stein vom Herzen. Offensichtlich war ich noch einmal mit meinem Leben davongekommen. Glücklich fiel ich Ray in die Arme. Vorsichtig streichelte er meinen Bauch, und plötzlich sah ich auch meine alte Bibel. Sie lag neben der Treppe. Genau dort, wo wir den Einbrecher fanden. Nachdenklich schaute ich auf das Foto meiner Großmutter, welches an der Wand neben der Treppe hing. Darauf schien sie so seltsam zu lächeln und mir zu zuzwinkern. Bei der Rekonstruktion des Falles wurde herausgefunden, dass der Einbrecher über die Bibel gestolpert war. Ich war mir jedoch sicher, am Nachmittag auf der Terrasse in der Bibel gelesen zu haben. Und zwar ziemlich genau auch eine Textstelle in einem der zehn Gebote:

„Du sollst nicht töten"

Der Helm

Ken hatte eine Schwäche für Motoräder. Er fühlte er sich schon wie ein Biker. Mit einer Harley durch die Gegend düsen, davon träumte er. Doch leider reichte sein Geld, welches er sich bei seiner Arbeit als Gelegenheitsarbeiter in einer kleinen Baufirma zusammensparte, nur für ein kleines klappriges Moped. Aber er achtete es sehr und freute sich, überhaupt ein Zweirad zu besitzen. Denn er hatte sonst keinen, der ihm irgendetwas geben konnte. Mit seinen Eltern lag er seit Jahren im Streit. Sie wollten nichts mit einem Arbeitslosen zu tun haben und enterbten ihn. Als er schließlich auch noch seine Wohnung verlor und als Obdachloser auf der Straße leben musste, blieb ihm nur noch das alte Moped. Aber seine großen Träume, irgendwann vielleicht doch noch mit einer Harley durchs Land zu fahren, verlor er nie. Auf einem Müllplatz neben der Brücke, unter welcher er nächtigte, fand er eines Tages einen alten rostigen Stahlhelm. Er strich ihn mit schwarzer Farbe an und probierte ihn auf. Er passte sehr gut zu seinem zerschlissenen Lederoutfit und stand ihm wirklich ausgezeichnet. So ausgestattet fuhr er, immer wenn er sich wieder etwas Geld erarbeitet hatte, mit seinem Moped durch die Straßen. An einem verregneten Morgen wollte er schon sehr zeitig los, um der erste zu sein, wenn die Arbeit verteilt wurde. Er brauchte dringend Geld und konnte es sich an diesem Tage nicht leisten, zu spät zu kommen. Der Regen wurde immer stärker und leichter Nebel breitete sich über der Landstraße, welche in die Stadt führte, aus. Ken fuhr nicht sehr schnell, konnte jedoch kaum etwas erkennen. In einer Kurve verlor er plötzlich die Gewalt über sein Gefährt. Das Moped kam ins Schleudern und rutschte zur Seite. Kopfüber fiel er die Böschung hinunter, stieß mit dem Kopf an einen Stein und landete geradewegs in einem Kornfeld. Sein Moped krachte führerlos gegen einen Pfeiler und blieb dort liegen. Glücklicherweise hatte er den Stahlhelm auf dem Kopf. Dieser schützte ihn vor Kopfverletzungen, die er sich zwangsläufig bei seinem Sturz zugezogen hätte. Eine ganze Weile lag er so da und starrte in den Regen hinein. Dann erhob er sich und nahm den Helm vom Kopf. Doch was war das? Im Inneren des Helms entdeckte er eine Nummer. Zunächst konnte er sich keinen Reim darauf machen. Doch über der Nummer entdeckte er ein winziges Zeichen, ein Symbol. Es kam ihm irgendwie bekannt vor, irgendwo musste er es schon einmal gesehen haben. Nur wo? Da er keinerlei Idee hatte, was es mit der Nummer und dem rätselhaften Symbol auf sich haben könnte, setzte er den Helm wieder auf und suchte sein Moped. Zwar war es sehr verbeult, aber es fuhr noch. So konnte er doch noch zur Arbeitsvermittlung fahren und bekam einen Tagesjob in einer Metallfirma zugeteilt, in welcher er schon sehr gejobbt hatte. Schon als er durch das Firmentor fuhr, wurde ihm einiges klar. Am Tor und auf dem Gebäudetrakt des Betriebes entdeckte er genau das gleiche Symbol, welches auch in seinem Helm eingeritzt war. Er konnte sich jedoch noch immer keine schlüssige Erklärung auf all das geben. Wieso war in seinem Helm ausgerechnet dieses Symbol eingeritzt? Am Nachmittag holte er sich seinen Lohn im Büro ab. Als er auf seinen Abrechnungszettel schaute, entdeckte er die Bankverbindung der Firma. Die Kontonummer glich der rätselhaften Nummer in seinem Helm bis auf die letzten beiden Ziffern. Wie ein Blitz schoss es Ken plötzlich durch den Sinn, denn die eingeritzte Nummer gehörte hundertprozentig zu dem Symbol der Firma! Vielleicht war es eine Kontonummer? Auf dem schnellsten Wege fuhr er zurück zu seinem geheimen Lager unter der Brücke. Wieder und wieder schaute er auf die Nummer in seinem Helm. Und immer wieder betrachtete er nachdenklich das Symbol. Plötzlich kam ihm eine verwegene Idee: Er wollte zur Bank fahren und dort erfragen, was es damit auf sich hatte. Dazu notierte er sich die Nummer auf einen Zettel. Schließlich fehlten nur noch ein sauberes Hemd und eine passende Krawatte. Beides fand er in einem Koffer, den er noch besaß. Er stieg auf sein Moped und fuhr los. Tatsächlich hatte die Bank noch geöffnet. Am Schalter gab er vor, seine Bankkarte verlegt zu haben. Aber die Kontonummer konnte er noch sagen … mit unsicherer Stimme las er die Zahlen von seinem Zettel ab. Die Schalterangestellte schaute Ken zunächst sehr misstrauisch an. Dann fragte sie mit gesenkter Stimme, so, als sollte es niemand hören: „Sind Sie zufällig Ken Meyers? Und wenn JA, haben Sie Ihren Personalausweis dabei?" Ken wusste nicht, was er sagen sollte, so überrascht war er. Woher wusste die Angestellte seinen Namen? Da er sich aber keiner Schuld bewusst war, nickte er mit dem Kopf. „Ja, das bin ich, wieso?", fragte er leise und legte seinen Ausweis auf den Tresen. Wortlos nahm die Angestellte den Ausweis an sich und verschwand in den hinteren Teil des Raumes. Aus einem großen Stahlschrank entnahm sie eine dicke Akte. Mit ihr kehrte sie zurück. „Schauen Sie", sagte sie dann, während sie Ken den Ausweis zurückgab, „ein Herr Joseph Meyers ist vor kurzem verstorben. Vor seinem Tode hatte er noch ein Testament hinterlegt, welches auch beim Notar einzusehen ist. Darin wurden Sie als Alleinerbe benannt. Das Konto, welches Sie uns nun genannt haben, ist jetzt Ihres." Vorsichtig schob sie Ken einen Kontoauszug über den Tisch. Der glaubte zunächst, an einer Sehstörung zu leiden, aber es gab keinen Zweifel. Auf dem Auszug war ein Guthaben von 2,5 Millionen Dollar verbucht. Es stellte sich heraus, dass es sich bei diesem Joseph Meyers tatsächlich um Kens Großvater handelte. Ihm gehörten mehrere Firmen. Unter anderem auch die, in welcher Ken als Gelegenheitsarbeiter ab und zu gejobbt hatte. Die Unterlagen bewiesen, dass Ken alles erben sollte. Warum seine Eltern nie von ihm erzählt hatten, konnte er sich letztlich nur so erklären, dass der Großvater als Soldat im Krieg gekämpft hatte. Darauf waren Kens Eltern nicht sehr stolz. Ja, sie schämten sich sogar dafür. Sie vernichteten alles, was an ihn erinnerte und sagten sich von ihm los. Daraufhin wurden sie von ihm enterbt. Auch den alten Stahlhelm des Großvaters warfen sie nach seinem Tod, von dem Ken nichts wusste, auf den Müll. Ken hatte ihn schließlich kurz darauf zufällig dort gefunden …

Der Fluch

Shiva liebte die schier endlosen wunderschönen Weinberge. Diese Weite und die Ursprünglichkeit dieses herrlichen Landes hatte sie tief in ihr Herz geschlossen. Nie wollte sie fort von hier. Und nie konnte sie sich auch nur im Entferntesten vorstellen, für einen Mann all das aufzugeben. Ewig wollte sie hierbleiben, allein. Der kleine Weinbetrieb, den damals schon ihr Vater bewirtschaftete, schien ein Stück von ihr selbst zu sein. Sie opferte sich für ihn auf und der Wein gedieh wie sonst keiner. Nach der Lese wurde in jedem Jahr ein köstlicher Wein auf den Markt gebracht. Doch es gab einen Wermutstropfen, der die Stimmung in jenem verhängnisvollen Jahr trübte. Es war die Reblaus, die urplötzlich große Mengen der Weinstöcke vernichtete. Und es kam so, wie sie es niemals dachte – es konnten nicht mehr so viele Flaschen wie in den vorherigen Jahren auf den Markt gebracht werden. Das bedeutete, dass nicht mehr alle Kunden zufrieden gestellt werden konnten. Sie sprangen ab. Und viel zu schnell sprach sich das Debakel herum. Beinahe 70 Prozent aller Kunden kündigte ihre Verträge. Shiva konnte das einerseits zwar verstehen, doch anderseits hatte sie geglaubt, die alten Freunde hielten noch zu ihrer Familie. Leider blieben auch sie dem Weingut fern. Und so dachte Shiva bereits über den immer näher rückenden Konkurs nach. Eines Tages dann das nicht mehr abwendbare Desaster: Das Weingut war bankrott! Und als ob das noch nicht das Schlimmste sei, hatte sich wegen der Neuinvestitionen ein kapitaler Schuldenberg angehäuft. Shiva wusste keinen Ausweg mehr. Der Konkursverwalter sprach nicht mehr nur von Entlassungen und vom Verkauf des Weingutes. Nein, er wollte nun auch an das Elternhaus, welches sich so friedlich und harmonisch an die Weinberge schmiegte. Das konnte Shiva unmöglich zulassen. Aber was sollte sie nur tun? Abend für Abend saß sie mit ihrem treuesten und besten Freund, dem verständnisvollen Arbeiter Jo im Weinkeller beim Heurigen. Sie mochte ihn wirklich sehr und er hatte nicht nur Augen für Shiva übrig. Doch er schwieg und ließ sich nichts anmerken. Nur sein Herz, das sprang ihm bald vor Trauer aus der Brust, als er seine geliebte Shiva so leiden sehen musste. Irgendwie hofften ja beide, dass ihnen vielleicht beim köstlichen Wein etwas einfiel. Doch die Flaschen leerten sich und die Köpfe waren es auch. Keine Idee, keine Hoffnung, keine Aussicht. Es war sehr kühl hier unten und so brachte Jo zu jedem Treffen einen Kerzenleuchter mit nach unten, damit es ihnen etwas wärmer und gemütlicher zumute war. Als Jo die Kerzen entzündete, wärmten sich die beiden ihre kalten Hände an den kleinen Flämmchen. Doch am Abend vor der Zwangsversteigerung geschah etwas Seltsames. Wieder saßen sie zusammen beim Wein und sannen nach einem Ausweg. Das Personal war bereits entlassen und die letzten Fässer würden am folgenden Tag unter den Hammer kommen. Da hieß es nur: Trinken, was das Zeug hielt! Die Kerzen verbreiteten ein angenehm warmes Licht und die Shiva konnte ihre Tränen nicht mehr zurückhalten. Jo traute sich etwas näher an Shiva heran und drückte sie ganz fest an sein Herz. Plötzlich fuhr ein kaum wahrnehmbarer Luftzug durch den Keller. Die Kerzen flackerten ein wenig. Jo, dem das aufgefallen war, rüttelte die noch immer weinende Shiva ganz sachte. „Schau mal, woher kommt denn der Wind? Alle Türen sind dicht und Fenster gibt's hier keine." Shiva schaute zuerst zu Jo und dann auf die Kerzen. Da, wieder bewegte ein unmerklicher Luftzug die Flamme der Kerzen. Shiva wischte sich die Tränen aus ihrem Gesicht. „Tatsächlich", sagte sie dann leise, „wie kann das nur sein? Da muss doch irgendwo eine Öffnung sein, oder?"

Jo nickte verlegen. Die beiden erhoben sich und gingen die lange Reihe der Weinfässer entlang. Doch nirgendwo gab es auch nur einen einzigen Hinweis auf eine Öffnung oder einen Spalt in der Mauer oder in der Decke. Am Ende des endlos lang gezogenen Kellers wollten sie wieder umkehren. Da bemerkte Jo, dass sich eine der Steinfliesen unter ihren Füßen bewegte. Mehrmals trat Jo auf sie und rüttelte mit seinem Fuß an ihr. Die Fliese schien nicht fest auf dem Boden zu liegen. Er bückte sich und konnte tatsächlich die Fliese vom Fußboden nehmen. Shiva fand das mehr als merkwürdig. Zusammen rüttelten sie an den umliegenden Fliesen. Es handelte sich wahrhaftig nicht um die einzige Fliese, die locker war. Gemeinsam hoben sie die lockeren Fliesen vom Boden. Sie gaben schließlich die Sicht auf eine steinerne Tür, die in den Boden eingelassen war, frei. Sie war rund und an deren Rand befand sich eine Einkerbung. Vermutlich konnte man die Tür dort öffnen. Doch so sehr sie sich auch mühten, sie bekamen die Tür nicht auf. Sie schien fest mit dem Boden verwurzelt zu sein. Ratlos setzten sich die beiden an den Rand der Tür. Aus einer Werkzeugkiste, die in einer Ecke herumstand, holte Jo ein Stemmeisen. Doch auch damit ließ sich die Tür nicht bewegen. Shiva schaute auf die zahlreichen Weinfässer. Sollte all die viele jahrzehntelange Arbeit, die Arbeit ihres Vaters, ja ihrer gesamten Familie umsonst gewesen sein? Gedankenlos las einen der Sprüche, die auf dem Fass vor ihr eingebrannt war und hatte dabei schon wieder Tränen in den Augen. Doch welch Wunder, ein seltsames Vibrieren ließ den Keller erzittern. Die beiden glaubten schon an ein Erdbeben. Aber es war kein Beben, es war die Stein Tür, die sich rumpelnd und ganz langsam zur Seite bewegte. Shiva und Jo konnten es nicht fassen. Sollte tatsächlich der Spruch bewirkt haben, dass sich die Tür öffnete? Fassungslos starrten die beiden auf das rätselhafte Geschehen. Als die Tür vollständig zur Seite geschwenkt war, gab sie den Blick in einen pechschwarzen Tunnel frei. Was verbarg sich dort? Was befand sich hinter dieser Tür? Nie hatte ihr der Vater oder die Mutter etwas von dem Tunnel berichtet. Sollten sie jetzt dort hineingehen? Jo fasste sich als erster! „Komm Shiva, wir gehen rein! Was haben schon zu verlieren? Der Weinberg ist doch sowieso verloren." Shiva musste ihm zustimmen und war mit seinem Vorschlag einverstanden. Sie standen auf und kletterten in den Tunnel hinein. Nachdem sie in dem schwarzen Höllenschlund verschwunden waren, schloss sich die Tür über ihnen wieder. Erschrocken sahen sie mit an, wie sich das Tor zur Freiheit verschloss. Wie sollten sie hier je wieder herauskommen? Sie wussten es nicht, schienen in dem „Schwarzen Loch" gefangen zu sein. Doch plötzlich vibrierte es erneut und der schwarze Schlund verwandelte sich in einen hellen Kellerraum. Wie war das nur möglich? Wo kam das Licht so plötzlich her? Überall an den felsigen Wänden hingen Bilder und inmitten des Raumes stand ein Tisch mit einem riesigen goldenen Kerzenleuchter. Die langen goldfarbenen Kerzen verbreiteten dieses wohlig warme Licht. Die beiden trauten ihren Augen nicht. Wer lebte hier unten? Als hätte jemand diese Frage gehört verfärbte sich plötzlich die Felswand und ein alter Mann in einem schwarzen Umhang stand vor ihnen. Shiva starrte wie gebannt auf diesen Zauber; sie konnte es nicht glauben, was sie da sah: Vor ihr stand ihr verstorbener Vater! Auch Jo musste sich an den schroffen Felswänden festhalten. War so etwas überhaupt möglich? All das grenzte an Magie, an Zauberei. Oder hatten sie nur zu viel Wein getrunken? War das schon das Delirium? Nein!

Denn auf einmal sprach der Mann zu ihnen: „Shiva, wie schön, dass Du gekommen bist. Meine geliebte Tochter. Nun weiß ich, dass Du endlich jemanden gefunden hast, der Dich liebt. Möge ewiges Glück Euch beiden zuteilwerden. Der Zauber ist damit ausgelöscht. Und es wird wieder Wein geben, Wein in unseren Weinbergen!" Der Mann verschwand und Shiva stand noch immer weinend vor der fahl schimmernden Felswand. Von welchem Fluch hatte da ihr Vater gesprochen? Und warum machte sich ihr eigener Vater über ihr Unglück lustig? Fassungslos hielt sie sich ihre Hände vors Gesicht. Jo kam näher und streichelte Shiva über ihre langen schwarzen Haare. Dann meinte er nur: „So sei es. Lass uns zurückgehen." Und als ob auch dieser Satz gehört wurde, schob sich die Felsentür beiseite und die beiden kletterten aus dem Loch in den Weinkeller zurück. Die Tür verschloss sich und selbst die Einkerbung, sowie ihre Umrisse verschwanden vor ihren Augen. Nichts deutete mehr darauf hin, dass hier jemals eine Tür gewesen sei. Noch immer unter dem Einfluss des soeben Erlebten stehend schauten sich die beiden lange in die Augen. Hatten sie das alles vielleicht doch nur geträumt? Da vernahmen sie laute Stimmen. Es hörte sich an wie Geschrei, Jubelgeschrei vielleicht, das musste von draußen kommen. Die Tür zum Weinkeller wurde aufgerissen und zwei Weinbauern, die Shiva bis zuletzt die Treue hielten, stürmten herein. „Hallo Shiva! Du glaubst ja gar nicht, was draußen geschehen ist."

Shiva schaute die beiden misstrauisch an. Was sollte das? Wollten sie nun auch noch die beiden Mitarbeiter verkohlen? „Komm mit raus und überzeuge Dich selbst. Und Du auch Jo, kommt mit raus!" Die Vier liefen aus dem Weinkeller und standen plötzlich inmitten herrlicher Weinstöcke. Alle waren überreif und voller gesunder Trauben. Auch die Nacht war vorüber und die Sonne schien vom Himmel als sei nichts geschehen. Kein Zweifel, das musste ein Wunder sein. Dicke Tränen rannen Shiva über die rosigen Wangen. Aber es waren Tränen der Freude und der Dankbarkeit. Der Weinberg und das gesamte Weingut schienen gerettet. Der Insolvenzverwalter musste einsehen, dass er hier nichts mehr zu tun hatte. Wie ein Lauffeuer verbreitete sich die Kunde von dem Wunder im Weinberg. Auch die Hausbank gab Shiva wieder Kredit. Schnellstens stellte sie das gesamte ehemalige Personal wieder ein und das Weingut schrieb fortan nur noch schwarze Zahlen. Jo aber, der sich schon vor vielen Jahren heimlich in Shiva verliebt hatte, heiratete sie endlich. Die beiden wurden ein glückliches Paar und bekamen drei Söhne. Und noch heute sitzen die beiden abends zusammen im Weinkeller und sprechen über die wundersamen Erlebnisse, die ihnen widerfuhren. Der Fluch, von dem der Vater sprach, war ein altes Zitat aus einem keltischen Kalender. Darin wurde dem Weinberg vorausgesagt, dass dieser mit der ersten Tochter, die keinen Mann, der sie ehrlich liebte nach Hause bringt, verderben solle. Als

Shiva zusammen mit Jo in den Tunnel vordrang, ihr dort ihr eigener Vater erschien, wurde dieser Fluch für immer beseitigt. Denn es war Liebe in allen Herzen. Und die Heirat besiegelte letztlich nur noch das Ende des Fluches. Er hatte fortan keine Macht mehr über das Gut. Und noch heute wacht der Geist des Vaters über dem Weinberg. Manchmal glaubt Shiva seine Stimme zu hören, die leise sagt: „Nun weiß ich, dass Du endlich jemanden gefunden hast, der Dich liebt. Möge ewiges Glück Euch beiden zuteilwerden."

Mordfall

Ich arbeitete damals im Police Departement „West" in Boston. Es gab unzählige Fälle, die ich bearbeiten musste - einige waren kurios, andere wieder einfach und klar. Beinahe achtzig Prozent der Mordfälle konnten wir aufklären - eine gute Bilanz. Doch meinen letzten Mordfall werde ich wohl nie vergessen. Es begann an einem schönen Sommerabend und veränderte mein restliches Leben. Ich saß auf meiner kleinen Terrasse und Tracy, meine Frau hatte mir einen Tee hinausgebracht. Schon seit Tagen litt ich unter starken Kopfschmerzen und ich wusste nicht genau, ob ich zum Arzt gehen sollte oder nicht. Als ich so saß und meinen Tee schlürfte, stand plötzlich eine junge Frau auf der Terrasse. Ich war sehr überrascht, weil Tracy immer bescheid gab, wenn Gäste kamen. Doch von der jungen Frau sagte sie nichts. Na, jedenfalls war ich sehr verdutzt und fragte die Frau, was sie hier will. Sie starrte mich mit weit aufgerissenen Augen an und antwortete nicht. Ich gebe zu, dass mir das sehr komisch vorkam. Und Tracy kam auch nicht. Immer wieder redete ich auf die Frau ein, doch sie stand nur schweigend da. Mir fiel auf, dass sie Blutspuren im Gesicht trug. Mit einer nervösen ungeschickten Handbewegung fegte ich schließlich das Teeglas vom Tisch. Umständlich bückte ich mich, um die Scherben aufzuheben. Als ich wieder nach oben kam, war die Frau verschwunden. Allerdings stand Tracy in der

Tür und freute sich absolut nicht über meine Schusseligkeit. Sie schimpfte laut und nannte mich einen Trottel. Ich fragte sie, wo die junge Frau sei und was sie eigentlich wollte. Doch Tracy reagierte gar nicht, meinte nur, dass ich nicht ablenken möge. Von einer jungen Frau jedenfalls wollte sie nichts wissen. Irgendwie verdrängte ich den Vorfall – vielleicht war die Frau ja auch durch den Garten gekommen? Wer weiß, manchmal vergaß einer von uns, das Gartentor zu schließen. Am nächsten Morgen wurde ich zu einem Mordfall in einen der Vororte gerufen. Und was ich dort sah, ließ mir das Blut in den Adern gefrieren. Im Keller des Mietshauses lag eine aufgedunsene Leiche, sie war dort vergraben worden. Wegen Bauarbeiten wurde sie schließlich entdeckt. Als ich ihr Gesicht sah, erschrak ich fürchterlich: Es war die junge Frau, die auf meiner Terrasse stand! Ich konnte mir das Ganze nicht erklären. Wieso kam diese Frau, die eigentlich tot war, auf meine Terrasse? Wie war das nur möglich? Oder hatte ich mir alles nur eingebildet? Aber sie stand doch vor mir, ich wusste es genau! Die nachfolgenden Ermittlungen waren ebenso seltsam wie diese Erscheinung. Wochenlang kam unsere Ermittlergruppe nicht weiter in diesem Fall. Es gab weder Indizien noch Hinweise auf irgendeinen Täter. Wir tappten regelrecht im Dunkeln. Als ich die kleine Wohnung der Ermordeten noch einmal genauer und ohne die Kollegen unter die Lupe nahm, ging ich noch einmal von Zimmer zu Zimmer.

Immer wieder versuchte ich mir vorzustellen, was sich hier abgespielt haben könnte. Da knackte es plötzlich im Badezimmer. Kurz verharrte ich und wartete ab. Doch es passierte nichts. Vorsichtig schlich ich ins Bad. Neben der Badewanne lag ein Fön. Ich wusste genau, dass der bei den Ermittlungen noch nicht da war. Ich zog mir Gummihandschuhe an und betrachtete ihn von allen Seiten. Er trug diverse Blutspuren und war am Luftaustritt leicht angesengt. War die Tote vielleicht in der Badewanne umgebracht worden? Hatte der Täter den Fön ins Badewasser geworfen? Noch einmal wurde die Wohnung durchsucht. Und man fand neue Erkenntnisse … die junge Frau wurde allerdings nicht vom elektrischen Strom getötet. Sie wurde mit dem Fön in der Badewanne erschlagen. Die Blutspuren am Fön und die spezielle Wunde am Kopf der Toten bewiesen das eindeutig. Erst danach warf der Täter den Fön ins Wasser und erhoffte sich dadurch, dass die Blutspuren abgewaschen wurden. Doch das passierte offensichtlich nicht. Die plötzliche kleine Stichflamme, die beim Eintritt ins Badewasser entstand, versengte den Fön ein wenig an dessen Luftaustritt. Danach wurde die Leiche schließlich vom Täter irgendwie in den Keller verbracht. Doch wer konnte der Täter sein? Ihr Freund war es nicht, das wussten wir bereits. Doch mit wem hatte sich noch getroffen? Hatte sie noch andere Freunde, von denen wir nichts wussten? Arbeitete sie vielleicht im Rotlichtmilieu? Wir kamen mal wieder nicht weiter.

Am folgenden Wochenende fuhr ich mit Tracy zu einem kleinen See. Es war ein heißer Tag und wir wollten baden gehen. Doch der rätselhafte Fall ging mir nicht aus dem Kopf. Nichts, aber gar nichts wies auf einen Täter hin. Aber es musste einen geben. Bis zum Abend lagen wir in der Sonne und genossen den herrlichen Tag. Das Wasser des einsam liegenden Sees war angenehm kühl. Als sich die Dunkelheit bereits über die nahen Berggipfel ausbreitete, ging ich ein letztes Mal ins Wasser. Tracy packte in der Zwischenzeit die Badesachen zusammen. Ich schwamm noch einmal ein Stück hinaus auf den See. Doch plötzlich begegnete ich einem jungen Mann. Er schwamm dicht neben mir her und schaute mich dabei immerfort an. Mir war der Mann zunächst gar nicht aufgefallen. Tracy und ich waren doch ganz allein am Seeufer, dachte ich. Lange schwamm der Mann neben mir her. Mir wurde das Ganze zu dumm und ich kehrte um. Der Mann allerdings tat es mir gleich – auch er wendete und schwamm wieder neben mir her. Ich rief laut: „Na, Sie bekommen wohl auch nicht genug. Ist schon ein schöner See." Der junge Mann jedoch starrte zu mir herüber und schwieg. Als ich am Ufer ankam, tauchte ich noch einmal, um auch den Kopf abzukühlen. Doch als ich wieder auftauchte, war der Fremde verschwunden. Das konnte doch nicht sein. Ich fragte Tracy nach dem jungen Mann. Doch die meinte nur, dass sie genug damit zu tun hätte, die Sachen zusammen zu packen. Verächtlich nannte sie mich einen Faulpelz. Ich trocknete mich ab und kontrollierte währenddessen die Umgebung mit scharfem Blick. Einen jungen Mann entdeckte ich jedoch nirgends. Wir waren ganz allein am Strand. Schließlich fuhren wir wieder nach Hause. Am nächsten Tag empfingen mich die Kollegen mit einer Hiobsbotschaft. Bei Tauchübungen im nahe gelegenen See hätte man eine Leiche gefunden. Es handelte sich dabei um genau den See, an welchem Tracy und ich am vergangenen Tag war. Natürlich schaute ich mir den Mann sofort an, und ich ahnte es bereits, es war der junge Mann, der im See neben mir schwamm. Nun wusste ich mir wirklich keinen Rat mehr. Vollkommen irritiert stotterte ich von meinem Erlebnis beim Schwimmen. Die Kollegen warfen sich vielsagende Blicke zu und schmunzelten verständnislos. So etwas war mir in meiner jahrzehntelangen Dienstzeit noch niemals untergekommen. Wer erlaubte sich hier einen Spaß mit uns? Den ganzen Tag sinnierte ich über diese merkwürdigen Vorfälle. Irgendwann fanden wir heraus, dass es sich bei den beiden um Bruder und Schwester handelte. Doch wer hatte sie umgebracht? Und warum erschienen ausgerechnet mir die beiden Toten als lebendige Personen? Ein Spuk? Da unser Haus renoviert werden musste, räumte ich unser gemeinsames Schlafzimmer aus. Dabei fiel mir ein alter Koffer vom Schrank. Er gehörte Tracy. Laut krachend fiel er auf den Fußboden und klappte auf. Dabei gab er unter Anderem mehrere Fotos preis; auf denen erkannte ich die beiden, die tote junge Frau und den toten jungen Mann, und ich sah Tracy. Ich stellte sie zur Rede. Unter Tränen gestand sie mir, dass die beiden ihre Kinder aus erster Ehe waren. Und noch mehr kam ans Licht. Die beiden Kinder wussten von einem weit zurückliegenden Mordfall, den Tracys erster Ehemann verübt hatte. Der Vater starb zeitig an Krebs und konnte nicht mehr verurteilt werden. Und als es ans Erbe ging, erpressten die Kinder Tracy mit dem Mordfall. Weil jedoch Tracy beim Mord behilflich war, musste sie wohl Angst bekommen haben, alles käme nun ans Licht. So brachte sie die beiden eiskalt um. Sie hatte laut ihren Schilderungen einen Helfer namens Jim, der daraufhin ebenfalls als verschollen galt. Die beiden ließen die jungen Leute verschwinden. Nachdem sie ihre schreckliche Tat vollbracht hatten, versenkten sie den jungen Mann im See und begruben die junge Frau im Keller ihres Mietshauses. Ich konnte nicht fassen, welch unbegreifliche Grausamkeiten plötzlich zum Vorschein kamen. Das ausgerechnet meine geliebte Tracy eine gefühllose Täterin sein sollte, was für ein fürchterlicher Schock! Aber das die beiden jungen Leute noch einmal zurückgekehrt waren, um mich auf ihre Spur zu locken, erschien noch viel mysteriöser. Und so kam es, dass Tracy verhaftete wurde und für Jahre ins Gefängnis wanderte. Ich ließ mich scheiden, denn mit all dem kam ich nicht mehr zurecht. Mit einer solchen Frau konnte ich keinen Tag länger zusammenleben. Dennoch wog die Erinnerung so schwer. All die vielen Jahre. All das Erlebte. Oft kramte ich die alten Fotos aus dem Schrank und betrachtete sie lange. Eines Abends saß ich mal wieder auf der Terrasse und dachte über diese unfassbaren Geschehnisse nach. Da erschien plötzlich ein Fremder im Garten und starrte mich wie versteinert an. Als er langsam näherkam, erstarrte ich: Er hatte blutige Hände und ein blaues Basecap auf seinem Kopf! Auf diesem Basecap stand mit großen Buchstaben der Name: Jim.

Begegnung

Seit Tagen saß ich nun schon vor meiner Schreibmaschine und suchte vergeblich nach neuen Ideen. Nichts fiel mir ein und das Display blieb so leer wie mein Kopf. Eine solche Leere hatte ich noch nie zuvor verspürt. Ich bekam Angst, litt ich etwa an einem „Burn-Out-Syndrom"? Das konnte und das durfte nicht sein! Schließlich verdiente ich mein Geld mit dem Schreiben von Kurzgeschichten. Sollte so plötzlich wirklich alles zu Ende gehen? Ich beschloss, in den nahegelegenen Park zu gehen. Vielleicht fiel mir ja dort etwas Neues ein. Da es ein sonniger Tag war, hielten sich sehr viele Leute im Park auf. Kinder spielten und tollten umher, andere Leute führten ihre Hunde aus. Ich suchte mir eine ruhig gelegene Bank neben einer dicken uralten Eiche und setzte mich. Wie immer auf meinen Spaziergängen hatte ich auch diesmal einen kleinen leeren Schreibblock und einen Kugelschreiber mit dabei. Doch so sehr ich auch das bunte Treiben im Park auf mich einwirken ließ, es wollte mir einfach nichts einfallen. Genervt lehnte ich mich zurück und ließ die Sonne in mein Gesicht scheinen. Die plötzliche Wärme im Gesicht versetzte mich in angenehme Stimmung. „Na junger Mann, worauf warten Sie denn?", sprach mich jemand an. Ich öffnete meine Augen und schaute in das sympathische Gesicht einer weißhaarigen alten Dame, die lächelnd vor mir stand. „Auf eine Eingebung", antwortete ich und blinzelte verlegen zu der alten Dame empor. „Wenn Sie möchten, nehme ich Platz", sagte sie und wartete die Antwort gar nicht erst ab. Recht selbstbewusst setzte sie sich neben mich und schaute ebenfalls in die Sonne. Eine ganze Weile saßen wir schweigend neben einander. Irgendwann schielte ich zu ihr herüber und entdeckte viele tiefe Falten in ihrem Gesicht. Die alte Dame schien das zu bemerken und sagte mit geschlossenen Augen: „Das ist aber ein sehr schöner Tag heute. Da bekommt man doch wirklich wieder richtig Lust, in die Natur hinaus zu gehen. Hier kommen einem doch ganz neue Ideen, als immer nur zu Hause herumzusitzen." Ich gab ihr recht und wir sprachen ein wenig über dies und das. Doch es war seltsam, ich hatte plötzlich das dringende Bedürfnis zu schreiben. Wie in Trance nahm ich meinen Stift und meinen kleinen Block zur Hand und schrieb los. Ich konnte gar nicht mehr aufhören. Und es war ganz merkwürdig, von Minute zu Minute schrieb ich schneller. Schon nach einer viertel Stunde hatte ich den halben Block vollgeschrieben. Die alte Dame schien mich interessiert dabei zu beobachten, sagte aber nichts. Sie schloss schließlich wieder ihre Augen und sonnte sich. Ich verstand nicht, woher diese vielen Ideen plötzlich kamen. Jedoch schien es mir gerade recht. Endlich fiel mir wieder etwas ein, nur das zählte! Als ich den Block vollgeschrieben hatte, öffnete auch die alte Dame ihre Augen und zwinkerte mir beruhigend zu. Dann nickte sie einige Male mit ihrem Kopf und stand auf. „Ich muss nun gehen. Vielleicht komme ich morgen wieder hierher. Mal sehen. Ich wünsche Ihnen noch einen schönen Abend und viel Spaß beim Schreiben."

Mit diesen letzten Worten lief sie los und verschwand alsbald hinter der dicken Eiche. Am Abend konnte ich gar nicht sofort ins Bett gehen. Bis tief in die Nacht fügte ich meine Notizen aus dem Park zu einer packenden Geschichte zusammen. Und meine kleine Schreibmaschine klapperte emsig, als sei es nie anders gewesen. Es war faszinierend. Ich staunte selbst, vor meinen Augen entfaltete sich ein spannender Kriminalroman. Allerdings war dieses Genre völlig neu für mich. Noch nie zuvor hatte ich einen Krimi geschrieben. Aber es war eine wunderbare Erfahrung. Und immer wieder dachte ich an die seltsame alte Dame. Sie hatte so etwas Geheimnisvolles, etwas Unerklärliches. Dabei schien sie gar nicht so gesund zu sein, sie hatte stets ein weißes kränkliches Gesicht. Aber in ihrer Nähe spürte ich Kraft, sehr viel Kraft. Am nächsten Tag ging ich exakt zur gleichen Uhrzeit wie die letzten Tage wieder in den Park. Ich musste unbedingt die nette alte Dame treffen. Ob sie wohl heute kommen würde, dachte ich nur. Und als ob sie es gehört hätte, erschien sie plötzlich wie aus dem Nichts und setzte sich zu mir auf die Bank. „Das ist aber sehr zuvorkommend, dass Sie wiedergekommen sind", meinte sie mit selbstbewusster Stimme, „Ich nehme an, Sie sind wegen mir hier?" Sie schaute mich mit ihren ausdrucksvollen Augen an und wieder geschah etwas Unfassbares; in mir entstanden neue Gedanken und Ideen, ich musste sie einfach zu Papier bringen. Ich konnte gerade einmal mit meinem Kopf nicken, dann musste ich schreiben. Es war beinahe wie ein Zwang. Wieder und wieder schaute ich zu der alten Dame neben mir. Sie war ganz in Schwarz gekleidet und hatte einen altmodischen schwarzen Hut auf dem Kopf. Ich gestehe, dass mir das irgendwie Angst einflößte. Eine solch geheimnisvolle Lady hatte ich nie zuvor kennen gelernt. Zwar wollte ich es ihr sagen, wie toll ich sie fand. Doch ich traute mich nicht, spürte vielmehr den festen Drang, weiter zu schreiben. Welch eine Ironie, ich brauchte nur in ihr geheimnisvolles Gesicht zu schauen, schon musste ich schreiben. Wieder schrieb ich den Block voll. Und wieder verabredeten wir uns für den nächsten Tag im Park. Es geschah alles so, wie auch an den vorangegangenen Tagen. Die alte Dame erschien und nahm Platz, und mit jedem Tage erschien sie mir etwas merkwürdiger, sie hatte in der Tat eine unglaubliche Ausstrahlung. Und es war, als suggeriere sie mir die Texte ein, die ich aufschreiben sollte. Irgendwann hatte ich meinen neuen Kurzroman, eine packende Kriminalgeschichte, fertig gestellt. Das Manuskript lag auf meinem Schreibtisch und wartete auf seine Veröffentlichung. Aber den Löwenanteil an diesem Roman hatte wohl diese geheimnisumwitterte Frau. Eine Woche verging und ich nahm mir fest vor, mich bei ihr für diese unerklärliche Inspiration, die ich durch sie hatte, zu bedanken. Vielleicht gelang es mir sogar, mehr über sie zu erfahren. Wie immer setzte ich mich auf unsere Bank nahe der alten Eiche und wartete. Stunden vergingen doch die alte Dame kam nicht. Ich wartete bis in die späten Nachtstunden. Ohne Erfolg! Ich blieb allein auf meiner Bank. Auch an den darauffolgenden Tagen kam sie nicht. Ich konnte mir das nicht erklären. War sie vielleicht krank, oder? Ich wagte nicht, diesen furchtbaren Gedanken weiter zu führen. An jenem Sonntagabend wartete ich wieder vergeblich auf sie. Da sie nicht erschien, trottete ich den schmalen Weg durch den Park nach Hause zurück. Plötzlich fegte der Abendwind eine Zeitung an mir vorüber. Ich hob sie auf und wollte sie in einen Papierkorb werfen. Dabei fiel mein Blick auf einen kleinen Artikel. Er interessierte mich zunächst nicht, aber ich las ihn dennoch. Es ging um den Geburtstag einer berühmten Kriminalautorin. Ich überflog den Artikel, denn darunter war auch ihr Bild abgedruckt. Ich erkannte sie sofort: Es war die geheimnisvolle alte Dame, auf die ich so lange gewartet hatte. Sogar ihr Name stand in schwarzen Lettern darunter – ein heftiger Blitz fuhr in mein Herz. Es war ein Bild der großen Agatha Christie …

Spritztour

Endlich konnte ich mir meinen lang gehegten Wunsch erfüllen: Kurz vor dem Osterfest kaufte ich mir ein nagelneues Fahrzeug, ein Quad. Jeden Tag lief ich an dem Geschäft vorbei, in welchem es stand. Und dann bestaunte ich es und sparte und sparte und sparte. Nun gehörte es endlich mir. Chrom glänzend und verlockend stand es vor mir. Lange betrachtete ich es bevor ich aufstieg. Doch schließlich hielt ich es nicht mehr aus und wollte eine kleine Spritztour wagen. Das Wetter war wunderbar und kein Wölkchen war am Himmel zu sehen. Vorsichtig stieg ich auf. Ich wollte diesen Moment so richtig auskosten. Eine Weile blieb ich noch stehen, betrachtete meine winzige Welt von dieser leicht erhöhten Perspektive. Hier im Hühnerstall, wo ich das Gefährt vorübergehend unterstellen musste, weil es an Platz mangelte, war ich nun der King. Die Hühner gackerten laut durcheinander und der Hahn signalisierte mir recht nachdrücklich, doch endlich los zu fahren. Ich startete und rollte langsam aus dem Stall hinaus auf die Straße. Der Motor grollte und grummelte vor sich hin und wartete vermutlich schon gierig darauf, endlich so richtig aufheulen zu können. Dann brauste ich los. Zuerst durch den kleinen Ort, dann auf den angrenzenden Hügel bis hin zum Dorfteich. Es war faszinierend, mir den Wind so richtig um die Ohren wehen zu lassen. Ein Hochgenuss! Das Quad nahm beinahe spielend jedes Schlagloch und sprang über die Feldwege wie ein Geländefahrzeug. Es schien ein wahrer Alleskönner zu sein. Doch dabei sollte es nicht bleiben. Ich war so richtig in Fahrt gekommen. Und so wollte ich in den Nachbarort düsen. Natürlich fuhr ich absichtlich etliche Umleitungen. Es gab nur einen Nachteil: Auf der Landstraße waren mir etliche Fahrzeuge im Weg. Sie trödelten vor mir herum und ließen mich einfach nicht vorbei. Irgendwann hatte ich aber doch alle überholt und musste meine Raserei abrupt unterbrechen, weil ein großer Bus minutenlang vor mir her brummte. Doch dann geschah etwas Seltsames; wie von Geisterhand gab das Quad plötzlich Gas. Zunächst freute ich mich noch über das plötzliche Tempo, weil ich auf diese Weise schnell an dem Bus vorbeikam. Doch dann bemerkte ich entsetzt, dass es sich einfach nicht mehr steuern ließ. Es raste an dem Bus vorbei, stellte sich urplötzlich quer und blieb mitten auf der Fahrbahn stehen. Der Bus kam heran und musste anhalten. Hinter dem Bus hielt notgedrungen die Autoschlange, die ich bereits überholt hatte. Es begann ein lautes Geschimpfe und quengelndes Hupen. Der Busfahrer stieg aus und machte seinem Ärger Luft! Er schimpfte auf mich und auf das viel zu schnelle Quad. Plötzlich begann der Erdboden zu vibrieren. Es rüttelte derart, dass der Bus und die übrigen Fahrzeuge gefährlich hin und her geschoben wurden. Schließlich krachte es noch einmal laut, dann wurde es still. Alle schauten sich erschrocken an, was war das? Die Antwort lag wenige Meter vor dem Bus. Wie aus dem Nichts hatte es einen Erdrutsch gegeben. Dabei war eine Brücke vor uns eingestürzt. Vor uns gähnte nun ein tiefer Abgrund. Wäre das Quad nicht quer auf der Straße stehen geblieben, wäre der Bus so wie alle nachfolgenden Fahrzeuge zwangsläufig in die Schlucht gestürzt. Der Busfahrer und die Fahrgäste des Busses starrten abwechselnd in den Abgrund und dann zu mir herüber. Vor Rührung ergriff der Fahrer meine Hand und schüttelte sie. Dabei rief er immer wieder: „Vielen Dank, dass Sie mich gewarnt haben. Nicht auszudenken, wenn wir weitergefahren wären." Auch die anderen Autofahrer riefen wild durcheinander ein lautes Dankeschön. Das rätselhafteste aber war, dass uns während der Katastrophe nichts entgegengekommen war. Die Fahrzeuge, die auf der anderen Spur fuhren, wären ja ebenfalls in die Schlucht gestürzt. Die später eintreffende Polizei, die das gesamte Gelände absperrte, teilte mir mit, dass unter der Straße eine alte, bis dahin unbekannte Tropfsteinhöhle eingestürzt sei. Dabei bebte die Erde derartig, dass die Brücke ins Wanken kam und zusammenbrach. Allerdings war es kurios, dass zwei Quads rechtzeitig den Verkehr anhielten. Ich starrte den Polizisten verständnislos an – zwei Quads? Er erklärte mir, dass auch auf der entgegenkommenden Fahrspur ein Quad unterwegs war. Es stand ebenfalls quer auf der Fahrbahn und ließ die Fahrzeuge nicht vorbei. Ich konnte nicht glauben, was ich da hörte. Sollte das tatsächlich ein Zufall gewesen sein? Natürlich wollte ich den Quad-Fahrer genauer kennen lernen. Es stellte sich heraus, dass es der Eigentümer des Geschäftes war, in welchem ich das Quad erstanden hatte. Und es wurde noch viel verrückter. Der Geschäftsinhaber hatte nicht aus freien Stücken seine Tour mit dem Quad unternommen. Nein! In seiner Freizeit beschäftigte er sich mit Hellsehen …

Schwimmbad

Tim ging für sein Leben gern schwimmen. Immer, wenn der Sommer kam, nahm er seine Badehosen und fuhr mit seinem Fahrrad ins Freibad. Doch im letzten Sommer hatte das Freibad geschlossen. Es wurde renoviert und die Badegäste mussten entweder in die etwas weiter entfernte Stadt ausweichen oder aber zur Talsperre fahren. Weil für Tim der lange Weg in die Stadt nicht in Frage kam, fuhr er jeden Tag nach der Schule zur Talsperre. Dort gab es einen abgesperrten Bereich mit einem Sprungturm und eine Liegewiese. Viele Leute kamen dorthin, denn es kostete nichts. Leider gab es zwei Nachteile. Es gab keinen Kiosk, an welchem man sich Getränke und Bockwürste kaufen konnte. Und es gab keine Rettungsschwimmer. Jeder musste selbst aufpassen, dass ihm nichts passierte. Doch das störte Tim natürlich nicht. Er kaufte sich unterwegs ein Eis und war zufrieden und glücklich. Auch an jenem merkwürdigen Sonntag fuhr er mit seinem Drahtesel wieder dorthin. Es war ein schöner Sommertag und Tim freute sich schon auf das kühle Wasser. Sein Schulfreund Kevin kam mit. So wurde es keinem langweilig. Tim schaute auf seine Armbanduhr, es war 4 Uhr. Den beiden blieb also noch genügend Zeit bis zum Abend. Unterwegs trafen sie Lisa, eine Klassenkameradin. Auf Lisa hatte Tim schon lange ein Auge geworfen. Und Lisa freute sich ebenfalls sehr, den beiden Jungs begegnet zu sein. Die Drei legten sich in die Sonne und wurden so richtig schön braun. Allerdings brauchten sie immer wieder eine Abkühlung. Kevin wollte es als erster wagen: Vom Turm springen. Zunächst versuchte er sich am Drei-Meter-Brett. Das klappte schon ganz gut. Und weil das irgendwie noch nicht so richtig prickelte, musste es nun der Zehn-Meter-Turm sein. Langsam kletterte er nach oben. Sein Freund Tim blieb unten und beobachtete alles aus sicherer Entfernung. Lisa wollte schwimmen und hatte wenig Lust an Kevins Imponiergehabe. Als Kevin oben stand, schaute er sich um. Die riesige Talsperre lag in ihrer ganzen Pracht unter ihm. Und all die Leute, die unten auf der Wiese lagen, erschienen von hier oben winzig klein. Kevin fühlte sich so richtig gut. Leider vergaß er vor seinem Sprung sich zu vergewissern, ob das Becken unter ihm frei war. Überall schwammen Leute umher. Doch Kevin schaute nicht hin. Er fühlte sich nur großartig, und alle Sorgen aus der Schule schienen von hier oben so unendlich klein und nichtig. Mehrmals nahm er Anlauf und ließ sich schließlich wie eine Bombe nach unten fallen. Zur gleichen Zeit bekam Lisa, die sich genau unter dem Sprungturm aufhielt, einen heftigen Wadenkrampf. Sie konnte nicht mehr ausweichen und die Schmerzen waren stark. Sie schrie nach Hilfe, doch in dem lauten Getümmel hörte sie keiner. Tim starrte fassungslos auf den nach unten purzelnden Kevin. Sein Herz schlug ihm bis zum Hals und geistesgegenwärtig sprang er ins Wasser. Vielleicht konnte er Lisa ja noch retten. Kevin hatte während seines freien Falls die Augen fest geschlossen und konnte von dem nahenden Unheil nichts sehen. Er war überhaupt nur von einem Drang besessen: Vor Tim und Lisa von diesem hohen Turm zu springen. Allein das stärkte ihn ungemein. Gleich würde er im Wasser eintauchen und als mutiger Junge ans Ufer schwimmen. Und gleich würde ihm Lisa um den Hals fallen. Kevin befand sich nur wenige Meter über Lisas Kopf, und Tim schaffte es nicht, rechtzeitig bei ihr zu sein. Immer wieder rief er nach ihr, doch ihre Schmerzen waren derartig groß, dass sie immer wieder mit dem Kopf im Wasser verschwand. Tim konnte sich nicht erklären, dass all das keiner bemerkte. Er sah Kevin und er sah Lisa unter ihm. Plötzlich verschwand Kevin, er löste sich einfach in Luft auf. Tim starrte irritiert auf Lisa. Wo war Kevin? Hätte er nicht längst …? Die übrigen Badegäste hatten unterdessen das Wasser verlassen, denn laut schellend hielt ein Eiswagen auf der Liegewiese. Die Badegäste, die sich nicht sonnten, liefen zum Wagen, um sich ein Eis zu kaufen. Kevins plötzliches Verschwinden bemerkte wohl keiner. Nur Tim, der schwamm aufgeregt im Wasser und konnte es nicht fassen. Vielleicht war Kevin ja bereits im Wasser? Und, wo befand sich eigentlich Lisa? Auch sie schien plötzlich wie vom Erdboden verschluckt. Tim rief nach den beiden, ohne Erfolg. Vor lauter Aufregung wusste er nicht, was er tun sollte.

Vielleicht waren die beiden ja untergetaucht, dachte er sich und versuchte, unter Wasser irgendetwas auszumachen. Doch zwischen den zahllosen dunkelgrünen Algen konnte er nichts erkennen. Entnervt kam er nach oben und wollte schnellstens wieder ans Ufer, um Hilfe zu holen. Da entdeckte er endlich Kevin, er stand am Ufer und winkte nach ihm. Tim wusste nicht, was das zu bedeuten hatte. Wie war das nur möglich? Eben noch hatte er Kevin vom Turm springen sehen und nun? Hastig schwamm er ans Ufer. Kevin war mit seinem T-Shirt und kurzen Hosen bekleidet. Wollte er schon gehen? Oder war ihm etwas passiert- hatte er sich verletzt und musste nun zum Arzt? Aber Kevin war wohlauf und lachte Tim mitten ins Gesicht. „Na, wo bleibst Du denn. Ich warte hier schon lange. Wir wollten doch zusammen baden fahren", rief Kevin vergnügt. Tim kam aus dem Wasser und trocknete sich ab. Dann schaute er Kevin misstrauisch an. Er wusste nicht genau, ob der ihn nur ärgern wollte oder ob er ihn veralberte. Dann entgegnete er schroff: „Du wärst beinahe auf Lisa gesprungen, Du Idiot! Hast Du das nicht bemerkt? Und warum willst Du schon gehen. Ist doch schön hier, oder?" Kevin lachte laut. Dann meinte er nur, dass er gerade erst hier angekommen sei. Außerdem wäre Lisa gar nicht hier. Die wäre daheim und würde ihre Hausaufgaben erledigen. Tim schaute aufs Wasser, Lisa war in der Tat nirgends zu sehen. Was ging hier vor? Schweigend legte sich Tim auf die Decke. Unmöglich konnte er sich alles nur eingebildet haben, oder doch? Nachdem sich Kevin bis auf seine bunte Badehose entkleidet hatte und sich neben Tim auf der Decke ausstreckte, hörten sie den Glockenschlag der Kirchturmuhr des benachbarten Ortes. Sie schlug viermal. Irritiert schaute Tim auf seine Armbanduhr, um die Zeit zu vergleichen. Es gab keinen Zweifel, es war tatsächlich noch immer 4 Uhr!

Loch

Das nicht enden wollende Klingeln bedeutete nichts Gutes. Sabine ging zur Tür und öffnete. Draußen im Treppenhaus stand der Gerichtsvollzieher und zog ein ernstes Gesicht. Er fragte nach ihrem Namen und ob sie die fällige Summe nun endlich zahlen könnte. Sabine zuckte mit ihren Schultern, natürlich konnte sie es nicht. Gerade erst hatte sie ihren Job als Kellnerin verloren. Und der Kredit für den neuen Kinderwagen drückte bedenklich in der schmalen Haushaltskasse. So kam es wie es kommen musste: Der Gerichtsvollzieher klebte auf die wenigen Stücke, die noch pfändbar waren, seinen Kuckuck. Ach das alte klapprige Auto war dran. Nun besaß sie gar nichts mehr. Und aus der winzigen Altbauwohnung musste sie auch noch raus. Auf dem Tisch lag neben unzähligen Mahnschreiben auch die Räumungsklage. Denn die Miete war einfach nicht mehr drin. Ihr kleiner Sohn lag in seinem Bettchen und schrie. Da brach sie weinend zusammen. Wie sollte es nur weitergehen? Was sollte aus dem Kleinen werden, wenn sie keine Chance mehr in ihrem Leben erhielt? Und warum nur kam das Glück nicht auch einmal zu ihr? Sie wusste es nicht, und trotzdem sie ihre Hände zum Gottesgruß faltete, kam doch keine Antwort zu ihr herab. Schlimme Gedanken flogen ihr durchs Hirn. Sie versuchte, all diese Dinge zu verdrängen. Doch es half nichts. Sie musste allein zusehen, wie sie da rauskam. Mit zittrigen Händen bereitete sie einen Obst-Brei für den Kleinen zu. Dann schaute sie hinüber zum Küchenfenster. Sie musste unbedingt anfangen zu packen. Und zwar noch bevor sie der Gerichtsvollzieher auf die Straße setzte. Doch wo sollten sie und der Kleine dann bleiben? Ihre Mutter war lange schon tot und der Vater lebte mit seiner Freundin irgendwo in der Stadt und hatte selbst nichts. Also blieb nur noch das Obdachlosenheim. Sie nahm den Teller mit dem Obst-Brei und ging ins Wohnzimmer zu ihrem Sohn. Der Kleine hatte sich wieder beruhigt, schlief tief und fest. Sollte sie ihn wecken? Nein, später vielleicht. Lange betrachtete sie ihn, wie friedlich er dalag, ihr kleiner Sohn, ein Lächeln huschte über ihr Gesicht, erstarrte aber sofort wieder zu einer traurigen Mine. Gerade wollte sie den Löffel in den Teller zurücklegen, da entglitt er ihr und fiel auf den Fußboden. Der Brei verursachte einen hässlichen Fleck auf der Auslegeware. Sabine hob den Löffel auf und versuchte, den Fleck mit den Händen ein wenig weg zu wischen. Dabei tastete sie in eine kleine Vertiefung, war es ein Loch? Es musste unter der Auslegeware sein. Komisch, dass sie es nie bemerkt hatte. Mehrmals tastete sie über die Stelle, doch sie täuschte sich nicht. Mit den Fingern klopfte sie den Boden rund um das vermeintliche Loch ab. Es hörte sich irgendwie hohl an, beinahe so, als sei ein kleiner Hohlraum darunter versteckt. Ein Geheimfach vielleicht? Sabine setzte sich auf den Teppichboden und überlegte. Sollte sie den Teppich aufschlitzen, um nachzusehen, was da war? Und was, wenn die Hausverwaltung den Schlitz bemerkte. Egal, wenn sie ohnehin bald raus musste, dann konnte sie auch keinen neuen Teppichboden kaufen. Sie stand auf, holte sich ein kleines Küchenmesser und begann, den Teppich so vorsichtig wie möglich aufzuritzen. Nur schwer ließ sich das Messer in der starren Auslegeware bewegen. Sabine brauchte ihre ganze Kraft, um den Schnitt halbwegs sauber zu ziehen. Als sie das Loch freigelegt hatte, schaute sie es sich genauer an. Es war nicht sehr groß, doch irgendjemand hatte es mit Zeitungspapier zugestopft. Nur schwer ließ sich das Papier aus dem Loch herausziehen. Über die Jahre war es fest mit dem Dielenfußboden zusammengebacken. Als sie es endlich geschafft hatte, bohrte sie mit den Fingern in der Öffnung herum. Dann zog sie einen zusammengefalteten schmutzigen Briefumschlag heraus. Er war schon arg in Mitleidenschaft gezogen und obendrein total zerknittert. Sabine strich ihn glatt und öffnete ihn. Im Inneren verbarg sich ein Schreiben. Sie zog es heraus und las: „Da ich keine Erben und auch keine Nachkommen mehr habe, vermache ich meine gesamten Ersparnisse demjenigen, der diesen Umschlag findet. Ich will unter keinen Umständen, dass es meiner gierigen Schwester Ina und ihrer nimmersatten Familie in die Hände fällt. Soll demjenigen, der den Brief findet, Glück beschieden sein. Meine Bankkarte liegt hier mit drin. Morgen muss ich ins Krankenhaus und werde wohl nie mehr hierher zurückkehren. Dem Finder aber wünsche ich alles erdenklich Gute, Kurt Schmidt." Sabine konnte es nicht glauben. Wieder und wieder las sie die Zeilen. Doch es war kein Irrtum. Völlig aufgelöst schaute sie noch einmal in den Briefumschlag und entdeckte die Bankkarte. Das konnte doch unmöglich sein. Sollte sie tatsächlich diejenige sein, welche das Ersparte von diesem Kurt Schmidt bekam? Und, gab es überhaupt dieses Ersparte? War das alles vielleicht nur ein riesengroßer Bluff? Und wer war eigentlich dieser Kurt Schmidt? Irritiert nahm sie den Brief und die Bankkarte an sich. Am folgenden Tag ging sie schon sehr früh zur Bank. Dort erfuhr sie, dass es dieses Konto tatsächlich gab. Ein Duplikat des Schreibens, welches Sabine in ihren Händen hielt, hatte dieser Herr Schmidt auch bei der Bank hinterlegt. Doch Sabine erfuhr noch mehr: Kurt Schmidt lebte früher allein in der kleinen Wohnung von Sabine. Da er als arm galt, wollte seine Familie nichts von ihm wissen. Es gab ja auch nichts zu holen bei ihm. Doch was keiner wusste, er war ein sehr sparsamer Mann, der jeden Groschen aufs Sparbuch brachte. So kam über die vielen Jahre ein beträchtliches Vermögen zusammen. Genau Zweihundertfünfzigtausend Euro. Leider erkrankte er sehr schwer an Krebs und starb schließlich daran. Zuvor aber hatte er dieses Loch in den Fußboden gesägt, den Brief hineingelegt und den Teppichboden darüber verklebt. So fand niemand seine Botschaft.

Sabine jedoch entdeckte das Loch und ihr gehörte nun das gesamte Geld. Auf dem Friedhof ließ sie sich die Grabstelle von Kurt Schmidt zeigen. Es war ein anonymes Grab ohne Stein und ohne Blumen. Sie kaufte ihm eine neue Grabstelle und einen schlichten Stein. Jeden Sonntag kam sie mit ihrem kleinen Sohn und legte einen großen Strauß Blumen dort ab. Sie fühlte sich ihm gegenüber zu großem Dank verpflichtet. Später zog sie mit ihrem Sohn in eine größere Wohnung. Endlich hatten sie genügend Platz zum Leben und der Kleine bekam sein eigenes Zimmer. Denn er war für sie das Wichtigste auf der Welt. Für ihn lohnte es sich, zu leben. Und jeden Abend betete sie zu Gott und dankte ihm und Herrn Schmidt für diese wundervolle Schicksalsfügung. Auch an Herrn Schmidts Geburtstag kam sie wieder zum Friedhof und brachte Blumen. Lange sprach sie am Grabstein zu ihm. Und plötzlich schien es ihr, als sehe sie eine Gestalt durch die Nebel zwischen den Bäumen ziehen. Sie hatte große weiße Flügel und schien ihr zu zurufen: „Werdet glücklich ihr beiden."

Banküberfall

Der Urlaub stand vor der Tür. Und weil ich am nächsten Morgen schon recht früh zeitig losfahren musste, wollte ich noch einmal zur Bank, um mir Geld zu holen. In der Schalterhalle der Bank war wenig Betrieb und nachdem ich alles erledigt hatte, wollte ich schnellstens wieder heim, um zu packen. Ich schob meine Geldkarte in die Börse und strebte dem Ausgang zu. Plötzlich wurde die Tür der Schalterhalle aufgestoßen und zwei vermummte Gestalten stürmten herein. Erschrocken fuhr ich zurück und glaubte nicht, was ich da sah. Mit vorgehaltener Waffe zwangen uns die Gauner, uns sofort auf den Boden zu legen. Und keinerlei Widerstand zu leisten. Einer der Gangster kümmerte sich derweil um die beiden Schalterangestellten. Die beiden jungen Frauen waren vollkommen überfordert. Er zwang die Angestellten, mit erhobenen Händen in den hinteren Trakt des Raumes zu gehen. Dort mussten sie den Tresor öffnen, um die größeren Beträge heraus zu geben. Die beiden Angestellten taten alles so, wie die Diebe es von ihnen verlangten. Unterdessen nahm uns der andere Räuber die Wertsachen, die Uhren und das Bargeld ab. Plötzlich begann einer der auf dem Boden liegenden Kunden laut zu schimpfen. Als er panisch aufstand und wegrennen wollte, wurde er von einem der Gauner übel zusammengeschlagen. Der Mann fiel zu Boden und rührte sich nicht mehr. Ich konnte all das nicht mehr länger mit ansehen. Doch was sollte ich tun? Schweigend herumliegen, gar nichts tun? In mir regte sich eine unbändige Wut auf die Täter. Was fiel denen überhaupt ein, mir meinen Willen zu nehmen und mich wie ein Stück Dreck hier unten liegen zu lassen? Konnten sie nicht arbeiten gehen und sich auf eine anständige Art und Weise Geld beschaffen? Immerhin war ich auch nicht reich. Vorsichtig schob ich mich an einen neben mir liegenden alten Mann und flüsterte ihm zu, dass ich versuchen werde, die Täter abzulenken. Vielleicht gelang es mir ja, irgendwie die beiden unschädlich zu machen. Der alte Mann meinte nur, dass ich das lieber nicht tun sollte. Am Ende schießt noch einer der Täter. Doch ich musste es wagen. Langsam rutschte ich in Richtung eines Feuerlöschers. Ich hatte eine perfide Idee, wollte die Täter mit dem Löscher besprühen. Wie falsch diese Idee war, bekam ich Sekunden später zu spüren. Einer der Täter bemerkte mein Umherrutschen und hielt mir seine Waffe an den Kopf. Er brüllte, wenn ich nicht augenblicklich ruhig liegen bliebe, würde er mich erschießen. Jetzt reichte es mir. Ich hielt den Gauner am Bein fest, sodass er stolperte und dabei seine Waffe fallen ließ. Dann sprang ich auf und wollte losrennen. Noch immer wollte ich mein Vorhaben mit dem Feuerlöscher in die Tat umsetzen. Der Gauner aber hielt mich fest, drückte mich auf den Boden und legte seine Hände um meinen Hals. Er würgte mich derart, dass ich kurz vorm Ersticken war. Plötzlich sah ich, wie mein bisheriges Leben in unzähligen Bildern vor mir erschien. Den Würgegriff des Täters spürte ich nicht mehr. Ich sah mein Leben wie einen Film, der auf einer übergroßen Leinwand vorüber lief. Da erschienen die Zeiten als Kind, als Jugendlicher, ich sah meine Mutter. Es war ganz seltsam, aber in diesem Moment wurde alles leicht, so unglaublich leicht. Alles lief ab wie ein Traum, in dem ich ganz langsam versank. Und fern am Horizont erschien ein weißer Lichtpunkt, der mich magisch zu sich zog. Doch was war das? Aus der übergroßen Leinwand meines Traumes, meines Lebens löste sich eine Gestalt. Sie flog geradewegs auf mich zu, ich erschrak, die Gestalt, die mir entgegenflog, diese Gestalt war ich selbst!

Es war mein zweites „Ich"! Dieses zweite „Ich" flog durch die Schalterhalle der Bank und verharrte einige Sekunden regungslos hinter dem Räuber, der mich noch immer fest in seinem Würgegriff hielt. Langsam und bedrohlich senkte sich die Erscheinung auf ihn herab. Der ließ urplötzlich mit lautem Geschrei von mir ab. Er rannte geradewegs auf den Ausgang zu, wo schon der andere Gauner auf ihn wartete. Unterdessen ergriff mein zweites „Ich" die Waffe, die auf dem Boden lag und hielt damit die beiden Gangster in Schach. Die blieben wie angewurzelt stehen. Schockiert starrten sie auf die unfassbare Erscheinung. Und mir ging es ebenso. Zwar lag ich auf dem Boden, doch gleichzeitig schwebte ich wie eine Lichtgestalt vor den Ganoven auf und nieder.

Plötzlich durchbrach ein heftiger Knall die Szenerie! Die Polizei stürmte in die Schalterhalle und überwältigte die vollkommen irritierten Gangster. Ich schaute abwechselnd zu den Räubern, dann zu meinem zweiten „Ich" und schließlich zu den Polizeibeamten, welche von der schwebenden Lichtgestalt keine Notiz nahmen. Wie war das nur möglich? Ich begriff es nicht, sah nur noch, wie mein eigenes Ebenbild in einer Nebelwolke verschwand. Allerdings war ich heilfroh, dass dieser fürchterliche Alptraum endlich ein Ende hatte. Noch am selben Tag wurde ich von der Polizei verhört. Auch die übrigen Kunden wurden angehört. Seltsamerweise konnte sich keiner erinnern, eine schwebende Gestalt gesehen zu haben. Und es war ganz seltsam, denn im Nachbarzimmer saß noch jemand, der verhört wurde. Dieser Jemand, der auch die Waffe brachte, welche er dem Räuber wegnehmen konnte, sah mir selbst zum Verwechseln ähnlich ...

Buße

Die Gerichtsverhandlung war zu Ende. Jim wurde schuldig gesprochen. Er musste nun lebenslang hinter Gitter. Aber es gab so viele Ungereimtheiten bei diesem Mordfall. Sollte er tatsächlich schuldig sein? Bis zum Schluss leugnete er alles. Doch niemanden interessierte das noch. Die Leute hatten ihren schwarzen Mann und die Presse ihr Bauernopfer, welches sie nun in tagelangen Tiraden gnadenlos ausschlachten konnte. Nur das zählte und mehr nicht! Jim wurde in Handschellen in seine Zelle zurückgeführt. Vorbei ging es an den Mördern und Kinderschändern, den Frauenvergewaltigern und den Millionendieben, er konnte es nicht fassen. Nun saß er selbst wegen Mordes hier. Er sollte einen alten Mann in einem Park mit einer Waffe bedroht und erschossen haben. Man warf ihm vor, er habe ihn aus Geldgier getötet. Dabei bekam der alte Mann nur eine kärgliche Unterstützung vom Staat. Und Jim hätte wahrlich nichts davon, wenn es so gewesen wäre. Nach der Tat habe er die Waffe angeblich verschwinden lassen, sie wurde bis heute nicht gefunden. Jetzt saß er in seiner Zelle im Hochsicherheitstrakt und fand das alles unendlich traurig und furchtbar. Nie würde er sich an einem wehrlosen alten Mann vergreifen, geschweige ihn umbringen. Nein, dazu war er doch überhaupt nicht in der Lage. Plötzlich hatte er so unendlich viel Zeit, darüber nachzudenken. Es war wohl alle

Zeit dieser Welt. Und der alte Mann konnte seine Unschuld nicht mehr bestätigen, er war ja tot. Von Zeit zu Zeit kam seine geliebte Mutter und brachte ihm seine Lieblingsbonbons vorbei. Die Besuchszeit war nur kurz und der Mutter blieb nicht verborgen, wie ihr Sohn langsam zerbrach. Die dicken kalten Gefängnismauern und die zähnefletschenden Mitgefangenen, die nur darauf aus waren, ihn zu erniedrigen, hielt er einfach nicht mehr aus. Und die Wärter? Auf die konnte er sich nicht verlassen. Die halfen nur demjenigen, der genügend Geld im Hintergrund hatte. Eines nachts spürte Jim, wie ihm die Luft wegblieb. Er glaubte, zu ersticken. Seine Kräfte verließen ihn und er glaubte, nun sterben zu müssen. So schlecht ging es ihm noch niemals zuvor in seinem Leben. Die Dunkelheit um ihn herum und die muffige Luft taten ihr Übriges. Er hustete, spuckte Blut und röchelte schließlich nur noch in seinem Bett herum. Ein Wärter bemerkte das bei seinem Rundgang. Er rief einen Arzt und Jim wurde ins Gefängniskrankenhaus gebracht. Dort untersuchte man ihn stundenlang. Aber man fand die Ursache nicht. Schließlich fiel Jim ins Koma. Den Ärzten blieb nur noch, ihn an dutzende Geräte anzuschließen und abzuwarten, ob er irgendwann zu sich kommt. Hoffnung hatten sich keine mehr. Doch Jim war noch am Leben. Zwar fühlte er seinen Körper, doch sein Geist hielt sich anderswo auf. Stunden um Stunde hatte er den gleichen merkwürdigen Traum. Er sah den alten Mann im Park spazieren gehen.

114

Da, plötzlich näherte sich von hinten eine schwarz gekleidete Gestalt und schlug dem Alten mit einem Revolver auf den Kopf. Der alte Mann brach zusammen. Doch der Fremde hatte noch lange nicht genug, er ohrfeigte den Alten, bis der schließlich seine Geldbörse herausgab. Der Fremde aber erhob sich, richtete den Revolver auf den wehrlosen alten Mann und drückte gnadenlos ab. Dann verschwand er in der Dunkelheit und ließ den Alten hilflos zurück. Jim träumte immer wieder den gleichen Traum. Er konnte sich nicht dagegen wehren. Dieses grausame Koma hielt ihn gefangen. Wieso? Jim konnte weder sprechen noch sich bewegen, wie tot lag er in seinem Bett. Die Ärzte glaubten bereits, es hätte keinen Sinn mehr. Und Jim träumte immer wieder seinen furchtbaren Traum. Und er wusste es genau, denn der Fremde, der den Alten erschoss, das war nicht er! Er war doch unschuldig und wollte es allen sagen. Nie hatte er jemandem auch nur ein einziges Haar gekrümmt. Eines Tages wussten sich die Ärzte keinen Rat mehr und bestellten einen Pfarrer. Sie glaubten, dass Jim wohl bald sterben würde. Er lag da und tat keinen Mucks mehr. Seine Kurven zeugten davon, dass es wohl bald mit ihm zu Ende ging. Nur die Geräte, die um ihn herum aufgebaut waren, hielten ihn noch am Leben. Der Pfarrer erschien und bat die Anwesenden, das Zimmer für einen kurzen Augenblick zu verlassen. Als er allein mit Jim im Zimmer war, geschah etwas Merkwürdiges. Jim begann, einzelne Worte zu sprechen, er bewegte sich sogar ein wenig. Die Schwester, die auf ihren Geräten außerhalb des Raumes diese Dinge registrieren konnte, stürmte ins Zimmer. Sie starrte auf die Geräte und tatsächlich, sie zeigten Aktivitäten an. Jim lebte und kam allem Anschein nach gerade wieder zu sich. Der Pfarrer war total irritiert. Und Jim stotterte, erst einige Worte, dann ganze Sätze: „Er war es, der Pfarrer ist der Mörder, er hat den Mann getötet!" Die herbeigerufenen Ärzte konnten nicht glauben, was sie da hörten. Sollte allen Ernstes dieser Pfarrer, das konnte doch nicht sein, unmöglich! Der Pfarrer wollte aufspringen und aus dem Zimmer laufen. Aber Jim packte ihn mit den Händen und ließ ihn nicht mehr los. Er krallte sich an seinem schwarzen Mantel fest und entriss ihm ein kleines eisernes Kreuz, welches er in seiner Hand hielt. Dem Pfarrer wurde es unheimlich zumute. Voller Angst brüllte er, dass man diesem Verrückten kein Wort glauben sollte. Es sei alles Lüge und Verleumdung. Doch Jim ließ ihn nicht mehr los und die Ärzte griffen nicht ein. Als endlich die Polizei eintraf, hatte sich Jim schon recht gut erholt. Die Beamten nahmen den Pfarrer fest. Und es war ganz seltsam, aber sie hatten große Mühe, den Pfarrer aus Jims Umklammerung zu befreien. Der völlig überrumpelte Pfarrer gab schließlich alles zu. Er war es, der dem alten Mann im Park auflauerte und ihm sein bisschen Geld stahl. Als man den Pfarrer abführte, bat er darum, dass man ihm das Kreuz lassen möge. Er wollte Abbitte leisten und vor Gott demütig seine Fehler bekennen. Die Polizeibeamten hatten nichts dagegen. Auf dem Polizeipräsidium schließlich gestand der vermeintliche Pfarrer, dass er auch kein Pfarrer sei. In Wahrheit handelte es sich um einen lang gesuchten, bereits vorbestraften Trickbetrüger, der sich mit Scheingeschäften das Geld älterer Leute erschlich. Sein Name war Rick Tucker. Der alte Mann musste wohl hinter Ricks schmutziges Geheimnis gekommen sein und wollte damit zur Polizei gehen, um ihn anzuzeigen. Das konnte der Betrüger natürlich nicht zulassen und er nahm sich vor, den Alten zu beseitigen. Von seinen vorherigen erfolglosen Besuchen bei dem alten Mann wusste er, dass dieser in der Nähe eines Parks lebte und abends oft dort spazieren ging. Eines nachts verfolgte er den alten Mann im Park, nahm ihm die Geldbörse zum Schein ab und erschoss ihn dann kaltblütig. So war er ihn für immer los und keiner konnte ihn bei der Polizei anzeigen. Um nicht aufzufallen, schlüpfte er in die Rolle des Pfarrers. Die schwarze Kleidung war schnell besorgt und das Gesicht durch einen Vollbart stark verändert. Das kleine eiserne Kreuz stahl er aus einer Kirche. Jim erholte sich mehr und mehr und konnte bald aus dem Krankenhaus entlassen werden. Auch seine fürchterliche ungerechtfertigte Haft hatte endlich ein Ende. Freudestrahlend fiel er vor dem Gefängnistor seiner weinenden Mutter um den Hals. Er hatte es immer geschworen, dass er unschuldig war. Und seine Mutter spürte tief in ihrem Herzen, dass sie ihren Sohn niemals verlieren würde. Woher aber Jims merkwürdige Träume kamen, konnten sie sich nicht erklären. Am Tage der Verhandlung nun führte man Rick aus seiner Zelle in der Untersuchungshaft zum Gerichtsgebäude. Der Verhandlungssaal befand sich in der vierten Etage. Die Fahrstuhltür jedoch entwickelte ein merkwürdiges Eigenleben und schlug zu. Rick aber stand noch dazwischen. Als sich die Tür wieder öffnete, brach Rick leblos zusammen. War er ohnmächtig geworden oder hatte er einen Schwächeanfall angesichts der vor ihm stehenden Verhandlung erlitten? Nichts dergleichen war der Fall! Die zusammenschlagende Fahrstuhltür hatte das kleine eiserne Kreuz, welches er auch an diesem Tage in der Innentasche seiner Jacke mit sich trug, tief in sein Herz gebohrt …

Stadt der Engel

Schon in meiner Kindheit konnte ich nicht gut zeichnen. Meine damalige Zeichenlehrerin meinte, dass man bei meinen recht undefinierbaren Bildern sehr viel Fantasie benötigen würde, um irgendetwas zu erkennen. Vielleicht war das ja ausschlaggebend, dass ich mich Jahrzehnte später ausschließlich der Schreiberei widmete. Jedenfalls meinte sie zu meinem letzten Zeichenversuch, dass er irgendwie aussah, wie die Stadt der Engel, nicht greifbar und nicht fassbar. Damals verstand ich absolut keinen Spaß bei ihrer seltsamen Einschätzung. Glücklicherweise zogen wir Wochen später in eine andere Stadt. So musste ich sie nicht mehr sehen und konnte mich weiterhin meinen utopischen surrealistischen Bild-Ergüssen hingeben. Meine späteren Zeichenlehrer enthielten sich sicherheitshalber diskret ihrer Meinung. Ich schloss meine Schule ab und erlernte einen Beruf. Es war ein gastronomischer Beruf. Leider nur eine Notlösung, denn ich wusste zu jener Zeit nicht, was ich wirklich wollte. Weder konnte ich Gäste bedienen noch hatte ich ein Gespür für Speisen und Getränke. Ich konnte nicht einmal kochen. Eines Tages meinte ein unzufriedener Gast, ich wäre ein lausiger Kellner und sollte mich möglichst sofort in die Stadt der Engel scheren, Hauptsache weit weg von hier. Aber immerhin erreichte ich in diesem Beruf noch eine leitende Position. So schlecht konnte ich also gar nicht sein, wenngleich ich im Büro keinen direkten Kontakt zu den Gästen mehr pflegen musste. Und so versuchte ich an einem Feiertags- Wochenende, meine Freunde und Kollegen selbst zu bekochen. Ich wollte ihnen beweisen, dass ich gar nicht so schlecht war. Es endete, wen wundert´s, in einem regelrechten Desaster. Die Suppe brannte an, das Schnitzel war zäh wie eine alte Schuhsohle und die Nachspeise, na ja. Wenigstens konnte ich beim Sekt nichts verkehrt machen,

oder doch? Bis auf den Korken, der meiner damaligen Freundin Tina beim Öffnen der Flasche an den Kopf flog, ging es tatsächlich glatt. Sie wünschte mich in die ferne Stadt der Engel, die mir zeigen sollte, wie man richtig lebt, von wo ich auch nicht mehr so schnell zurückkommen könnte. Ich beschloss, den gastronomischen Beruf, in dem ich mich wirklich nicht mehr wohl fühlte, endgültig und zur Erleichterung meiner Kollegen an den Nagel zu hängen. Doch wie sollte es weitergehen? Ich hatte weder eine Idee noch einen brauchbaren Plan. Ziellos eierte ich in meinem Leben hin und her. Da kam mir eine grandiose Idee! Mir fiel ein, dass ich in meiner Kinderzeit sehr gut singen konnte. Mein damaliger Musiklehrer bat mich stets an sein Klavier, wo ich den übrigen Schülern Lieder vorsingen musste. Ich tat das so gut, dass einige Mitschüler neidisch wurden. Dieser Neid steigerte sich soweit, dass sie mich bedrohten und mir Schläge anboten. Immerhin konnte ich mich später beim Boxunterricht bei den Betreffenden recht nachdrücklich revanchieren. Kurz und gut, ich probierte mich als Sänger. Und ich kam ganz schön weit. Ich schaffte es immerhin bis zu Wettbewerben und kleineren Auftritten bei Vorprogrammen großer Stars. Nun ja, Gesangsunterricht nahm ich auch. Jede Woche vier Stunden. Doch der Gesanglehrer meinte irgendwann, dass es wohl keinen Zweck habe. Ich sollte es mal in der Stadt der Engel versuchen, aber bitte auf keiner Bühne mehr. Dann würde alles gut. Schweren Herzens sah ich es schließlich ein. Und so ging es immer weiter. Mal versuchte ich dies, mal probierte ich das. Es gab kaum einen Zweig der Wirtschaft, den ich nicht schon einmal kennen lernen sollte. Aber die Erfolge und damit das große Geld steckten sich die anderen ein. Zwar rackerte ich oft den ganzen Tag im Schweiße meines Angesichts und verzichtete auf so manchen schönen Urlaub. Dennoch blieb ich auf der Strecke und auf Nachfragen, warum man mich am Ende doch nicht wollte, wurde mir geraten, es doch mal in der Stadt der Engel zu versuchen. Traumtänzer wie ich wären im realen Leben fehl am Platze. Das ging mir derart an die Nieren, dass ich mir vornahm, diese Traumstadt tatsächlich zu suchen. Doch es gelang mir nicht. So sehr ich auch meinem vermeintlichen Glück hinterher rannte, umso vergeblicher gestaltete sich meine Suche nach dieser sagenhaften Traumstadt. Im Gegenteil, vor lauter Verzweiflung wurde ich schwer krank. Keine Zukunft, keine Engel, keine Chancen mehr.

Ich dachte, mein Leben sei nun zu Ende. Und die Jahre vergingen, viele Jahre vergingen. Es war wirklich eine sehr harte Zeit. Ich sah mich bereits auf dem Friedhof, irgendwo unter wildem Klee liegen. Freunde sagten sich von mir los und ich hatte nur noch meine Mutter, die zu mir stand und mit mir wahrhaftig durch Dick und Dünn ging. Eines Tages plötzlich spürte ich, wie eine ganz neue, unbekannte Kraft in mir aufstieg. Ein völlig neues Lebensgefühl breitete sich in meiner Seele aus. Zunächst jagte mir das Angst ein. Doch irgendwann fühlte ich mich gut dabei. Und ich sah, wie die alte Zeit, mein altes, durchprobiertes unbefriedigendes Leben, hinter mir verschwand. Ich konnte mir das nicht erklären. Doch es gab keinen Zweifel, denn eine völlig neue Ära meines Lebens hatte begonnen. Wie gut, dass ich niemals aufgegeben hatte. Wie gut, dass ich mich nicht selbst verloren hatte und immer das Beste aus mir herausholen wollte. Und ich begriff, dass auch anderen Menschen, die irgendwann einmal große Stars wurden, sehr viel im Leben danebenging. So sollte es wohl sein. Man darf dem Glück nicht hinterherrennen, es flüchtet dann nur vor uns. Auf dem langen Weg durch die Zeiten, müssen wir eben immer wieder sehr viel einstecken, müssen eine ganze Menge wegstecken. Wir müssen lernen, Dinge zu ertragen. Ich lernte mein Leben jedenfalls völlig neu kennen. Es war irgendwie faszinierend. Und es war wunderschön. Ich hatte plötzlich das dringende Bedürfnis, Dinge zu Papier zu bringen. Und ich brauchte mit einem Mal keinen mehr, der mir sagte, was ich zu tun hätte. Der Neid anderer traf mich nicht mehr so stark. Ich wurde sicherer und immer besser. Ich gab alles und wusste, dass ich es nicht nur für mich tat. Ich tat es auch für die Menschen, für alle Menschen. Und ich erkannte, dass ich einzigartig und wichtig bin auf dieser Welt. Wie wunderschön doch diese Welt jetzt sein konnte. Ich schrieb mehrere Bestseller und kam eines Tages als großer und doch bescheiden gebliebener Autor tatsächlich in eine märchenhafte Stadt. Dorthin, wo später mein eigener großer Verlag seinen Sitz hatte, nach Los Angeles, der Stadt der Engel ...

Schreckensfahrt

In den siebziger Jahren schwärmten wir für so manch' abgefahrene Sache. Es konnte nicht verrückt genug zugehen. Und die Musik war unser Lebenselixier. Wir flogen auf Stars wie Janis Joplin und Jimmy Hendrix. Und wir schwärmten für die heißesten Disk-Jockeys. Der aller heißeste aber war Toni Stone. Seine Disko war über die Grenzen unserer Stadt hinaus bekannt. Er legte die verrücktesten Scheiben auf und wir rockten uns an den Wochenenden beinahe die Seele aus dem Leib. Auch an einem heißen Samstagabend, wir hatten gerade Schulferien, wollten wir wieder in die Stadt zur Disko. Es hieß, dass Toni Stone auflegte. Das durften wir natürlich auf keinen Fall verpassen. Meine Freundin Shila, die schon den Führerschein besaß, hatte vor kurzem ein Auto von ihren Eltern geschenkt bekommen. Es war zwar eine alte Rostlaube, aber sie fuhr und nur das zählte. So fuhren wir los. Die Schwüle war kaum auszuhalten und unsere Shirts klebten schon auf der Haut. Aber das störte uns nicht. Wir wollten zur Disko und wir wollten Toni Stone sehen! Unterdessen zog ein heftiges Gewitter über der Gegend auf. Grelle Blitze zuckten und der plötzliche Regen versperrte uns streckenweise die Sicht. Schließlich geschah das, womit keiner rechnete, denn wir hatten uns verfahren. An einer Gabelung hielten wir an und suchten nach einem Hinweis oder einem Schild. Doch nirgends konnten wir ein solches finden. Wir entschlossen uns, einfach weiter zu fahren. Unterdessen wurde der Regen immer stärker und wir konnten nur noch im Schritttempo fahren. Da teilten zwei grelle Lichter vor uns die Dunkelheit und blendeten uns. Zunächst dachten wir, es seien Blitze. Doch als die Lichter näherkamen, sahen wir, dass es sich um ein heranbrausendes Auto handelte. Kurz vor unserem Wagen hielt es an und versperrte uns den Weg. Wir waren empört und Shila gestikulierte wild mit den Armen herum. Irgendjemand stieg aus dem Wagen und näherte sich uns. Vom Regen völlig durchnässt stand die Person vor unserem Wagen und rief: „Dort können Sie nicht weiterfahren. Der Regen hat einen Erdrutsch ausgelöst und die Straße weggeschoben. Auch eine Brücke ist eingestürzt. Wenn Sie weiterfahren, könnte es gefährlich für Sie werden. Kehren Sie so schnell wie möglich um!" Ich erkannte den Mann sofort: Es war der berühmte Disk-Jockey, Toni Stone! Shila kurbelte aufgeregt ihre Scheibe herunter und fragte laut, ob sie ein Autogramm von ihm haben könnte. Ich schüttelte nur mit dem Kopf. So einen irrsinnigen Wunsch konnte wirklich nur sie haben. Toni Stone ließ sich glücklicherweise nicht beeindrucken. Noch einmal wiederholte er seine Warnung, sofort umzukehren. Dann stieg er in seinen Wagen und fuhr davon. Wir waren fassungslos. Sollten wir wirklich wieder nach Hause fahren? Ausgerechnet heute, wo wir den berühmten Toni Stone getroffen hatten? Sicher hat er längst einen Schleichweg gefunden. Nur, warum hatte er uns davon nichts gesagt? Irgendetwas erschien uns sehr merkwürdig an der Geschichte. Dennoch fiel uns die Entscheidung wirklich sehr schwer. Aber das, was er sagte, klang derart glaubhaft, dass wir seinem Rat folgten. Shila wendete den Wagen und wir fuhren zurück. Wie gut diese Entscheidung war, erfuhren wir wenig später aus dem Radio. Es wurde berichtet, dass es wegen der starken Regenfälle einen Erdrutsch gegeben hatte. Dabei seien eine Straße und eine Brücke völlig zerstört worden. Allerdings sei auch ein Todesopfer bei diesem Unfall zu beklagen. Bei dem Toten handelte es sich um Toni Stone, dem berühmten Disk-Jockey.

Weihnachtsengel

Kurz vor Weihnachten hatte Ralfs Schulklasse eine kleine Ausfahrt geplant. Es sollte in den Harz gehen, wo man sich die wunderschöne Stadt Wernigerode anschauen wollte. Auch der Besuch eines Gottesdienstes war geplant. Dazu wurde ein Bus organisiert. Am 22. Dezember, in den frühen Morgenstunden ging es los. Siebzehn Schüler fuhren mit und alle freuten sich gleichermaßen auf die Tour. Die Eltern hatten den Kindern prall gefüllte Rucksäcke für die Reise mitgegeben und nun standen alle am vereinbarten Ort, um sich zu verabschieden. Es war ein großes Hallo, als sich die Kinder trafen und ein noch größeres, als endlich der Bus anrollte. Die Kinder stiegen ein und die Reise begann. Weil es ziemlich kalt war, hatte der Busfahrer die Heizung so richtig aufgedreht. Einer nach dem anderen zog sich seine Jacke aus. Bis zur ersten Rast spielte auch das Wetter mit. Die Sonne strahlte vom Himmel und die Autobahn war vom Schnee beräumt. Alles klappte hervorragend und alle freuten sich schon auf Wernigerode. Ralf saß neben Uwe, seinem Schulfreund. Die beiden hatten sich immer eine Menge zu erzählen. Vor allem Ralf, denn sein kleines Schwesterchen, welches andauernd im Mittelpunkt stehen wollte, nervte ihn damit, den Weihnachtsmann sehen zu wollen. Dabei glaubte Ralf schon lange nicht mehr an ihn, denn der Weihnachtsmann war immer der Papa. Auf dem

Rastplatz gab's erst einmal ein ordentliches Frühstück. Heiße Würstchen mit Limonade. Aber auch Schokoriegel hatte der Busfahrer mit an Bord. Der heiße Tee der Eltern blieb in den Thermoskannen. Frisch gestärkt ging's endlich weiter. Plötzlich verschlechterte sich das Wetter. Es begann heftig zu stürmen und zu schneien und die Fahrbahn, die in der kurzen Zeit natürlich nicht geräumt werden konnte, verwandelte sich in eine gefährliche Rutschbahn. Der Busfahrer kam nicht mehr dazu, den Bus so schnell abzubremsen. Mit immer noch viel zu hohem Tempo fuhr er in den Schnee und der Bus begann beängstigend auf der Fahrbahn zu schlingern. Noch versuchte der Fahrer gegenzulenken. Vielleicht ließ sich das tonnenschwere Gefährt ja irgendwie stabilisieren. Er bremste nicht, weil das den Bus erst recht ins Trudeln bringen würde. Sicherheitshalber hatte er den Fuß vom Gas genommen. Doch all diese Maßnahmen, wie auch die Sicherheitstechnik im Bus reichten nicht mehr aus. Gespenstische Stille breitete sich unter den jungen Fahrgästen aus. Einige schauten sich nur an, andere starrten wie vom Schlag gerührt hinaus auf die verschneite Fahrbahn. Keiner sprach auch nur ein einziges Wort. Auch Ralf und Uwe klebten in ihren Sitzen und hielten sich verkrampft an den Sitzlehnen fest. Das Hin und Herschaukeln des Busses wurde immer heftiger und bedrohlicher. Schon flogen einige Rucksäcke wie Geschosse durch den Bus. Glücklicherweise trafen sie keinen der Fahrgäste. Schließlich durchbrach das Fahrzeug die Mittelleitplanken, schaukelte aber sofort wieder quer über die Fahrbahn auf die andere Seite und raste über die Standspur hinaus. Ein greller Blitz zuckte an den Fenstern vorbei und ließ den Bus erzittern. Alle rechneten bereits mit dem Schlimmsten. Plötzlich wurde die Fahrt merklich langsamer und nach einem heftigen Stoß kam der Bus kurz vor einem Waldstück schließlich zum Stehen. Doch was war das, wo blieb der Fahrer? Der Sitz hinter dem Lenkrad war leer! Stattdessen öffnete sich die vordere Tür und ein Mann in einem roten Weihnachtsmannkostüm stieg zu. Die vollkommen verängstigten Kinder konnten noch immer nicht sprechen. Stumm krallten sich alle an ihren Sitzen fest. „Na, sind alle noch heil geblieben", rief der Fremde laut. Die Kinder wussten nicht, was sie davon halten sollten. Noch immer saß ihnen der Schreck in den Gliedern. Einigen war schlecht geworden und wollten aussteigen. Doch der Fremde meinte nur mit lustiger Stimme: „Ich sehe, Euch geht's gut. Das ist doch schon mal was. Und aussteigen könnt ihr gleich. Es muss nur noch etwas geregelt werden, dann lasse ich Euch alle raus. Zieht Euch aber warm an, denn draußen ist es kalt. Habt Ihr alle eine Jacke dabei?" Die Kinder wurden langsam etwas ruhiger und fanden auch ihre Sprache wieder. „Ja", riefen alle wild durcheinander. „Da bin ich ja beruhigt. Draußen gibt's gleich heißen Tee. Und ansonsten wünsche ich Euch und Euren Familien trotz alledem recht Frohe Weihnachten." Ralf schaute neugierig aus dem Fenster. Aber er konnte nirgends jemanden entdecken. Und erst jetzt bemerkte er, dass auch die Autobahn vollkommen verlassen schien. Kein einziges Fahrzeug war zu sehen. Eben noch rasten doch dutzende Autos vorbei. Wo waren die alle geblieben? Im Schnee stecken geblieben? Aber dann müssten sie doch zu sehen sein. Ralf wusste nicht, was er dazu sagen sollte. Er schaute zu dem seltsamen Weihnachtsmann, der im Gang stand und sich mit den Kindern unterhielt. Dann schaute er zur leergefegten Autobahn hinüber. Auch der Schneesturm hatte aufgehört. Die Sonne schien, als sei nichts geschehen. Und wo blieb eigentlich der Fahrer? Unmöglich konnte der Bus ohne Fahrer unterwegs gewesen sein, oder? Als der Fremde neben ihm im Gang stand, erkundigte sich Ralf nach dem Fahrer. Der Fremde schaute Ralf plötzlich so merkwürdig traurig an und sagte dann leise: „Glaub mir Ralf, dem geht es gut. Es lohnt sich nicht, dass Du Angst um ihn hast. Wichtig ist nur, dass es Euch allen hier gut geht. Nur das zählt im Moment." Hatte dieser obskure Weihnachtsmann da etwa seinen Namen genannt. Ralf erschien das Verhalten des Fremden immer seltsamer. Er fragte ihn, woher er seinen Namen wüsste. Doch der Fremde lachte nur und meinte dann, dass der Weihnachtsmann alles wüsste, sonst wäre er ja nicht der Weihnachtsmann. Aus seinen großen Manteltaschen holte er plötzlich unzählige Zimtsterne heraus. Sie waren sehr groß, viel größer als die,

die man in den Läden kaufen konnte. Er verteilte die Zimtsterne unter den Kindern, die sich sogleich gierig darüber hermachten. Der Unfall und der fehlende Fahrer schienen beinahe vergessen. Nach ein paar Minuten rief der Fremde, dass nun alle aussteigen müssten. Die Kinder befolgten seine Anweisungen. Draußen sollten sie sich vor den angrenzenden Wald stellen und warten. Hilfe sei schon unterwegs. Und der heiße Tee auch. Dann sagte er noch: „Fürchtet Euch nicht. Alles wird gut. Immer. Wichtig ist nur das Leben, mehr nicht." Bei diesen letzten Worten schlug er ein Kreuz vor den Kindern und verschwand urplötzlich zwischen den Bäumen des Waldes. Kaum war er verschwunden, setzte ein heftiges Schneegestöber ein. Der Sturm kehrte zurück und peitschte die eiskalten Flocken auf die roten Wangen der Kindergesichter. Und auf der nahen Autobahn kroch eine endlose Autokarawane vorbei. Außerdem wurde es dunkler und dunkler. Doch was war das? Ihr Bus, aus welchem sie eben noch ausgestiegen waren, lag zerbeult und vollkommen zerstört auf der Seite. Aus einigen Fenstern schlugen meterhohe Flammen und dicker Rauch. Ängstlich standen die Kinder am Waldrand und konnten nicht glauben, welch schreckliches Bild sich ihnen bot. Ralf zitterte vor Kälte und vor Angst. Er hatte in diesem Moment so unendlich viele Fragen. Wie war es möglich, dass keiner von dem Brand etwas mitbekommen hatte? Und wie war es möglich, dass alle diesen furchtbaren Unfall überlebt hatten? Aus der Ferne vernahmen sie das Geheul von Polizeisirenen. Endlich kam Hilfe. Die Kinder wurden noch vor Ort von Notärzten untersucht. Man hüllte sie in warme Decken und gab ihnen heißen Tee. Es stellte sich heraus, dass sie völlig gesund und unversehrt waren. Nicht einmal ein Knochenbruch wurde festgestellt, nichts. Nur ihre Rucksäcke waren im Feuer verbrannt. Für den Busfahrer allerdings kam jede Hilfe zu spät. Als der Bus gegen die Leitplanke stieß und sich daraufhin überschlug, wurde er aus dem Fahrzeug geschleudert. Ralf berichtete einem Polizeibeamten von den rätselhaften Erlebnissen. Auch von dem seltsamen Weihnachtsmann und den großen Zimtsternen sprach er. Doch der Beamte schaute ihn nur misstrauisch an. Als auch die anderen Kinder von diesem merkwürdigen Erlebnis berichteten, wurden die Beamten sehr nachdenklich. Doch es überwiegte die Freude. Froh und glücklich konnten die Eltern ihre Kinder wieder in ihre Arme schließen. Am Heiligen Abend hatte man alle Kinder und deren Eltern zu einem Gottesdienst in die Kirche eingeladen. Alle waren gekommen. Und als Ralf, der auch Schülersprecher war, am Mikrofon einige Worte des Dankes an die Retter richtete, sah er unter den vielen Menschen, die auf den alten Holzbänken saßen, einen Weihnachtsmann. Der saß neben Ralfs kleiner Schwester und beide knabberten ungestört an riesengroßen Zimtsternen herum. Ralf wiederholte die Worte, welche der Weihnachtsmann aus dem Bus zu ihnen sprach:

„Fürchtet Euch nicht. Alles wird gut. Immer. Wichtig ist nur das Leben, mehr nicht." Als er geendet hatte und wieder in die Menschenmenge schaute, war der Weihnachtsmann verschwunden. Nur ein silberner Nebelschleier flog durch das große Kirchentor hinaus bis in den sternenübersäten Himmel. Und wie von selbst begann die Orgel ein Lied zu spielen: Stille Nacht, Heilige Nacht. Und Ralf war es, als ob er in dem silbernen Streif zwei leuchtende weiße Flügel gesehen hätte …

Die Kette

Elfi hatte eine wunderschöne goldene Kette von Ihrer Großmutter geschenkt bekommen. Es sollte ein Erbstück sein, welches sie schon jetzt erhielt. Kurze Zeit später starb die Großmutter. Elfi hielt das kostbare Schmuckstück in Ehren und trug es jeden Tag. Die Großmutter wollte es so. Sie sagte immer: „Du musst das gute Stück immer tragen, dann wird es Dir helfen." Eines Tages lief Elfi durch die Stadt und entdeckte in den Auslagen eines Juweliers einen wunderschönen goldenen Ring. Er passte so wunderbar zu ihrer Kette, dass sie sogleich in das Geschäft ging, um sich den Ring zeigen zu lassen. Der Juwelier fand ebenfalls, dass der Ring eine passende Ergänzung zu ihrer Kette sei. Leider war er viel zu teuer und Elfi konnte ihn nicht bezahlen. Aber sie nahm sich vor, so lange zu sparen, bis sie sich ihn kaufen konnte. Noch einmal betrachtete sie den in allen Farben funkelnden Ring und wollte das Geschäft verlassen. Da stürmte plötzlich ein maskierter Mann mit den Worten: „Das ist ein Überfall" in den Laden. Elfi blieb wie angewurzelt stehen und hielt sich erschrocken an einem Pfeiler fest. Auch der Juwelier konnte nicht fassen, was da vor seinen Augen ablief. Ihm wurde schwindelig und er fiel zu Boden. Elfi wollte ihm zu Hilfe eilen, doch der Räuber schrie sie an, sich dem Juwelier nicht zu nähern. Der aber lag stöhnend am Boden und rührte sich nicht mehr. Und der Räuber ging mit rücksichtsloser Härte vor. Er schob ein schweres Regal vor die Eingangstür und begann, die gläsernen Vitrinen zu zertrümmern. Dann griff er nach allem, was er dort finden konnte. Sämtliche Regale und Auslagen räumte er ab. Als er nichts mehr finden konnte, schlug er auf die Kasse ein. Weil sie sich jedoch nicht öffnen ließ, suchte er nach einem Stock, einem Brecheisen, mit dem er die Kasse aufstemmen konnte. Doch nirgendwo fand er das geeignete Werkzeug. Lauthals brüllte er den hilflosen Juwelier an, er möge ihm sofort die Kasse öffnen. Der jedoch rückte den Kassenschlüssel nicht heraus. Nun wurde der Räuber noch brutaler. Mit beiden Händen schlug er auf den Juwelier ein bis dem das Blut über die Stirn lief. Elfi, die sich noch immer nicht rühren konnte, fand zumindest ihre Sprache wieder und rief, dass er von dem alten Mann ablassen solle. Vielmehr könnte ja sie den Kassenschlüssel suchen. Doch der Räuber war derart in Rage, dass er wutentbrannt auf Elfi losrannte. Vor Angst hielt sie sich die Hände vors Gesicht, rechnete bereits mit dem Schlimmsten. Da entdeckte der Räuber die Kette, welche sie angelegt hatte. Er verlangte, dass sie ihm sofort die Kette aushändigen sollte. Elfi verweigerte ihm den Gehorsam und hielt ihre Hände schützend über die Kette. „Das ist ein Erbstück von meiner Großmutter. Die gebe ich niemals her", rief sie laut und brach weinend zusammen. Aber noch nicht einmal dieses Flehen und Bitten brachte den bösartigen Räuber von seinem schmutzigen Vorhaben ab.

Mit einem Handgriff riss er ihr die Kette vom Hals und betrachtete sie. Sie gefiel ihm so gut, dass er sie selbst anlegen wollte. Er legte sich das wunderschöne Stück um den Hals und betrachtete sich vor einem der zahlreichen Spiegel. „Na bitte", rief er, „das habe ich doch die ganze Zeit gesucht!" Er nahm seinen Rucksack, warf alle gestohlenen Schmuckstücke dort hinein und wollte den Laden verlassen. Doch plötzlich geschah etwas Unglaubliches. Die Kette, die ihm eben noch gepasst hatte, wurde enger, sie schien sich mehr und mehr um seinen Hals zusammen zu ziehen. Der Räuber versuchte, das Schloss zu öffnen, um die Kette schnellstens wieder abzunehmen. Doch auch das Schloss schien zu klemmen. Verzweifelt und mit aller Kraft riss der Räuber an dem Schmuckstück herum. Aber es ließ sich einfach nicht öffnen und es ließ sich auch nicht mehr abnehmen. Es zog sich wie eine Schlinge immer weiter zusammen. Schließlich bekam der Räuber keine Luft mehr und fiel röchelnd zu Boden. Elfi, die vor dem Pfeiler zusammengesunken war, stand mutig auf und rannte geistesgegenwärtig zu dem noch immer am Boden liegenden Juwelier. Dem half sie auf und trocknete ihm mit einem Taschentuch das Blut von der Stirn. Dann griff sie zum Telefon und rief die Polizei. Langsam und noch ein wenig misstrauisch näherte sie sich dem Räuber. Doch der stellte keine Gefahr mehr dar; er lag bewusstlos am Boden und tat keinen Mucks mehr. Mit zitternden Händen griff sie nach der

Kette, doch was war das, sie lag locker um den Hals des Räubers. Ganz leicht konnte sie ihm die Kette abnehmen. Als die Polizeibeamten endlich eintrafen, hielt sie noch immer ihre Kette in den Händen und betrachtete sie von allen Seiten. Sie konnte nicht begreifen, wie all das möglich war. Der Räuber erholte sich langsam und wollte aufstehen. Doch die Polizei nahm ihn sofort fest. Alle Schmuckstücke konnten gerettet werden und Elfi hatte ihre geliebte Kette wieder zurück. Der Juwelier schenkte ihr zum Dank den wunderschönen Ring, der so gut zu ihrer einzigartigen Kette passte. Und jeden Tag legte sie das wundervolle Schmuckstück an. Doch zu eng ist sie ihr nie geworden und noch heute erinnert sie sich an die seltsamen Worte ihrer Großmutter: „Du musst das gute Stück immer tragen, dann wird es Dir helfen."

Seemannsgarn

Eigentlich wollte ich meinen Urlaub in diesem Jahr einmal ganz anders gestalten. Allein, aufs Grate-Wohl, und möglichst billig. Mittlerweile aber schien es so, als ob ich diesen Entschluss bitter bereuen würde. Ich befand mich zwar an der Ostsee, aber ich fand einfach keine Bleibe. Und mir wurde klar, dass ich in der Hauptsaison derartige Experimente nicht durchführen sollte. Und jede Nacht im Auto verbringen, dazu hatte ich wahrlich keine Lust! So lag ich also auch an jenem merkwürdigen Abend am Strand und genoss die untergehende Sonne. Irgendwann erhob ich mich aus dem lauwarmen Sand, zog mir meine Jeans an und lief los. Da ich bereits alle Pensionen abgeklappert hatte, blieben nur noch zwei Möglichkeiten: Entweder wieder im Auto übernachten oder ins Landesinnere fahren, um dort nach einer Pension zu suchen. Diesmal entschied ich mich für die letztere Variante. Da entdeckte ich in einer verlassenen baumreichen Bucht ein altes Segelschiff. Verlassen lag es dort vor Anker und kein Mensch war zu sehen. Als ich näherkam, rannte plötzlich jemand zwischen den Bäumen auf das Schiff zu. „Halt, warten Sie doch mal", rief ich laut. Der Mann blieb stehen und starrte mich erschrocken an. Ich muss zugeben, dass ich noch nie in solch entsetzte Augen sah. Es war fast so, als habe ich ihn bei irgendetwas Verbotenem erwischt. Auch sah er irgendwie merkwürdig aus. Beinahe wie ein Seeräuber. Eine schwarze Binde verdeckte sein linkes Auge und um seinen Kopf hatte er ein rotes Tuch gewickelt. Auf seiner linken Wange klaffte eine lange Narbe, vermutlich eine alte Brandverletzung. Er hinkte ein wenig und seine übrige Kleidung war zerschlissen. Ich fragte ihn, ob er für ein paar Tage ein Zimmer auf dem Schiff vermieten würde. Der Fremde schaute zuerst zum Schiff dann zu mir und meinte mit merkwürdig zittriger Stimme: „Eigentlich nicht. Aber für zwei Tage könnte man schon mal was machen." Wir einigten uns auf einen Pauschalpreis und er versprach mir sogar ein Frühstück jeden Morgen. Ich war natürlich überglücklich und holte sofort meine Reisetasche, um gleich in meine Unterkunft, meine Kajüte einzuziehen. Der Fremde hatte so lange gewartet und brachte mich über ein altes Holzbrett, welches anstelle einer Gangway zum Segelschiff führte, an Bord. Doch auch hier war es menschenleer. Wo blieb die Mannschaft, wo das Personal? Ich fragte danach, doch der Fremde schwieg. Er meinte nur, dass ich morgen früh mein Frühstück vorfinden würde. Der enge Gang im Schiffsinneren hatte etwas Bedrückendes und Angsteinflößendes. Aber das schien mir in diesem Moment vollkommen egal. Ich hatte mir in den Kopf gesetzt, meinen Urlaub unter keinen Umständen abzubrechen. Die Kajüten-Tür schien ebenfalls schon bessere Tage gesehen zu haben. Sie ließ sich nur schwer öffnen, aber sie war stabil. Mehrere Eisenschlösser, die innen angebracht waren, vermittelten einen sicheren Eindruck. Viel befand sich nicht in der Kajüte. In der rechten Ecke befand sich ein Holz Bett, in der linken ein wackeliger Holztisch, auf welchem zwei Krüge und eine Schüssel standen. Vermutlich konnte ich dort meine Morgenwäsche erledigen. In einem kleinen Regal entdeckte ich mehrere verstaubte Bücher. Offenbar hatte sie dort schon seit Ewigkeiten keiner mehr herausgeholt. Da es bereits dunkel wurde, fragte mich der Fremde, ob er mir etwas zum Abendessen bringen sollte. Ich willigte ein und er verschwand, um etwas zu besorgen. Unterdessen räumte ich meine Sachen aus der Reisetasche. Als der Fremde zurückkehrte, fragte ich ihn nach einem Elektroanschluss. Er schaute mich nur misstrauisch an und lenkte ab: „Ich habe Ihnen hier eine leckere Fischmalzeit mitgebracht. Schellfisch, sollten Sie mal probieren. Außerdem ist noch eine Flasche Wein dabei." Es sah alles in der Tat sehr lecker aus. Der Fremde tat so, als hätte er vorhin vergessen, sich vorzustellen. Er nannte sich Henk. Wenn ich einen Wunsch hätte, sollte ich nur laut nach ihm rufen. Er käme dann sofort. Dann zog er sich zurück. Es war totenstill auf dem Schiff und die kleine, runde Luke gab den Blick auf die Bucht frei. Auch am Ufer konnte ich niemanden entdecken. Das kam mir schon recht seltsam vor. Aber am nächsten Tag wollte ich eh wieder zum Strand, um mich in die Sonne zu legen. Ich brauchte ja nur eine Übernachtung, ein Bett, in dem ich schlafen konnte.

Als ich meine Fischmalzeit gegessen hatte und mich köstlichen Wein labte, wurde ich sehr müde. Ich legte mich ins Bett und schlief ein. Ein seltsames Geräusch weckte mich, ich schaute auf meine Armbanduhr, es war kurz nach Mitternacht. Von draußen drang ein rumpelndes Geräusch in die Kajüte. Da ich deswegen einfach nicht mehr einschlafen konnte, wurde ich neugierig. Ich stand auf und schlich mich zur Tür. Mir war nicht ganz klar, ob das Rumpeln vom Gang oder von Deck kam. Ich zog meinen Jogginganzug über und öffnete die Tür. Auf dem Gang war es stockdunkel. Dass man hier auf dem Schiff keinen elektrischen Strom hatte, fand ich schon recht komisch. Aber es nutzte nichts. Ich holte meine kleine Taschenlampe aus der Reisetasche und leuchtete in den schmalen Gang. Doch ich fand nichts, was das Geräusch hätte verursachen können. Gegenüber meiner Kajüte befand sich eine weitere Tür. Ich horchte auch an ihr, doch dahinter schien es ruhig zu sein. Plötzlich setzte das Rumpeln wieder ein! Jetzt wusste ich es, es kam von Deck! Ich schlich mich bis zur Treppe und stieg hinauf. Eine kleine Schwingtür trennte mich vom Deck. Da in der Tür ein großes Bullauge war, musste ich die Tür nicht sofort öffnen. Ich schaute erst einmal hindurch. Was ich da sah, ließ mir das Blut in den Adern gefrieren. Auf dem Deck lagen zwei Tote, oder besser gesagt, die Skelette der Toten. Henk und ein anderer Mann, vermutlich der Smutje, zogen die Skelette über das hölzerne Deck. Immer wieder schauten sie sich um, wollten wohl nicht dabei beobachtet werden. Plötzlich erhoben sich die beiden Skelette und standen als lebendige Menschen vor Henk und dem Smutje. Sie waren mit Matrosenuniformen bekleidet. Allerdings eine Uniform, die noch aus dem Mittelalter stammen musste. Die beiden Matrosen standen regungslos nebeneinander und sprachen kein Wort. Doch plötzlich öffnete einer der beiden seinen Mund und ein seltsamer Nebel entwich aus ihm. Gleichzeitig verfärbten sich seine Augen und leuchteten wie zwei Laternen in einem hellen stechenden Grün. Auch der zweite Matrose veränderte sein Aussehen. Auch aus seinem Mund trat ein seltsam weiß leuchtender Nebel hervor und seine Augen verwandelten sich in giftgrüne Lichter. Ich stand hinter meiner Tür und mir stockte regelrecht der Atem. Was ging auf diesem Schiff vor? War es etwa ein Geisterschiff? Natürlich wurde mir schlagartig klar, warum sich hier außer Henk und dem Smutje sonst keiner befand. Vermutlich hatten andere Feriengäste längst vor Angst das Weite gesucht. Und auch ich wollte nur noch eines: Runter von diesem gruseligen Segelschiff! Als ich wieder durch das Loch schaute, waren die beiden Matrosen verschwunden. Aber auch Henk und der vermeintliche Smutje waren nicht mehr zu sehen. Mir lief ein eiskalter Schauer über den Rücken. Wo waren sie alle geblieben? Vorsichtig drehte ich mich um, knipste meine Taschenlampe ein und leuchtete. Doch der Gang war leer. Langsam schlich

ich mich zurück zu meiner Kajüte. Leise schloss ich die Tür hinter mir und verriegelte sie. Dann legte ich mein Ohr noch einmal an die Tür und horchte. Aber es blieb ruhig. Keine Matrosen, kein Spuk, nichts. Ich legte mich zurück ins Bett, brachte aber vor lauter Aufregung kein Auge zu. Am nächsten Morgen stand ich schon sehr früh auf. Ich packte meine Tasche und schlich mich aus der Kajüte. Noch bevor Henk mir das Frühstück brachte, wollte ich das Schiff verlassen haben. Ich erreichte das Deck. Und es war wie gewöhnlich menschenleer. Auch Henk war nirgends zu sehen. Das Holzbrett lag noch immer an der Reling und ich kletterte schnellstens hinunter an Land. Ohne mich noch einmal umzudrehen, rannte ich zwischen den Bäumen zurück zu meinem Fahrzeug. Dort warf ich meine Tasche hinein und fuhr los. Als ich in kleines Dorf kam, suchte ich mir eine Kneipe, wo ich erst einmal wieder zu mir kommen wollte. In einer winzigen rustikalen Seemannsklause kehrte ich ein. Der Wirt erschien und ich bestellte mir einen ordentlichen Korn. Zwar wunderte sich der Wirt, dass ich bereits am Morgen mit derart harten Sachen loslegte. Aber er brachte den Korn und setzte sich zu mir. Dann fragte er mich, warum ich so aufgeregt sei. Ich erzählte ihm von meinen mysteriösen Beobachtungen. Der Wirt starrte mich an und wurde immer nachdenklicher. Als ich ihm schließlich von den beiden Geistermatrosen berichtete, stand er auf und holte sich ebenfalls einen Korn. Dann begann er zu erzählen.

Vor hundert Jahren hätte es in dieser Bucht ein altes Gasthaus gegeben. Es hieß: Zum fliegenden Holländer. Man sagt, dass eines Abends ein alter Mann dort eingekehrt sei. Der sollte den Wirt gewarnt haben, dass er dringend den Namen der Kneipe ändern müsste. Es läge sonst ein böses Omen über dem Hause. Doch der Wirt lachte nur und tat es nicht. Tage später erschien ein altes Segelschiff und ankerte in genau jener Bucht vor der Kneipe. Zwei seltsame Gestalten, die aussahen wie grässlich entstellte Matrosen seien von Bord gekommen und hätten Feuer gespuckt. Die Kneipe brannte bis auf die Grundmauern nieder. Die Leiche des Wirtes hatte man nie finden können. Aber jedes Mal, wenn sich das Ereignis jährt, würde das Segelschiff wieder in der Bucht auftauchen. Ich konnte nicht glauben, was mir der Wirt da erzählte. Als er uns schließlich die restliche Flasche Korn vom Tresen holte, brachte er ein kleines Fotoalbum mit. Darin befanden sich alte Fotos von der abgebrannten Kneipe. Auch eine Zeichnung des Segelschiffes, welches damals in der Bucht erschien, lag im Album. Es war exakt das gleiche Segelschiff, auf welchem ich nächtigte. Unter der Zeichnung entdeckte ich ein altes Foto vom Wirt der abgebrannten Kneipe. Mir lief ein eiskalter Schauer über den Rücken, es war Henk, der Wirt des Segelschiffes! Als ich Stunden später ein wenig angetrunken aus der kleinen Seemannsklause kam, starrten mir zwei Matrosen hinterher. Ich könnte schwören, dass sie grüne Augen hatten und Nebel aus ihren Mündern entwich ...

Traum

Amanda war seit Jahren arbeitslos. Ihren Job als Designerin in einer namhaften Modefirma verlor sie, weil ihr stark alternder Chef ganz plötzlich dem Charme junger Frauen erlegen war. Eines Tages fiel sie aus seinem Raster und gleichzeitig aus seiner Firma.

So spürte sie jeden Tag ein bisschen mehr, wie die Trostlosigkeit an ihrer Seele nagte. Mit 54 schien es unmöglich, irgendwo noch einmal eine neue Karriere zu beginnen. Von diesem Gedanken hatte sie sich irgendwann endgültig verabschiedet. Außerdem ließen sie ihre Geldsorgen nicht mehr ruhig schlafen. Der Kühlschrank war defekt, die Waschmaschine lief aus und fernsehen konnte sie schon seit Monaten nicht mehr. Nachts wurde sie von entsetzlichen Alpträumen geplagt. Immer häufiger sah sie entsetzliche Dinge im Traum. Jedes Mal wachte sie schweißgebadet und vor Angst zitternd auf. Eines Tages fand sie einen Briefumschlag an ihrer Tür vor. Sie wunderte sich, dass er nicht in den Briefkasten geworfen wurde. Also musste es sehr dringend sein, vermutete sie. Mit unguten Gefühlen öffnete sie ihn. Und tatsächlich. Als ob nicht alles schon schlimm genug war, hatte ihr die Bank auch noch den Kredit gekündigt. Völlig verzweifelt ließ sie sich auf das alte knarrende Sofa fallen und weinte bitterlich. Wie sollte sie nur all das Geld zurückzahlen? Wie sollte sie überhaupt weiterleben, wenn sie nicht einmal mehr das

Geld hatte, um sich etwas zu essen zu kaufen? Sie hatte es endgültig satt. Wortlos und gelähmt schlich sie in die Küche und schaute sich um. Der alte Gasherd schien der ideale Ausweg aus der Misere zu sein. Sie schaltete ihn ein und setzte sich ans Fenster. Draußen regnete es in Strömen. Während sie traurig auf die alte Eiche vor ihrem Küchenfenster schaute, entwich leise und monoton zischend das Gas in den Raum. Plötzlich verstummte das Zischen. Amanda schaute sich um. War der Gasherd kaputt? Da fiel ihr ein, dass sie die letzte Gasrechnung nicht bezahlt hatte. Nun hatte man ihr also auch noch den Gashahn abgedreht. Nicht einmal sterben darf man, dachte sie sich ärgerlich. Ganz langsam und wie eine Schlange kroch die Dämmerung in die leeren Zimmer und in ihre Seele hinein. Stöhnend schloss sie die Augen, und ließ ihr halbes Leben an sich vorüberziehen. Der tolle Job, die große Stadt, die smarten Männer, alles vorbei! Wozu also noch leben? Für wen? Nachdem sie noch eine Weile so nachdenklich an ihrem klapprigen Küchentisch saß, ging sie schließlich ins Bett. Doch in dieser Nacht hatte sie einen seltsamen Traum. Aus der Ferne vernahm sie eine bekannte Stimme. Sie sang ein trauriges Lied …

Ach mein Mädel, Mädelchen
Weine nicht, die Welt ist schön
Bist mein Kind im Wägelchen
Bist mein kleines Mädelchen
Komm, wir wolln spazieren gehn

Ein Gesicht erschien aus der Dunkelheit, wurde größer und größer. Sie erkannte es sofort: Es war ihre Mutter. Ihr Gesicht war so sanft, so nah, dass sie es streicheln konnte. Die Mutter schaute sie mit großen Augen an. Sie hatte Tränen in den Augen. Dann sah sie sich in einem Kinderwagen sitzen. So oft waren sie damals spazieren gefahren.

Plötzlich knallte es und Amanda schreckte hoch! Was war das? Draußen entlud sich ein heftiges Gewitter, Blitze zuckten, der Regen peitschte an die Fenster. „Mutter", rief sie laut. Doch so nach und nach begriff sie, dass ihre Mutter gar nicht hier sein konnte. Sie hatte alles nur geträumt. Das Gewitter musste sie geweckt haben. Aber was war das für ein seltsamer Traum? Wieso sah sie ihre Mutter mit dem Kinderwagen? Sie erinnerte sich an die schöne Zeit. Diese unbeschwerte Kinderzeit. Ihre Mutter hatte sie so geliebt. Viel zu früh war sie gestorben. Doch die alten Sachen waren noch da. Auch der alte Kinderwagen musste noch auf dem Dachboden sein. Da sie nicht mehr einschlafen konnte, stand sie auf und zog sich ihren Bademantel über. Dann griff sie nach ihrem Schlüsselbund. Mühsam stieg sie die knackenden Holztreppen zum Dachboden hinauf. Die morsche Boden-Tür ließ sich nur schwer öffnen. Schließlich stand sie in der alten Bodenkammer. Unter einer dunklen Plane entdeckte sie den Kinderwagen. Sie musste schmunzeln. Da hatte sie nun mal drinnen gesessen. So manche kuriosen Erlebnisse flogen an ihr vorbei. Die

Nachbarin, die immer schimpfte, weil sie und die anderen Kinder immer bei ihr klingelten und dann wegliefen. Und dieser komische alte Mann aus dem Erdgeschoss. Der hatte keine Zähne und pfiff die schönsten Lieder, all diese Leute gab es nicht mehr. Längst waren sie tot oder weggezogen. Nur sie lebte noch hier in diesem alten, heruntergekommenen Mietshaus. Tränen liefen ihr übers Gesicht. Da vernahm sie wieder den Gesang ihrer Mutter aus der Ferne:

Ach mein Mädel, Mädelchen
Weine nicht, die Welt ist schön
Hab ein Schatz im Wägelchen
Ach mein Mädel, Mädelchen
Lass uns jetzt spazieren gehen

Irgendwie erschien ihr der Gesang der Mutter so nah, so realistisch. So, als sei sie ganz in ihrer Nähe. Doch wie sollte so etwas möglich sein. Mühsam zerrte sie die völlig verdreckte Plane von dem alten Kinderwagen. Und wieder hörte sie das Lied der Mutter. Wie kam das nur? Was war nur mit dem alten Kinderwagen? Wollte die Mutter nur an die schönen Kinderzeiten erinnern? Kopfschüttelnd schaute sie in das Innere des Wagens. Ein alter zerzauster Teddybär schaute sie an. Hach, das ist ja der Troll, mein kleiner Liebling. Den hatte sie ganz vergessen. Irgendwann war er wohl zusammen mit dem Kinderwagen hier oben auf dem Boden gelandet. Weinend drückte sie ihn an ihr Herz. Und während sie ihn so an sich drückte, spürte sie etwas Hartes in seinem Inneren. Verwundert drückte sie immer wieder auf die Stelle. Kein Zweifel, in dem Teddy steckte etwas drin. Ganz leicht ließ sich das alte Fell des Teddys auseinanderreißen. Vorsichtig, um ihren Liebling nicht noch mehr zu zerstören, griff sie in das Innere. Was sie dann heraus zog, ließ sie erstarren. Vor ihren verdutzen Augen blitzten zwei Golduhren, die über und über mit Brillanten besetzt waren. Außerdem hielt sie ein vergilbtes Stück Papier in den Händen. Sie las die verwischte kleine Schrift: „Meine liebe Amanda. Ich werde es Dir nicht mehr persönlich sagen können. Es ist wohl auch besser so. Vater ist tot und meine Krankheit zwingt mich, Dir für immer Lebewohl zu sagen. Sei gewiss, ich habe Dich immer geliebt. Du warst das Beste, was mir in meinem Leben je passiert ist. Und deswegen sollst du diese beiden Uhren bekommen. Sie sind sehr wertvoll. Es sind Erbstücke. Vielleicht können Sie Dir weiterhelfen, wenn Du einmal in Not gerätst. Sei Deiner immer bewusst, ich bin stets bei Dir. Deine Dich immer liebende Mutter" Amanda traute ihren Augen kaum. Sie wischte sich die Tränen vom Gesicht und drückte ihren alten Teddy noch fester an ihr Herz. Ihre Mutter hatte ihr auf diese Weise ein Zeichen gegeben. Tage später brachte sie die Uhren zu einem Juwelier. Dort stellte sich heraus, dass die beiden Schmuckstücke Einzelanfertigungen eines großen Filmstars der dreißiger Jahre waren. Er hatte sie seiner Mutter geschenkt.

Doch dann verschwanden die beiden Uhren und man hat sie nie wiedergefunden. Zudem stellte sich heraus, dass der Filmstar ihr Großvater war. Zu allem Glück war sie auch noch eine gesuchte Erbin, die das gesamte Barvermögen geerbt hatte. Ein Notar hatte den Besitz des Großvaters bis heute verwaltet. So erbte sie 20 Millionen Dollar. Mit all diesem Geld zog sie aufs Land und schrieb ihre Erlebnisse auf. Sie wurde eine erfolgreiche Autorin. Den alten Teddybären legte sie in den Kinderwagen zurück. Beides verwahrte sie in ihrem Haus wie einen Schatz. Auch die beiden kostbaren Uhren erhielten einen Ehrenplatz in einer Vitrine in ihrem Schlafzimmer. Sie fand einen lieben Mann, mit dem sie sehr glücklich wurde. Und manchmal, wenn sie allein in ihrem riesigen Garten saß, hörte sie von fern die Mutter singen:

Ach mein Mädel, Mädelchen
Freu dich jetzt, die Welt ist schön
Bist mein Schatz im Wägelchen
Ach mein Mädel, Mädelchen
Lass das Glück nie mehr vergehn

Wunschbuch

Jim glaubte nicht an Märchen. Er bekam die bittere Realität schon recht früh mit auf den Weg. Seine Eltern waren arm und er erhielt nie die Möglichkeit, einen guten Job zu erlernen. Es mangelte am nötigen Geld für eine fundierte Ausbildung. So hielt er sich mit Gelegenheitsjobs über Wasser. Und die Jahre vergingen. An seinem fünfzigsten Geburtstag stand er vor seinem kleinen Spiegel im Badezimmer und fragte sich, was ihm sein Leben gebracht hatte. Immer nur Mittelmaß, keine Chancen auf Besserung, keine Familie, keine Kinder. Hilflos stand er da und wusste einfach keine Antwort auf seine ungezählten Fragen. Doch was konnte er schon an all dem ändern? Seine Gelegenheitsjobs brachten ihm nichts ein. Und eine Familie, die ihn brauchte, gab es nicht. Traurig und niedergeschlagen ging er an diesem Abend schon sehr früh zu Bett. Seltsame und schlimme Gedanken quälten ihn und er konnte einfach nicht einschlafen. Immer wieder sah er sich und sein hoffnungsloses Leben. Sollte er es nicht beenden, einfach nicht mehr da sein? Er hatte doch ohnehin ständig das Gefühl, das es ihn überhaupt nicht gab. Gegen Mitternacht hielt er es nicht mehr aus. Er sprang aus dem Bett, trank einen Kaffee gegen die Müdigkeit und verließ die Wohnung. Da er im zehnten Stock eines herunter gekommenen Mietshauses lebte, nahm er den Fahrstuhl. Ruckelnd und laut pfeifend setzte sich das Gefährt in Bewegung. In der Ecke, zwischen zerrissenen Zeitungsseiten entdeckte Jim ein kleines beschmutztes Buch. Sollte er es aufheben? Was konnte in dieser Schwarte schon drinstehen? Sicher hatte sich einer dieser arroganten Schriftsteller wieder irgendeinen langweiligen Kram ausgedacht, vermutlich nur eine sinnlose Liebesschnulze. Trotzdem hob er es auf. Da der Fahrtsuhl noch immer nicht im Erdgeschoss angekommen war, schlug er das Buch auf. Doch wie seltsam, weder eine Liebesschnulze noch ein anderer geistloser Roman fand sich darin, nichts. Die Seiten waren unbeschrieben. Neugierig schaute er noch einmal auf den Deckel des Buches. Doch er hatte sich nicht geirrt, denn auch auf dem Deckel fand er außer einer winzigen Inschrift nichts. Er hielt das Buch dicht vor seine Augen und versuchte, irgendetwas zu entziffern. Die Worte auf dem Buchdeckel waren in alter Schrift geschrieben. Für Jim keine Besonderheit, denn seine Großmutter hatte so manche Dinge in dieser Schrift geschrieben. Er kannte diese Schrift gut. „Dein persönliches Wunschbuch", entzifferte er. Ein Wunschbuch? Was ist denn das? Wohl wieder so eine Mädchensache, wie die Poesiealben, die es gab? Jim wollte das Buch wieder in die Ecke zurückwerfen, da erreichte der Fahrstuhl endlich sein Ziel. Da vor der Tür mehrere angetrunkene Jugendliche herum grölten, behielt er das Buch in der Hand und lief auf die Straße. Die frische kühle Luft tat ihm sehr gut. Von hier unten erschienen ihm die riesigen Betonklötze noch bedrohlicher als von innen. Was sollte er jetzt tun? In eine Kneipe gehen? Er wusste, dass sich um die Ecke ein kleines Bierlokal befand. Aber ob es um diese Zeit noch geöffnet war? Er schaute auf seine Armbanduhr, sie zeigte 1 Uhr. Und noch immer hatte er das Buch in der Hand. Langsam trottete er in den kleinen, nahegelegenen Park und setzte sich auf eine Bank. Aus der Ferne hörte er das Schlagen der Kirchturmuhr. Ein alter weißhaariger Mann lief vorüber und schaute neugierig zu ihm. Im Vorbeigehen sagte er leise: „Schreib nur etwas auf. Manchmal gehen Wünsche in Erfüllung, sagt man." Jim wäre vor Schreck bald das Buch heruntergefallen, er konnte es gerade noch auffangen. Als er wieder aufschaute, war der Alte verschwunden. Nachdenklich nahm er das Buch zur Hand und sagte: „Du bist also ein Wunschbuch. Na dann wollen wir doch mal sehen, ob meine Wünsche in Erfüllung gehen." In seiner Jackentasche hatte er stets einen Kugelschreiber dabei. Den nahm er und schlug das Buch auf. Der erste Wunsch, den er hinein schrieb lautete: Ich will glücklich sein. Und welch Wunder, der Kugelschreiber schrieb diesen Wunsch ganz allein. Jim musste sich gar nicht anstrengen. Als er fertig war, leuchteten die Worte in allen Farben und Jim traute seinen Augen nicht. Erstaunt schrieb er den zweiten Wunsch, den dritten, den vierten!

Ach, er wünschte sich ja so viel: Einen riesigen Fernseher, einen teuren Urlaub in der Südsee, einen Swimmingpool, genug Geld für eine neue

Wohnung und ein rasantes Auto, ja, das durfte nicht fehlen! Insgesamt kamen zehn Wünsche zusammen, die er untereinander in das Buch geschrieben hatte. Wieder und wieder las er sich seine Wünsche durch. Dabei fiel ihm auf, dass er immer nur an sich selbst gedacht hatte. Alle Wünsche zollten nur von einem schöneren Leben und viel Geld für ihn selbst. Andere Menschen wurden nicht bedacht. Plötzlich geschah etwas sehr Seltsames, denn er fühlte sich gar nicht mehr so gut mit all diesen Wünschen. Schlimmer noch. Ein merkwürdiges heftiges Stechen breitete sich in seiner Herzgegend aus. Die Luft wurde knapp und er begann, am ganzen Leibe fürchterlich zu zittern. Erschrocken knöpfte er sich sein Hemd auf. Bekam er jetzt einen Herzinfarkt? War das Leben nun zu Ende? Instinktiv wollte er das Buch beiseitelegen und aufstehen. Doch er war wie gelähmt. Er konnte sich überhaupt nicht mehr rühren. Er saß auf der Bank wie ein Stein. So etwas Furchtbares hatte er noch nie erlebt. Aber welch Glück im Unglück! Seine Finger bewegten sich noch, er konnte noch schreiben. Und so tat er das, was ihm als einziges noch möglich war, er schrieb. Zunächst schrieb er, dass er sich wünschte, seine Gesundheit zurück zu bekommen. Dann schrieb er, dass er die Kraft zum Neubeginn seines Lebens braucht. Und er wünschte sich Freunde, damit er nie mehr so allein durchs Leben gehen müsste. Kaum hatte er das letzte Wort fertig geschrieben, da leuchtete das Buch hell auf. Außerdem wurde es immer wärmer und wärmer. Vor Schreck fiel ihm der Stift aus der Hand. Die Seiten des Buches begannen sich zu bewegen. Sie flatterten, als sei ein Sturm in sie gefahren. Jim bekam eine derartige Angst, dass er aufsprang und davonrannte.

Ja, tatsächlich, er konnte sich wieder bewegen, er konnte rennen. Irgendwann blieb er stehen und tastete sich ab. Alles funktionierte ganz wunderbar. Die Starre, die Atemnot und das Stechen im Herzen, alle Beschwerden waren wie weggeblasen. Er fühlte sich bis auf die Angst pudelwohl. Aber wo war das Buch? Er musste unbedingt zurück zur Bank, um es zu suchen. Doch als er bei der Bank ankam, fand er das Buch nicht mehr. Überall suchte er, schaute unter die Bank, dahinter. Aber das Buch blieb wie vom Erdboden verschluckt. Da es in der Dunkelheit ohnehin wenig Sinn machte, weiter zu suchen, ging er nach Hause zurück. Dort angekommen, fiel er todmüde ins Bett. Am nächsten Tag ging er gleich früh zum Arbeitsamt. Er wollte eine neue Ausbildung beginnen. Und es funktionierte – er ging noch einmal zur Schule und erlernte einen neuen Beruf. Bei der Ausbildung lernte er viele neue Freunde kennen. Oft trafen sie sich und unternahmen viel. In kurzer Zeit arbeitete er sich hoch bis zum Bibliothekar und besaß schließlich einen eigenen, gut gehenden Buchladen. Er lernte schließlich eine nette Frau kennen, die ihm einen Sohn gebar. War er nun am Ziel seiner Träume? Eines Abends sortierte er mal wieder die Buchneuheiten in die Regale. Da erschien ein alter weißhaariger Mann in seinem Laden. Obwohl Jim das Geschäft längst abgeschlossen hatte, war er wohl irgendwie hereingekommen. Wortlos legte er ein kleines Buch auf den Stapel und verschwand. Da er den Alten nirgends mehr finden konnte, nahm er das Buch und betrachtete es interessiert. Irgendwie schien es ihm, als hätte er es schon einmal gesehen. Auf dem Deckel fand weiter nichts als drei, in alter Schrift eingravierte Worte: Dein persönliches Wunschbuch. Jim schlug es auf. Doch nichts stand drin. Er blätterte einige Seiten auf und entdeckte schließlich doch noch etwas. Irgendjemand hatte Wünsche dort aufgeschrieben. Und er erinnerte sich, dieser Jemand musste er selbst gewesen sein, denn es war wohl sein Wunschbuch! Doch was war das? Der letzte Wunsch, er hatte ihn nie dort verzeichnet! Da stand geschrieben: „Ich wünsche mir irgendwann einen eigenen Buchladen und einen kleinen Sohn, der alles erben soll."

Letzter Arbeitstag

Es war am Tage meines letzten Dienstjubiläums. Seit fünfunddreißig Jahren arbeitete ich nun schon als Lokführer und die Arbeit wurde niemals uninteressant. Allein schon die unterschiedlichen Lokomotiven, auf denen ich schon gefahren war. Ich schaute mir all diese alten Fotos an und konnte es gar nicht glauben. Doch es half nichts, an diesem Tage nun war meine letzte Fahrt, danach ging ich in Pension. Die Kollegen, besonders die, mit welchen ich in all den vielen Jahren zusammenarbeitete, hatten Blumensträuße und Pralinen gebracht. Ich war unendlich gerührt. Aber zum Tränenvergießen blieb keine Zeit. In einer halben Stunde musste ich noch einmal auf Tour. Es war meine letzte Tour, bevor ich in den Ruhestand ging. Irgendwie schien alles anders an diesem regnerischen Tag. War es das Abschiedsgefühl, welches mir beinahe die Kehle zudrückte oder war es die Liebe zu meiner Lok, die ich schon seit fünfzehn Jahren fuhr. Ich kannte sie wie meine Westentasche. Und ich gebe es ehrlich zu, ich liebte sogar ein wenig. Ich streichelte mit meiner Hand über die Armaturen und schaute traurig auf das Gleis vor dem Zug. So viele Dinge hatte ich dieser alten Lok anvertraut. Sie kannte all meine Stärken und Schwächen und wusste von sämtlichen Höhen und Tiefen meines Lebens. Das war es nun, was mich ein halbes Leben lang glücklich machte. Und jetzt? Der Schaffner pfiff und ganz langsam setzte ich den Zug in Bewegung. Jeden Kilometer, den der Zug zurücklegte, wollte ich genießen. Ja, ich wollte diese allerletzte Fahrt so bewusst wie nur möglich erleben. Langsam senkte sich die Dunkelheit über die Landschaft. Die Fahrt ging durch ein dichtes Waldstück. Der Bahndamm teilte den Wald und die endlosen Gleise, die sich ihren Weg durch die Landschaft bahnten, führten scheinbar ins Nirgendwo. Hier oben auf meiner Lok fühlte ich mich gut und geborgen. Hier spürte ich den Hauch der großen weiten Welt und ich fühlte es deutlich, dieses Fernweh nach fremden Städten und unbekannten Ländern. Mittlerweile war es Nacht und nur die Scheinwerfer der Lok durchbrachen die gespenstische Dunkelheit. Plötzlich glaubte ich, ein verdächtiges Geräusch, welches es nicht geben dürfte, zu hören. Mir kam der entsetzliche Verdacht, dass es sich möglicherweise um einen Schaden in der meiner Lok handeln könnte. Nur wurde nichts auf den Instrumenten angezeigt. War vielleicht etwas an den Waggons nicht in Ordnung? Ich drosselte die Fahrt ein wenig und schaute aus einem kleinen Fenster nach hinten. Viel konnte ich jedoch nicht erkennen, es schien wohl alles in Ordnung zu sein. Es musste also doch aus dem Inneren der Lok kommen. „Auch das noch", rief ich ärgerlich, „ausgerechnet an meinem letzten Tag muss mir noch so etwas passieren!" Das Geräusch wurde lauter und lauter. Schon bald ratterte die Lok wie ein alter Panzer über die Gleise. Es quietschte und krachte derart heftig unter mir, dass es mir angst wurde. Als sich das Geräusch in ein vibrierendes Schlagen verwandelte, hielt ich den Zug an. Zwar hatte ich ein Funkgerät, doch es funktionierte aus unbekannten Gründen nicht. Nervös suchte ich nach meinem Handy. Doch auch das hatte ich dummerweise nicht bei mir. Ich musste es bei der kleinen Festrunde vorhin liegen gelassen haben. Entnervt stieg ich von der Lok, um den Zug zu kontrollieren. Es war ein Güterzug, doch ich konnte nichts finden, was eventuell nach einem Schaden aussah. Als ich wieder nach vorn zu meiner Lok lief, sah ich irgendetwas auf den Gleisen liegen. Ich blieb stehen und sagte zu mir: „Komisch, ist mir vorhin gar nicht aufgefallen!" Langsam ging ich näher heran und erschrak fürchterlich. Auf den Gleisen lag eine leblose Person, ein junger Mann. Ich stellte meine Taschenlampe auf einen Schweller und berührte den Mann. Dabei sprach ich ihn laut an: „Hallo, können Sie mich hören, hallo!" Und tatsächlich, der Mann lebte noch. Er röchelte unverständliches Zeug. Ich war ein wenig erleichtert, obschon ich nicht genau wusste, ob er Verletzungen hatte. Er schien jedoch unverletzt zu sein und bewegte Arme und Beine. Er wollte wohl selbst aufstehen und ich half ihm dabei. Dabei stellte ich fest, dass ihn eine starke Alkoholfahne umgab. Aber er lebte und konnte sich fortbewegen, nur das zählte! Ich stütze ihn und sprach fortwährend auf ihn ein. „Ich bringe Sie jetzt auf die Lok. Trauen Sie sich zu, hinauf zu klettern?" Der junge Mann nickte, torkelte zur Seite und stöhnte dabei laut. Gerade noch rechtzeitig hielt ihn am Arm fest und versuchte ihn zu beruhigen: „Versuchen Sie, geradeaus zu gehen, ich stütze Sie dabei ab!" Als er an der Lok lehnte, schob ich ihn an die kleine Treppe. Er begriff, dass er nach oben sollte und stieg umständlich auf die Stufen. Dabei schob ich kräftig nach und schließlich hatte er es geschafft. Vollkommen entkräftet lag er in der Lok. Ich probierte mein Funkgerät in Gang zu setzten. Aber es gelang mir nicht. Es rauschte nur vor sich hin und verband mich nirgendwohin. Natürlich wusste ich nicht, ob die Lok noch funktionierte. Wenigstens setzte sie sich in Gang und fuhr los. Doch was war das, das seltsame Geräusch schien nicht mehr da zu sein. Die Lok fuhr ruhig wie sonst immer. Am nächsten Bahnhof hielt ich an und rief die Polizei. Es stellte sich heraus, dass sich der junge Mann umbringen wollte. Nachdem er seinen Job verloren hatte, trennte sich seine Frau von ihm und nahm die Kinder mit. Was ihm blieb, war ein riesiger Schuldenberg. Er hatte sich mit einer Flasche Schnaps betäubt und war volltrunken bis zum Bahndamm gelaufen. Vollkommen am Ende legte er sich auf die Gleise. Allerdings schlief er dort sofort ein und hätte ich nicht angehalten, ich wagte nicht, den entsetzlichen Gedanken bis zu Ende zu führen. Wahrlich kein schöner Gedanke, wenn man sich überlegt, dass es mein allerletzter Arbeitstag war. Doch noch etwas Anderes versetzte mir einen Stich im Herzen: Als meine geliebte Lok in der Werkstatt untersucht wurde, fanden die Techniker heraus, dass sie vollkommen in Ordnung war und nie einen Schaden hatte …

Jungbrunnen

Immer haben sich Menschen danach gesehnt, die Zeit anzuhalten oder sogar zurückdrehen zu können. Und immer suchten die Menschen nach einem Jungbrunnen, den es irgendwo doch geben musste. Aber die Zeiten vergingen und niemandem war es je gelungen, diesen Jungbrunnen zu finden. Ronny Wilkins war ein junger Rechtsanwalt, der sehr auf sein Äußeres bedacht war. Er konnte sich einfach nicht vorstellen, älter zu werden. Allein der Gedanke, irgendwann einmal tiefe Falten im Gesicht zu haben, trieb ihm den Angstschweiß auf die Stirn. Er bildete sich ein, alle Welt starre nur auf ihn und würde ihn verurteilen, wenn er nicht mehr so jung und schön wäre. Und mit seinen gerade mal Dreißig Jahren fühlte er sich bereits schon zum alten Eisen gehörig. Dutzende Cremetöpfe und Anti- Age- Lotionen gehörten zu seinen wichtigsten Utensilien. Eines Tages fuhr er aufs Land und wollte ein erholsames Wochenende dort verbringen. Weit fuhr er hinaus, und fand auch eine kleine Pension, die sich malerisch an einen dichten Wald schmiegte. Nachdem er sich ein Zimmer genommen hatte, zog er sich um und ging ein wenig spazieren. Der dichte Wald und das Rauschen, welches von ihm ausging, zogen ihn magisch an. Immer tiefer gelang er in den Wald. Irgendwann wusste er den Weg zurück nicht mehr. Er hatte wohl bei seinen Überlegungen, wie er noch jugendlicher aussehen könnte, vergessen, woher er gekommen war. Zwischen zwei alten großen Eichen entdeckte er einen steinernen Brunnen. Zwar wunderte er sich, dass hier mitten im Wald ein Brunnen war. Doch das Wasser, das sich im Inneren des Brunnens befand und der Durst, der ihn quälte, ließ ihn erst einmal eine kleine Rast einlegen. Eigentlich sollte man aus einem Brunnen nichts trinken, das wusste er. Aber hier im Wald? Ronny schöpfte mit seinen Händen ein wenig Wasser und schlürfte es gierig herunter. Es schmeckte unglaublich frisch und rein. Und es stillte sofort seinen Durst. So nahm er noch einen Schluck für den Heimweg. Er lief los und irgendwann gelangte er wieder zurück auf den alten Weg. In der Pension aß er noch zu Abend und ging schließlich auf sein Zimmer. In dieser Nacht schlief er außergewöhnlich gut. So wie sonst selten. Als er am nächsten Morgen aufstand, führte ihn seit erster Weg direkt vor den kleinen Spiegel im Badezimmer. Wie jeden Tag wollte er seine geliebte Creme auftragen. Doch was war das? Hatte er nicht gestern schlechter ausgesehen? Die tiefe Falte am Kinn, die ihn schon seit Tagen nervte, war spurlos verschwunden. Wie konnte das sein? Er hatte sie doch gar nicht eingecremt. Fassungslos starrte er in den Spiegel und konnte es nicht fassen. Auch diverse Falten an Stirn und Hals schienen unauffindbar. Ronny war überglücklich. Lediglich seine Nase erschien ihm irgendwie noch schief, aber das zählte in diesem Moment nicht. Woher jedoch die anderen, recht

164

seltsamen Veränderungen kamen, wusste er nicht. Gleich nach dem Frühstück zog er wieder los in den Wald. Er wollte zu der Stelle wandern, wo er den seltsamen Brunnen fand. Als er den Weg verlassen hatte, sah er bereits den Brunnen. Und wie am Vortage trank er auch diesmal wieder von diesem wunderbaren, köstlich frischen Wasser. Es reichte auch diesmal nur ein einziger Schluck, und er war seinen Durst los. Am nächsten Morgen stand er erneut vor dem Spiegel. Und es grenzte an ein Wunder, denn seine schief geglaubte Nase stand in voller Schönheit, gerade und wohlgeformt mitten in seinem jugendlichen strahlenden Gesicht. Ronny kam ein Verdacht, sollte etwa dieser merkwürdige Brunnen an seinem Aussehen beteiligt sein? Aber das wäre doch nein, vollkommen unmöglich! Einen Jungbrunnen kannte er nur aus den Spukgeschichten seiner Großmutter. Trotzdem ließ ihn der Gedanke an diesen rätselhaften Brunnen nicht mehr los. So beschloss er, am nächsten Tag wieder dorthin zu gehen. Diesmal wollte er sich einige Flaschen mitnehmen, um diese mit dem kostbaren Nass zu füllen. Gedacht, getan! Am folgenden Tag lief er schon früh zeitig los. Auf ein Frühstück verzichtete er, denn die Aufregung hatte sich wohl zu sehr auf seinen Magen gelegt. Schnell fand er den Brunnen und füllte etliche Flaschen mit dem wunderbaren Wasser. Und alles geschah genauso, wie er vermutete. Als er das Wasser getrunken hatte, veränderte er sich und wurde immer jünger. Sämtliche, noch irgendwo vorhandene Falten verschwanden. Noch einmal wollte er zum Brunnen, um Wasser zu holen. Doch als er am nächsten Tag wieder zu der Stelle kam, wo er den Brunnen zu finden glaubte, war der nicht mehr da. Zwar wunderte er sich darüber, schob das aber darauf, dass er sich wohl doch nicht mehr genau an die richtige Stelle erinnern konnte. Die Jahre vergingen und Ronny wurde einfach nicht älter. Offenbar hatte das Wasser ausgereicht, um ihn nicht weiter altern zu lassen. Zwanzig Jahre waren verstrichen und Ronny fühlte sich gar nicht mehr so gut wie damals, als er das Wunderwasser im Wald entdeckte. Seine Freunde hatten sich von ihm getrennt. Sie waren älter geworden und man sah es ihnen auch an. Und sie waren stolz darauf, stolz auf ihre Falten und ihre Lebenserfahrungen. Sie wollten nichts mehr mit ihm zu tun haben, weil sie ihn für unnormal und krank hielten. Auch seine Klienten verlor er, einen nach dem anderen. Keiner vertraute ihm und jeder dachte, er sei ein Trickser und ein übler Hochstapler. Er vereinsamte mehr und mehr. Schließlich griff er zur Flasche. Doch jeden Morgen und jeden Abend, wenn er an seinem Spiegel vorbeigehen musste, sah er den Grund für seinen Absturz: Sein makelloses jugendliches Gesicht! Er begann, sein Gesicht, sein schönes Aussehen zu hassen! Er konnte es nicht mehr ertragen und hängte sämtliche Spiegel in seinem Hause ab. Nirgendwo wollte er einen Spiegel und damit sich selbst vor sich sehen. Zerbrochen und nervlich am Ende fuhr er eines Tages zurück zu dem Wald, wo er einst den Brunnen fand. Und diesmal stand der Brunnen tatsächlich wieder zwischen den beiden Eichen. Er hatte die verrückte Idee, wenn er genügend Wasser zu sich nähme, würde er sich vielleicht wieder in ein Kind verwandeln. Auf diese Weise könnte er sein Leben noch einmal ganz von vorn beginnen. In diesem Wahn trank er einen kräftigen Schluck. Dann fuhr er nach Hause und verdunkelte alle Zimmer seines Hauses. Als er am nächsten Morgen erwachte, war jedoch kein Kind aus ihm geworden. Mühsam und ächzend schlug er seine Bettdecke zurück und erschrak fürchterlich. Seine Beine waren nur noch von einer pergamentartigen, rissigen und vernarbten Haut bedeckt. Zitternd und verängstigt stand er auf. Da er keinen Spiegel mehr besaß, ließ er Wasser ins Waschbecken und betrachtete sich im wabernden Spiegelbild. Doch was ihm dort entgegen schimmerte, verkraftete er nicht. Leblos und vom Schlag gerührt sank er zu Boden. Als man Tage später seine Leiche fand, fand man nur einen alten, todkranken Mann. Und irgendwo lagen alte Fotos herum, auf denen ein junger, gutaussehender Typ abgebildet war. Keiner kannte ihn mehr und Nachkommen gab es nicht. Es schien, als ob es ihn nie gegeben hätte. Sein Leben war verwirkt, denn er konnte es nicht leben. Seine eigene Jugend, seine eigene Schönheit verwandelten sich in einen unzerstörbaren Fluch. Und hinterm Haus fand man einen merkwürdigen Brunnen aus Stein, in dessen Innerem nicht etwa frisches kühles Wasser sprudelte, nein, in seinem Inneren lag ein schwarzes verrostetes Kreuz mit den Initialen: R.W.

Alpträume

Steve Miller plagten entsetzliche Alpträume. Im Traum glaubte er, Elvis zu sein. Er sah aus wie er und war ein Star wie er. Und obwohl er den starken Drang in sich fühlte, nun auch noch zu singen, wollte er es nicht. Er hasste diese Träume und er mochte Elvis nicht. Warum also diese ständigen Alpträume? Weil ihn diese Träume regelrecht um den Verstand brachten, ging er zum Arzt. Doch der schickte ihn wieder zu einem anderen Arzt und dieser verwies ihn letztendlich an einen Neurologen. Aber auch der wusste keinen Rat, verschrieb ihm Beruhigungsmittel und tippte bereits auf eine beginnende Schizophrenie. So konnte es auf keinen Fall weitergehen, denn Steve ging es von Tag zu Tag schlechter. Zum einen vertrug er die starken Medikamente nicht und zum anderen schien er sie auch gar nicht zu brauchen. Eines Tages nahm er sich vor, zu einer Geistheilerin zu gehen. Madame Theodora lebte in einem kleinen Häuschen am Rande der Stadt. Steve vereinbarte einen Termin und fuhr am vereinbarten Tag zu ihr aufs Land. Zunächst konnte sie nichts herausfinden. Und so fragte sie Steve, ob er mit einer Hypnose einverstanden wäre. Er war es und Theodora begann, Steve immer weiter in seine eigene Vergangenheit zurück zu führen. Wieder durchlebte er die einzelnen Stationen seiner grässlichen Alpträume. Er sah sich als Elvis, wie er auf den großen Bühnen dieser Welt stand.

Und er sah sich zahllose Autogramme schreiben, ungezählte Frauen küssen und die Welt mit seiner Musik erobern. Doch plötzlich war Schluss. Die Träume endeten abrupt und Steve schien endlich frei zu sein. Langsam kehrte er wieder in die Wirklichkeit zurück. Und schon in derselben Nacht fühlte er sich wesentlich besser. Lange kehrten die seltsamen Elvis-Träume nicht wieder. Doch eines nachts kehrten sie wie aus dem Nichts zu ihm zurück! Wieder ging er zu Madame Theodora. Die jedoch wollte keine Rückführung oder Hypnose mehr wagen. Sie riet ihm, sich den Träumen zu stellen. „Werden Sie zu Elvis! Leben Sie diese Träume! Vielleicht werden Sie dann frei davon. Eine andere Möglichkeit gibt es nicht. Ich kann Ihnen nur viel Glück wünschen." Damit ließ sie Steve allein. Der allerdings brauchte einige Wochen, um sich mit diesem Gedanken anzufreunden. Aber wie sollte er den Elvis-Traum in die Tat umsetzen? Sollte er sich wirklich auf eine Bühne stellen? Er hatte doch schon Lampenfieber, wenn er bei einem Firmenfest drei Worte sprechen sollte. Es half jedoch nichts- er musste es tun! In einem Elvis-Laden kaufte er sich die passende Elvis-Kleidung und eine entsprechende Gitarre. Akribisch lernte er auf ihr zu spielen, und er nahm Gesangsunterricht, jeden Tag! Irgendwann konnte er tatsächlich auf einer Bühne die ersten Songs von Elvis nachsingen. Und er hatte Erfolg. Zunächst in seiner Firma, wo er bei Festlichkeiten kleine Einlagen gab. Später bei anderen Konzerten, bei

welchen er ein Mini-Elvis-Vorprogramm gestaltete. Er wurde einfach immer besser. Als er schließlich seinen ersten TV-Auftritt hatte, fühlte er sich wunderbar. Fortan kannte ihn jeder als Elvis-Imitator. Seine Alpträume waren wie vom Erdboden verschluckt und er kassierte Millionen. Mit solch einem Ruhm hatte er wirklich nicht gerechnet. Er kaufte sich all das, was Elvis auch geliebt hatte. Seine Harley-Sammlung passte schon lange nicht mehr in die Garage seiner nagelneuen Millionenvilla in Hollywood. Immer besser verkörperte er diesen großen, erfolgreichen Rockstar. Sein Ruhm schien nicht mehr enden zu wollen. Und diese endlose Freiheit in seinem Kopf ermunterte ihn, noch mehr zu arbeiten. Als er schließlich am Höhepunkt seiner Karriere angekommen schien, ebbte der Erfolg plötzlich ab. Er war älter geworden und nicht mehr so kraftvoll. Und er wollte nicht mehr Elvis sein, sondern er selbst. Das nahmen ihm seine Fans übel und versagten ihm die Treue. Sie kamen nicht mehr zu seinen Konzerten und Steves Bankkonto schrumpfte zusammen wie eine Wasserpfütze in der Sonne. Da er sich fortan seinen aufwendigen Lebensstil nicht mehr leisten konnte, griff er zu Alkohol und Drogen. Er wollte sich betäuben, damit er seinen Verfall nicht mehr spüren musste. Doch es war ein Satanskreis: Erfolglosigkeit, Alkohol, Armut, Drogen!
Er begann mit dem Spiel. Vielleicht, so hoffte er, würde er ja dort gewinnen, sozusagen als Alibi für den nicht mehr vorhandenen Erfolg. Es war

ein riesiger Trugschluss. Nun hatte er auch noch Schulden bei windigen Geschäftemachern und Kredithaien. So zog er sich mehr und mehr zurück. Er sagte die wenigen Konzerte, die ihm noch blieben ab. Und irgendwann musste er sogar aus der schäbigen winzigen Wohnung, irgendwo im üblen Bostoner Untergrund heraus. Nicht einmal diese kleine Miete konnte er sich noch leisten. Am Tage der Räumung erschienen der Vermieter und sein Adjutant, ein vorbestrafter Schläger, vor seiner Tür. Als Steve nicht öffnete, schlug der die Tür mit seinen Springerstiefeln ein. Sie wollten ihn mit handfesten Argumenten auf die Straße setzen. Doch so weit kam es nicht mehr. Im Badezimmer fanden sie Steves Leiche. Er lag auf dem Fußboden, mit dem Gesicht nach unten, in einer Lache von Erbrochenem. Genau wie Elvis, als man ihn tot in seinem Hause auffand. Es war der gleiche Todestag, ein 16. August. Und wie Elvis wurde Steve nur 42 Jahre alt …

Brücke

Nach all den Misserfolgen in seinem Leben, lag Frieder nun im Sterben. Er lebte einst in einem großen Hause am Stadtrand von Liverpool und hatte dort sogar sein eigenes Personal. Immer war er gut zu den Menschen. Doch sein Schreinereibetrieb kam in die roten Zahlen. Zunächst musste er nur wenige Arbeiter entlassen. Doch irgendwann konnte er nicht einmal mehr das übrig gebliebene Personal bezahlen. Die Insolvenz kam und Frieder verlor seine Firma. Als ihn dann auch noch seine Frau verließ, verlor er völlig den Halt. Die Schulden wuchsen ins Unermessliche und er begann zu trinken. Schließlich kam das Unvermeidliche: Er musste sein Haus, welches auch sein geliebtes Elternhaus war, verkaufen. Diesen Verlust verschmerzte er nicht mehr. Mit seinen wenigen Habseligkeiten und einem Beutel, in welchem sich viele alte Fotos aus besseren Tagen befanden, schlug er sein Lager unter einer kleinen Brücke auf. Der Winter zog ins Land und damit auch bittere Kälte. Sie zog in sein Herz wie auch die Einsamkeit, die lange schon seine Seele erfror. Er hatte keine Freunde, nur einen einsamen alten Bettler, der immer dann zu ihm kam, wenn es ihm schlecht ging. Und das war gerade in den letzten Monaten sehr oft der Fall. Frieder lag auf einem Bett aus Stroh und hustete. Eine Krankenversicherung hatte er nicht mehr. So traute er sich zu keinem Arzt. Die Krankheit wurde immer schlimmer und der alte Bettler betete jeden Abend und jeden Morgen für Frieders Leben. Aber alles Beten schien umsonst. In der eisigen Nacht vor Weihnachten schloss Frieder für immer seine Augen. Der Bettler wachte die ganze Zeit an seiner Seite und hielt seine Hand. Als Frieder seinen letzten Atemzug tat, schaute der Bettler zum Himmel. Und er wusste, dass es Frieder nun bessergehen würde als auf Erden. Er bat um Gottes Beistand und um ein letztes Lied. Leise hob er zu singen an und alsbald erschien eine samtig zarte weiße Wolke, die sanft vom Himmel herniederschwebte. Dem Bettler liefen Tränen übers Gesicht, doch er sang mit zittriger Stimme weiter. Aus dem Nebel formte sich ein Chor in weißen Gewändern. Es waren wohl Engel mit einem lieblichen Gesange, die ein wunderschönes Weihnachtslied sangen. Und wie von Geisterhand erhob sich der Leichnam in die Lüfte und schwebte alsbald in den geheimnisvollen klaren Himmel dieser wundervollen Nacht. Er entschwand in der unbegreiflichen Unendlichkeit. Nur seine Fotos blieben auf Erden zurück. Und der Bettler sang noch immer zusammen mit den fünf Engeln. Alle trugen Gottes Segen in ihren Herzen. Und diese unfassbare Seligkeit ergriff den einsamen Ort unter der kleinen Brücke. Es schien, als sei Frieder noch immer hier. So erfüllt war dieser heilige Ort von ihm. Ja, solche Orte sind überall, wo Liebe und wo Engel sind. Der Choral endete und flog zurück in jene weiße Wolke, die wie ein Traum, wie eine Hoffnung ebenfalls gen Himmel schwebte. So sollte es sein. Und der Bettler erhob sich und zog fort. Die Fotos nahm er mit. Und als erneut ein armer Sünder unter jener Brücke starb, kam er zurück. Er sah den Armen leiden und gab ihm all die Fotos in die Hand. Und er begann zu sprechen: „Fürchte Dich nicht. Du wirst leben. Wenn nicht auf Erden, so im Himmel. Du musst nur ganz fest daran glauben." Und der Arme starb und der Bettler sang, so wie bei Frieder, der lang schon fort. Und wieder kehrte aus dem Himmel die weiße Wolke zu dem Armen hin. Der Bettler sang dies alte Weihnachtslied, und einer Odyssee gleich kehrte Leben an den Ort zurück. Die Seele des Armen jedoch ging zum Himmel fort. Der Bettler zog weiter. Und niemand kannte ihn oder wusste, wo er hingegangen war. Selbst die kleine Brücke fand man nicht. Sie war nach jedem Tode verschwunden. Doch wenn jemand Obhut und ein Obdach suchte, war sie plötzlich wieder da und gab Trost und Sicherheit. Denn es war nicht irgendeine Brücke. Es war die Brücke, die all die armen Seelen in den Himmel führte …

Schmetterlinge

Endlich war die Schicht vorüber und Mark wischte sich mit dem Arm über sein verschwitztes Gesicht. Die Arbeit im Stollen war schwer und kraftraubend. Dennoch blieb ihm keine andere Wahl. Um seine Familie zu ernähren, musste er sich abschuften. Das Geld war knapp und die Arbeitsplätze wurden nicht verschenkt. Gerhard, sein bester Freund, hatte seit einigen Tagen gesundheitliche Probleme. Doch zum Arzt wollte er nicht gehen. Er hoffte, dass es ihm bald wieder besserginge und er diese Tage gut überstände. Die Kumpel gingen zum Aufzug, der sie gleich ans Tageslicht bringen sollte. Plötzlich gab es einen ohrenbetäubenden Knall, der von heftigen Erschütterungen begleitet wurde. Mark konnte kurzzeitig nichts mehr hören und Gerhard stürzte zu Boden. Auf die Kumpel und auf deren Lampen fielen dutzende Steine und Unmengen an Schutt. Mit einem Schlag wurde es stockdunkel. In Sekundenschnelle kroch eine dichte Staubwolke durch den Stollen. Das heftige Vibrieren hatte Unmengen Geröll und Abraum durcheinandergewirbelt und überall lagen Schutt und Felsbrocken im Weg. Die verschreckten Kumpel lagen auf dem Boden oder hatten sich an die rauen schroffen Wände gepresst. Einige schlugen auf ihre Helmlampen ein, ohne Erfolg, sie funktionierten nicht mehr. Langsam verebbte das Gefühl, gerade noch überlebt zu haben und verwandelte sich in lähmende

Angst. Was, wenn es einen weiteren Schlag gab. Kam man hier überhaupt lebend wieder raus. Fragen über Fragen und kein einziger Ausweg. Zumindest gab es Antworten, als Mark laut nach den Kumpels brüllte. In der Dunkelheit konnte man nicht sehen, wie viele noch am Leben waren. Gerhard wies alle an, ihre Namen zu rufen. Dann würde man hören, wie viele es seien. Bis auf zwei Bergleute, die nicht mehr antworteten, waren die anderen drei vor Ort und vermutlich auch wohlauf. Doch was sollten sie jetzt tun? Zum Aufzug kamen sie nicht mehr. Und hier unten würde ihnen wohl bald die Atemluft knapp werden. Schon jetzt fiel ihnen das Atmen sehr schwer. Außerdem waren sie von der Arbeit derart geschwächt, dass sie sich eigentlich kaum noch auf den Beinen halten konnten. Und der Schweiß am Körper ließ sich kaum vom Blut der Verletzungen unterscheiden, er schmeckte nur etwas anders. Gerhard hatte eine Idee, wenngleich keine sehr originelle. Er meinte, mit großen Felsbrocken ein Loch in Richtung Aufzug in den heruntergestürzten Felsen zu hauen. Vielleicht hatten sie ja auf diese Weise noch eine Chance. In der Dunkelheit erschien jedoch auch das mehr als fragwürdig. Dennoch begannen sie, mit großen Felsbrocken auf die zusammen gestürzte Wand einzuschlagen. Funken stoben und die dünne staubige Luft setzte allen sehr zu. Kaum gelang es ihnen, auch nur einige wenige Zentimeter nach vorn durchzukommen. Und die wesentlichste Frage blieb offen: Hatten sie auch

177

die richtige Richtung eingeschlagen? Vollkommen entkräftet und laut keuchend gaben sie schließlich auf. Schon quälte sie der Durst und sie hatten nichts zu trinken. Es war merkwürdig, aber in dieser Aussichtslosigkeit, dieser Angst-einflößenden Einsamkeit hier unten im Berg fühlten sie sich überhaupt nicht allein. Sie dachten an ihre Familien, die viele Meter über ihnen warteten und vermutlich schon um sie bangten und weinten. Ein seltsames, nie so stark empfundenes Gefühl hielt sie dort unten fest zusammen, die Hoffnung! Jeder spürte seinen Herzschlag und jeder war froh, dass er ihn noch spüren durfte. Minuten erschienen wie Stunden, ja wie ein ganzer Tag. Das Zeitgefühl ließ mehr und mehr nach. Vielleicht war es genau das, was die Bergleute in diesen Augenblicken am meisten irritierte. Einer der Kumpel schrie plötzlich laut herum, er bekäme keine Luft mehr und würde gleich sterben. Gerhard hielt ihn fest und drückte ihn fest an sich. „Komm sei ruhig", sagte er leise, „das schaffst Du schon. Wir kommen hier wieder raus, wirst es sehen." Auch die anderen versuchten, ihm gut zu zureden und ihn zu beruhigen. Irgendwann wurde es so still, dass man meinte, der Tod sei in der Nähe. War das ein letztes Ergeben dem Unabänderlichen? War das Ende schon so nah? Das durfte einfach nicht sein! Was sollte aus der Familie, den Kindern werden, wenn sie nicht mehr zurückkämen. Plötzlich knackte es! Sofort riefen einige: „Wir sind hier. Wir leben! Holt uns hier raus!" Doch es kam keine Antwort. Das Knacken jedoch wurde lauter und lauter. Und plötzlich vibrierte erneut der Boden und der Stollen schien hin und her zu schwanken. Entsetzt duckten sich die Bergleute und rechneten bereits mit dem Schlimmsten. Gab es einen neuen Wetterschlag? Aus dem Inneren der Erde unter ihnen drangen Lichtstrahlen empor, gleißend helles Licht blendete sie und erhellte den zusammengestürzten Stollen. Gleichzeitig schob sich der Boden immer weiter auseinander und frische Luft drang hinauf zu den Kumpeln. Die atmeten tief ein und konnten nicht glauben, was da geschah. Aus dem Inneren der Erde flogen dutzende Schmetterlinge nach oben. Sie flatterten lustig durcheinander und setzten sich auf die Nasen und Ohren der Bergleute. Die begriffen überhaupt nicht, wie ihnen geschah. Was ging hier nur vor? Waren sie am Ende schon längst tot und im Paradies angekommen? Vielleicht gab es unter ihren Füßen aber nur eine völlig andere Welt? Unterdessen war der Spalt breit genug, sodass sie alle hindurch passen würden. War es eine Aufforderung, den Stollen durch diesen Schlund zu verlassen? Lange dachten sie nicht darüber nach und Mark fasste sich als erster. Er stieg in den Spalt und verschwand im Licht. Die anderen, die noch etwas skeptisch schauten, taten es ihm gleich. Einer nach anderen verschwand durch den engen Spalt. Auch die Schmetterlinge flogen durch den Spalt hinter ihnen her. Hinter sich hörten sie einen lauten Knall, vermutlich war der Stollen nun endgültig zusammengestürzt. Als sie den Spalt hinter sich gelassen hatten, gelangten sie zu einem unterirdischen See. Über dem merkwürdigen See leuchtete ein seltsam bläulicher Himmel. Sogar zartblaue Wölkchen schwebten über dieser märchenhaften Welt. Was für ein Schauspiel, was für ein unfassbares Wunder. Als sie am Ufer des Sees standen, kontrollierten sie, wer von ihnen noch da war. Und sie stellten erleichtert fest, dass alle lebten. Selbst diejenigen, die vorhin im Stollen nicht geantwortet hatten, waren hier. Vermutlich konnten sie wegen des Staubes und des Schocks nicht mehr sprechen. Doch was machte das schon aus, sie lebten und nur das zählte! Sie konnten sich an dieser fremden unwirklichen Welt einfach nicht satt sehen. Mit offenem Munde standen sie da und staunten. So etwas hatten sie wohl noch niemals gesehen. Ihre zerrissene Arbeitskleidung hing ihnen in Fetzen vom Leibe. Und ihre Gesichter waren schmutzig und verschwitzt. Doch sie waren glücklich. Und sie starrten auf das so friedlich vor ihnen liegende Ufer mit seinen fremdartigen Pflanzen. Irgendwann fanden sie ihre Sprache wieder und begannen, sich zu unterhalten. Sie zogen sich die zerlumpte Arbeitskleidung aus und sprangen ins Wasser. Es war kühl und sehr angenehm. Unzählige bunte Schmetterlinge flogen durch die würzige Luft und schienen sich mit ihnen zu freuen. Als sie wieder aus dem Wasser kamen, legten sie sich erst einmal in den warmen Ufer-Sand und schliefen sofort ein. Sie schliefen so fest, dass sie gar nicht bemerkten, wie sich eine gewaltige Wasserfontäne aus dem See erhob und auf sie zu bewegte. Die Fontäne erfasste sie und nahm sie mit sich. Sie trug die Bergleute immer höher und höher, bis in den leuchtenden Himmel hinein. Alles geschah so sanft, dass keiner von ihnen erwachte. Neben der Fontäne flogen die Schmetterlinge und begleiteten sie bis zu einem steinernen Loch. Die Fontäne glitt in das Loch hinein und sprudelte schließlich aus einem stillgelegten alten Brunnenschacht, hinter dem Aufzug des Bergwerkes. Vorsichtig legte sie die Bergleute neben dem vermeintlichen Erdloch ab. Die schliefen noch immer und wurden von Spürhunden schnell gefunden. Natürlich war die Freude riesig, als man die Kumpel fand. Gleichzeitig wuchs die Verwunderung, die Leute nackt und vollkommen sauber zu sehen. Wie war es nur möglich, dass sie in einem solchen Zustand nach oben gelangten? Wieso lagen sie ausgerechnet neben dem ausgedienten alten Brunnen? Hatten sie einen Ausstieg gefunden, der in den alten Brunnenschacht mündete? Als die Kumpel wach wurden, konnten sie sich an gar nichts erinnern. Sie wussten nur noch, dass sie im eingestürzten Stollen lagen und vergeblich versuchten, sich mit großen Felsbrocken ein Loch in die herunter gestürzte Felswand zu hauen. An den unterirdischen See und die Schmetterlinge, die dort unten lebten, konnten sie sich nicht erinnern. Allerdings war das auch nicht mehr wichtig. Sie lebten und erhielten sogar eine großzügige Abfindung. Das Bergwerk aber wurde nach dem Unglück geschlossen. Und die Familien zogen fort aus der Gegend. Eines Tages, als Mark früh aufstand, nahm er den Wecker von der Konsole hinterm Bett und wollte die Uhrzeit ablesen. Dabei entdeckte er, dass seine Fingernägel eine seltsame Färbung bekommen hatten. Sie glänzten gelblich. Beinahe so, als seien sie mit goldglänzender Farbe bemalt worden. Als er sie verschnitt, das abgeschnittene Stück seiner Frau zeigte, erkannte sie es sofort: Es war tatsächlich echtes Gold! Die beiden konnten ihr Glück nicht fassen. Wie war das nur möglich? War Mark vielleicht so veranlagt, dass seine Gene an dieser Stelle Gold erzeugten? Aber warum nur an dieser Stelle und nirgendwo anders? Und warum hatte er das früher nie bemerkt? Die zwei dachten nicht weiter darüber nach und nahmen es, wie es nun einmal war. Zuviel hatten sie in der vergangenen Zeit durchmachen müssen. Da kamen doch goldene Fingernägel gerade recht! Und immer, wenn die Nägel wieder ein Stückchen gewachsen waren, schnitten sie es ab und hoben es auf. Irgendwann konnten sie alles verkaufen und erhielten eine hohe Summe dafür. Und das Seltsamste war, das jeden Morgen auf dem Fensterbrett ihres neuen Hauses viele bunte Schmetterlinge saßen, die kurz darauf lustig umher flatterten ...

Soße

Jonathan war Koch in einem feinen Hotelrestaurant. Und er war der Beste, das wussten alle. Er stand kurz davor, seinen ersten Stern zu erhalten. Jedoch litt er an einer seltenen Herzerkrankung. Von seinem Arzt bekam er deswegen ein sehr wirksames Herzmedikament, welches er bei auftretenden Beschwerden und zu starker Aufregung einnehmen sollte. An diesem ganz besonderen Tage sollte ein bedeutender Restaurantkritiker kommen, um ihn noch einmal zu testen. Sollte dieser Test positiv ausfallen, bekäme er diesen begehrten Stern. Allerdings würde der Kritiker Inkognito erscheinen, so dass ihn niemand erkennen könnte. Schon am Morgen, als Jonathan zur Arbeit ging, war er sehr aufgeregt. Und es wurde einfach nicht besser. Als er im Hotel eintraf, war ihm so übel, dass er beinahe dachte, er könnte seinen Dienst an diesem Tage nicht ausführen. Sein Herz bereitete ihm große Probleme und er musste eine Tablette einnehmen. Er wollte jedoch unter keinen Umständen wieder nach Hause gehen. Denn dann wäre die einzigartige Chance auf den so lang ersehnten Stern für immer verloren. Das Medikament zeigte Wirkung und Jonathan wurde ruhiger. Zur Sicherheit drückte er einige Tabletten aus der Folie und steckte sie in seine Kochjackentasche. Dann begann er seinen Dienst in die Küche. Gegen Mittag erschien ein schwarz gekleideter, sich seltsam verhaltender älterer Mann im Restaurant. Jonathan wusste, dass der an diesem Tage Kritiker kommen sollte, aber wusste nicht, wie er aussah. Als ihm ein Kellner steckte, dass ein seltsam gekleideter Mann im Restaurant saß, glaubte er, es sei der Kritiker und achtete streng auf seine Kollegen sowie auf das, was er selbst tat. Einige Zeit gelang ihm das. Doch seine Vorsicht war wohl zu groß und sein nervöses Treiben vor den Töpfen brachte auch seine Arbeitskleidung stark in Bewegung. Als er sich mehrmals nach vorn über beugte, um eine diverse Soße abzuschmecken, fielen ihm sämtliche Herztabletten, die er in die Jackentasche gesteckt hatte, mit hinein. Die delikate Soße war nicht nur für den vermeintlichen Kritiker gedacht. Es war eine Wild-Soße, die für sämtliche Wildgerichte, die auf der Speisenkarte standen, zubereitet wurde. Glücklicherweise schmeckte keiner mehr die Soße ab, denn Jonathan hatte sie bereits mehrmals auf ihren Geschmack getestet. Und so wäre wohl das entsetzliche Unglück unvermeidbar gewesen. Doch welch Wunder, obwohl das Restaurant voller Gäste war, bestellte kein einziger Gast ein Wildgericht. Die Soße wurde nicht angetastet. Auch der seltsame Gast im schwarzen Anzug wollte kein Wildgericht. Gerade wollte Jonathan die Kellner anweisen, das Wild anzupreisen, da öffnete sich die Tür zur Küche und der Fremde stand vor ihm. Vor lauter Schreck blieb ihm das Wort im Munde stecken. Er brachte gerade mal ein „Guten Tag, wie hat es Ihnen geschmeckt", hervor. Der Fremde, den Jonathan

184

noch immer für den Restaurantkritiker hielt, sprach kein Wort. Er beantwortete auch die Frage nicht. Zielsicher schritt er auf die Kochtöpfe zu und wollte wohl hineinsehen. Dabei fegte er mit einer ungeschickten Handbewegung den Topf mit der vergifteten Wild-Soße vom Herd. Laut polternd sprang er auf den Boden und die Soße lief in die Abwassermulde hinein. Jonathan wusste nicht, was er sagen sollte. Entsetzt starrte er der davon rinnenden Soße hinterher, dann wieder zu dem Fremden. Der jedoch lächelte nur und verschwand aus der Küche. Doch plötzlich wurde Jonathan von einem anderen Zwischenfall abgelenkt. Eine der Reinigungskräfte hatte oft heimlich ihre Katze mitgebracht. Da die Frau allein lebte, hatte sie keinen, der auf das Tier aufpassen konnte. Auch diesmal hatte sie die Katze wieder mitgebracht. Leider hatte die Frau die Tür zum Umkleideraum vergessen zu zuschließen. So lief die Katze im Treppenhaus herum und gelangte unbemerkt in die Küche.

Als sie den herunterfallenden Topf beobachtet hatte, sprang sie mit einem riesigen Satz durch die Küche und schleckte die restliche Soße auf. Unterdessen hatte sich Jonathan wieder gefasst und lief dem Fremden hinterher. Er wollte ihn zur Rede stellen, ob er der Restaurantkritiker war. Als er ins Restaurant kam sah er, wie der Fremde mit einem großen Schild unterm Arm das Lokal verließ. Jonathan rannte ihm nach. Doch als er vorm Eingang des Restaurants stand, sah er ihn nicht mehr. Der Fremde war wie vom

Erdboden verschluckt. Niedergeschlagen ging er ins Restaurant zurück. Er fragte einen Stammgast, ob er vielleicht ein köstliches Wildgericht probieren möchte. Doch der meinte nur, dass am Eingang ein Schild gehangen habe, worauf stand, dass es heute keine Wildgerichte gäbe. Jonathan fragte ihn nach dem Schild, denn er hatte es nicht am Eingang hängen sehen. Der Gast sagte allerdings, dass es der fremde Mann im schwarzen Anzug soeben abgenommen habe. Jonathan starrte auf die Eingangstür und verstand nicht, was da vor sich ging. Sollte der Kritiker etwa … unmöglich, das konnte doch gar nicht sein!

Plötzlich sah er die Reinigungskraft, wie sie weinend aus der Küche lief. Er fing sie ab und fragte sie, was passiert sei. Die schluchzende Frau meinte, dass sie ihre Katze mal wieder mitgebracht hätte. Diese aber läge tot in der Küche. Die Köche sagten, dass sie von der Soße gefressen habe. Jonathan eilte in die Küche zurück. Gerade war das Reinigungspersonal damit beschäftigt, die tote Katze weg zu bringen. Jonathan kam ein entsetzlicher Verdacht! Erschrocken griff er in seine Jackentasche – die Herztabletten, sie waren nicht mehr da! Sie mussten in die Soße gefallen sein, als er sie abgeschmeckt hatte! Er erschrak fürchterlich, denn solch ein furchtbarer Fehler war ihm noch niemals unterlaufen. Nur gut, dass kein Gast eines der Wildgerichte bestellt hatte. Kurz darauf erhielt Jonathan einen Anruf. Der Restaurantkritiker entschuldigte sich. Er konnte nicht kommen, weil er erkrankt sei und im Krankenhaus liege. Jonathan verstand nun gar nichts mehr. Wer war dann der Fremde, und woher wusste er, dass die Soße vergiftet war? Als Jonathan spät in der Nacht seinen Dienst beendete, lief er zum Zimmer des Küchenchefs, um den schlimmen Vorfall zu beichten. Der Küchenchef aber hatte soeben sein Büro verlassen. Allerdings vergaß er es wie so oft zu zuschließen. Jonathan, der nur kurz die Tür öffnete, um nachzuschauen, wollte gerade wieder gehen. Da entdeckte er zwei große Bilder an der Wand. Sie zeigten die beiden bereits verstorbenen Vorbesitzer des Hotels. Eines der Bilder ließ ihm das Blut in den Adern gefrieren. Es zeigte den fremden Mann im schwarzen Anzug, der in der Küche den Soßentopf umgestoßen hatte …

Flug 2033

Die Maschine des Fluges „2033" stand auf dem Rollfeld und wartete auf ihr Startsignal. Peter, der Pilot, hatte alle Instrumente im Überblick. Aber er verließ sich auch auf die Technik dieser neuen Maschine. Und er verließ sich auf seine gut ausgebildete Mannschaft. Eigentlich lief fast alles automatisch ab und Peter dachte in den wenigen Sekunden bis zum Start nur an seinen kleinen Sohn Tim. Er hatte solche Sehnsucht nach ihm. Kurz warf er einen Blick zu seinem Copiloten und zu seinem Funker. Die schauten schweigend auf das Rollfeld vor der Maschine. Vermutlich dachten auch sie gerade an ihre Familien. Hinter seinem Sitz lag ein Karton, in welchem sich ein großer Teddybär befand. Er sollte ein Geschenk für Tim sein. Der liebte Teddys über alles und hatte schon eine beträchtliche Sammlung. Peter konnte es nicht erwarten, das Geschenk zu überbringen. Seit dem Tod seiner Frau, die bei einem Flugzeugabsturz ums Leben kam, kümmerte sich liebevoll die Großmutter um den Jungen. Manchmal dachte er schon daran, die Fliegerei aufzugeben, um immer für Tim da sein zu können. Aber wer sollte dann das Geld verdienen? Er brauchte diesen Job und er liebte Tim zu sehr. Vor jedem Flug dachte Peter noch einmal an ihn. Auf der Instrumententafel klemmte ein kleines Foto von Tim. So flog er immer mit. Plötzlich erhielt die Maschine das Signal zum Start. Und sofort ergriff Routine die Crew. Jeder kannte seine Aufgaben und es war keine Zeit mehr zum Nachdenken! Hinter ihnen in der Kabine verließen sich zweihundert Menschen auf sie. Und jeder von ihnen hatte wohl jemanden, der ihn liebte. Die Maschine raste über die Startbahn und hob kraftvoll von der Piste ab. Wie ein riesiger Schwan erhob sie sich in den blauen makellosen Himmel. Ein Start wie aus dem Bilderbuch. Schnell hatte die Maschine ihre Flughöhe erreicht. Eine Flugbegleiterin brachte Kaffee. Und durch die geöffnete Kabinentür drangen die angeregten Unterhaltungen der Passagiere. Peter sprach mit seiner Crew und kontrollierte die Computeranzeigen. Solch ein Flugzeug hatte er wirklich noch nie geflogen. Sie war ein Meisterstück der modernen Technik. Was sollte hier noch schiefgehen? Unmerklich schaltete sich der Autopilot ein und dirigierte die Maschine wie von einer unsichtbaren Hand gesteuert durch die Lüfte. Und es stimmte, was die Leute immer sagten: Von hier oben sahen die Sorgen und Nöte, die man unten so mit sich herumschleppte, wirklich klein und winzig aus. Keine Wolke verdeckte die Sicht und die Landschaft glich von hier oben einer Spielzeug-Märchenwelt. Peter schaute noch einmal zu seinem Geschenk für Tim. Der Karton mit dem großen Teddy darin hatte noch gar keine Aufschrift. Sollte er einen Gruß darauf schreiben? Er nahm den Karton und holte den Teddy heraus. Plötzlich gab es einen lauten Knall!

Die Scheiben barsten und zwei Mitglieder seiner Crew wurden aus dem Flugzeug geschleudert! Peter wurde ohnmächtig. Irgendetwas hatte die Maschine getroffen. Ein Kleinmeteorit vielleicht? Da die Tür zur Passagierkabine offenstand, fiel der Druck im gesamten Flugzeug sehr schnell stark ab. Und die Passiere wurden ebenfalls bewusstlos. Nur das Pfeifen des Flugwindes fuhr gespenstisch durch das führerlose Flugzeug. Gepäckstücke flogen durch die Gänge und blieben irgendwo zwischen den Sitzreihen liegen. Atemmasken hingen über den Sitzen der ohnmächtigen Fluggäste. Noch steuerte der Autopilot die Maschine, nur wie lange noch? Minuten vergingen. Plötzlich verlor die Maschine abrupt an Höhe. Sie sank immer tiefer und näherte sich bedrohlich dem Erdboden. Die Triebwerke heulten auf wie die Sirenen des Todes und es würde wohl nur noch Sekunden dauern, bis die Maschine aufprallte. Vermutlich war nun auch der Autopilot ausgefallen. Das entsetzliche Ende der Maschine, das furchtbare Schicksal der Passagiere, schien besiegelt. Und Peter, der Pilot war noch immer bewusstlos. Da geschah etwas sehr Merkwürdiges. Wieder heulten die Triebwerke auf und wie von Geisterhand erhob sich die Maschine in die Höhe. Beinahe so, als wollte sie mit aller Kraft nach oben springen. Sie stieg und stieg und flog sicher bis zum nächsten Großflughafen. Dort wunderte man sich, dass zwar keiner auf die Funkmeldungen antwortete, die Maschine aber dennoch gesteuert wurde. Wie war das möglich? Wusste vielleicht einer der Passagiere, wie man die Technik von Flugzeugen bediente? Hatte sich der Autopilot wieder eingeschaltet? Als die Maschine sicher gelandet war, wurden sofort Hilfsmannschaften losgeschickt. Alle Passagiere waren wohlauf und keiner hatte, bis auf einige wenige Kreislaufzusammenbrüche und leichtere Blessuren, größere Verletzungen davongetragen. Das Schlimmste jedoch war, dass zwei Besatzungsmitglieder bei der Katastrophe ums Leben kamen. Nur Peter nicht, den fand man bewusstlos und leicht am Kopf verletzt in seinem Sitz. Doch er überlebte und konnte schließlich überglücklich seinen geliebten Sohn Tim in seine Arme schließen. Man fand heraus, dass eine andere Maschine, die den Kurs von Flug „2033" kreuzte, ein Rad seines defekten, nicht eingefahrenen Fahrwerkes verloren hatte. Wie ein riesiges Geschoss flog es durch die Luft und traf die Unglücksmaschine wie eine Kanonenkugel. Dass durch den heftigen Aufprall entstandene Loch im Cockpit bewirkte, dass zwei der Besatzungsmitglieder hinausgeschleudert wurden. Sämtliche Computertechnik fiel aus und hätte nur durch menschliches Eingreifen wieder in Gang gesetzt werden können. Aber die Passagiere in der Kabine waren durch den plötzlichen starken Druckabfall ebenfalls bewusstlos geworden. Wer also sollte dies tun? Als man Peter aus seinem Sitz barg, entdeckte man allerdings etwas sehr Seltsames. Im Sitz des Kopiloten saß der

große Teddybär und hatte den Steuerknüppel in
seiner Hand ...

USB-Stick

Gerade hatte ich mir einen neuen Computer gekauft. Mit vielen Dingen war ich noch nicht so betraut. Und so fragte ich einen Computerfachmann, der mir jedes Mal bereitwillig Auskunft gab. Langsam gewöhnte ich mich an diese neue Technik und wollte meine Daten darauf speichern. Der Fachmann riet mir davon ab. Er meinte, dass persönliche Daten nicht sicher genug seien, wenn man sie ungeschützt auf dem PC ließe. Er empfahl mir deswegen einen USB-Stick mit hoher Speicherkapazität. Und er gab mir sogar einen zur Probe mit nach Hause. Es war ein schwarzer Stick mit einem roten Tragebändchen. Und er funktionierte wunderbar! Schon nach kurzer Zeit hatte ich einige Daten, die ich auf dem PC speichern wollte, auf dem Stick. Ich schloss ihn nur an, wenn ich ihn brauchte. Ansonsten lag er gut gesichert in einem kleinen Tresor hinter meinem Bücherregal. Irgendwann lernte ich Andy kennen. Endlich war ich nicht mehr so allein und es kam sogar soweit, dass wir heiraten wollten. Für die Hochzeit musste ich mir viele Dinge merken und konnte dazu wunderbar   meinen neuen USB-Stick nutzen. Ich schloss ihn an und zunächst funktionierte er auch wunderbar. Doch plötzlich schien er ein Eigenleben zu entwickeln. Bunte Kreise flogen über den Bildschirm und ich bekam Angst, dass alle Daten, die ich bereits abgespeichert hatte, verloren gehen könnten. Doch dann geschah etwas Merkwürdiges. Als der Stick wieder zu funktionieren schien, entdeckte ich neben meinen abgespeicherten Daten einen fremden Ordner. Er war mit den Worten: „Andys Ordner" beschriftet. Ich konnte mir beim besten Willen nicht erklären, je solch einen Ordner angelegt zu haben. Außerdem erinnerte ich mich daran, dass Andy an meinem PC war, um dort irgendetwas abzuspeichern. Der Computer war passwortgeschützt und Andy zeigte wenig Interesse an ihm. Natürlich öffnete ich den Ordner und staunte nicht schlecht über das, was ich dann zu sehen bekam. Es öffneten sich unzählige Bilder. Auf allen war Andy zu sehen, allerdings jedes Mal mit einer anderen Frau. Vor lauter Erstaunen konnte ich gar nichts mehr sagen, ich war einfach sprachlos. Wie aber waren all diese Fotos auf meinen Laptop gekommen? Sofort rief ich Andy an und konfrontierte ihn mit meinen neuesten Erkenntnissen. Der stotterte plötzlich nur noch herum und meinte, es wäre alles gar nicht so, wie es aussähe und er könnte ja alles erklären. Ich wusste genug und beende die kurze Episode mit ihm. Als ich das Telefonat beendet hatte und mir noch einmal die Bilder anschauen wollte, war der Ordner jedoch verschwunden. Ich begriff nicht, was hier vor sich ging. Andererseits war ich auch froh, Andys falsches Spiel gerade noch rechtzeitig durchschaut zu haben. Am nächsten Tag klingelte es und ein freundlicher junger Mann stand vor der Tür. Er meinte, er wäre von einer renommierten Investmentfirma und würde mich über die neuesten Anlage-produkte informieren wollen. Da ich noch immer an dem Reinfall mit Andy zu knaupeln hatte, kam mir der unverhoffte Besuch ganz recht. Vielleicht brachte er mich ja auf andere Gedanken. Der junge Mann redete wie ein Wasserfall auf mich ein. Und ich ließ mich dann doch noch auf ein Anlagegeschäft ein. Versuchsweise und auf Anraten des Vertreters wollte ich fünfhundert Dollar anlegen. Um nachzusehen, ob ich noch so viel Geld flüssig hatte, ging ich an meinen Laptop. Da meldete sich erneut mein USB-Stick und präsentierte erneut einen völlig neuen Ordner. Er war beschriftet mit dem Wort: Geldanlage. Hatte ich tatsächlich schon einen solchen Ordner angelegt? Mir kamen Zweifel. Doch ich war mir ganz sicher, keinen solchen Ordner abgespeichert zu haben. Neugierig öffnete ich ihn und erstarrte! Vor mir breiteten sich dutzende Formulare aus. Alle von einer Investmentfirma und alle unterschrieben von mir unbekannten Leuten. Unter allen Formularen stand: Das Geld ist verloren. Und plötzlich erschien ganz von allein eine riesige Schrift unter allen Formularen: Hände weg! Der Vertreter ist ein Betrüger! Ich starrte auf meinen Laptop und konnte es nicht glauben. Schnell ging ich zu dem Vertreter zurück und gab vor, dass es mir ganz plötzlich nicht gut gehen würde und er bitte gehen möge. Zwar konnte er das gar nicht verstehen und wollte mich später noch einmal zurückrufen. Doch ich meinte nur, dass ich mich melden würde, wenn ich mich

195

entschieden hätte. Als der Vertreter draußen war, atmete ich erst mal tief durch. Beinahe wäre ich mein mühsam erspartes bisschen Geld auch noch losgeworden. Wieder hatte mich mein USB-Stick vor großem Unheil und vor meiner eigenen Dummheit bewahrt. Eines Tages wurde meine Firma mit einer anderen zusammengelegt. Das bedeutete für mich, dass ich nun einen weiteren Arbeitsweg hatte. Ich musste jeden Tag in die benachbarte Stadt fahren. Weil die Anbindung mit den öffentlichen Verkehrsmitteln nicht gewährleistet war, brauchte ich ein Auto. Und weil ich nicht das Geld für ein neues Fahrzeug besaß, entschloss ich mich für einen Gebrauchten auf Abzahlung. Bei den ansässigen Autohäusern aber standen nur Fahrzeuge herum, die entweder zu alt oder zu teuer waren. So ging ich zu einem Autohändler auf der grünen Wiese. Der windige Händler sprang um mich herum, wie ein junges Reh. Er wollte mir unbedingt ein ganz bestimmtes Modell verkaufen. Und mir gefiel das kleine Auto auch recht gut. Es war nicht so teuer und der Händler schien mit einer Finanzierung einverstanden. Trotzdem hatte ich ein seltsames Gefühl im Magen. Ich konnte es mir damals einfach nicht erklären. Zu dem Händler sagte ich, dass ich am nächsten Tag wiederkäme, um den Vertrag zu unterzeichnen. Ich wollte nach Hause fahren, um mir die Sache noch einmal zu überlegen. Wie gut diese Entscheidung war, erkannte ich, als ich abends vor meinem Laptop saß. Ich steckte den Stick in den PC und sofort öffnete sich wieder ein neuer Ordner. Auch den hatte ich niemals angelegt. Er war mit dem Wort: „Autokauf" beschriftet. Natürlich öffnete ich den Ordner sofort. Und plötzlich wusste ich auch, woher meine Magenschmerzen kamen. Vor mir eröffneten sich Fotos, auf denen das Geschäft des Autohändlers zu sehen war. Auch das Fahrzeug, welches ich morgen kaufen wollte, war abgebildet. Doch es sah anders aus, verrostet und zerbeult. Dann sah ich Fotos, auf welchen der Händler damit beschäftigt war, offensichtliche Unfallspuren zu beseitigen. Ich sah mit Schaudern, wie er über den Rost lackierte und wie er die alten zerschlissenen Reifen mit schwarzer Reifenfarbe auffrischte, so dass sie wieder wie neu aussahen. Kopfschüttelnd starrte ich auf die recht aussagekräftigen Fotos. Und wieder erschien eine dicke Schrift unter all diesen entlarvenden Fotos: Kaufe es nicht! Sofort rief ich den Autohändler an und sagte meine Kaufentscheidung ab. Der Händler war wütend und wollte mich beschimpfen. Aber ich legte nur noch den Hörer auf und war ihn los. Am Abend dieses erkenntnisreichen Tages lag ich noch lange wach und überlegte, wie ich es am besten anstellen sollte, doch noch zu einem Auto zu kommen. Da mir einfach keine Idee kam, setzte ich mich traurig an den PC, um ein wenig im Internet zu surfen. Plötzlich meldete sich mein USB-Stick mit einem neuen Ordner. Ich öffnete ihn und mehrere Zahlen schwirrten über den Bildschirm. Erschrocken beobachtete ich das seltsame

Schauspiel, glaubte schon, mir einen Wurm eingefangen zu haben. Doch als die Worte: Spiele Lotto! vor mir auftauchten, wusste ich, was ich zu tun hatte. Am nächsten Tag ging ich zu einem kleinen Lottoladen und spielte exakt die Zahlen, die mir mein Stick angezeigt hatte. Die nächste Lottoziehung fand am Wochenende statt. Gespannt saß ich vorm Fernseher und fieberte bei jeder Zahl; würde es die richtige sein? Tatsächlich hatte ich Glück und gewann fünfzigtausend Dollar. Natürlich konnte ich mein Glück kaum fassen. Mein USB-Stick hatte die richtigen Zahlen angezeigt. Auf diese Weise konnte ich mir nun sogar ein neues Auto kaufen. Als ich Tage später wieder an meinem PC saß, um den Stick zu öffnen, funktionierte dieser plötzlich nicht mehr. So sehr ich es auch versuchte, immer erschien die Meldung: *ERROR* (Fehler)! Traurig musste ich es hinnehmen. Allerdings gingen auch einige Daten verloren. Ich wollte den Stick zu meinem Computerfachmann bringen. Doch der hatte seinen kleinen Laden wegen Insolvenz aufgeben müssen. Nun blieb mir nur noch, den Stick weg zu werfen. Wochen später saß ich mal wieder vorm Fernseher und schaute mir die Regionalnachrichten an. Gerade wurde von einem schrecklichen Unfall berichtet, der sich ganz in der Nähe ereignet hatte. Bei regennasser Fahrbahn waren zwei Fahrzeuge miteinander kollidiert. Für die beiden Fahrer kam jede Hilfe zu spät.
Auf der Straße sah es wüst aus – überall lagen Autoteile, unzählige Glassplitter und persönliche

Dinge herum. Zwischen all dem lag sogar ein Laptop. Doch was war das, der Laptop war noch eingeschaltet. Der Reporter, der das mehr als sonderbar fand, ging näher mit seiner Kamera heran. Auf dem Bildschirm entzifferte ich drei Worte: Ihr werdet sterben! Doch nicht allein die furchtbaren Worte ließen mir einen eisigen Schauer über den Rücken laufen, nein. Vielmehr war es der USB-Stick, der in dem Laptop steckte. Er war schwarz und hatte ein rotes Tragebändchen …

Hauch des Lebens

In den vielen Jahren hatte ich ihn vielleicht nie so richtig bemerkt. Doch plötzlich spürte ihn immer öfter, diesen seltsamen kühlen Hauch, der mich oft umgab. Beinahe schien es so, als würde mich jemand mit frischer Luft umfächeln. Anfangs verstand ich es nicht. War es ein übernatürliches Zeichen? Doch mit den Tagen und Wochen keimte in mir die Vermutung, dass es Hinweise waren. Hinweise meiner längst verstorbenen Mutter. Ich hatte sie sehr geliebt. Und als sie vor dreißig Jahren starb, fühlte ich mich ganz plötzlich so allein. Da war keiner mehr, dem ich etwas anvertrauen konnte. Zwar war ich zu dieser Zeit bereits verheiratet, doch ich entwickelte so eine Art Seelenverwandtschaft zu meiner Mutter, ich konnte es gar nicht so recht erklären. Die Jahre sind vergangen und zunächst fehlte sie mir nur. Wegen der vielen Arbeit und den Schwierigkeiten, die Kind und Haushalt außerdem noch so bereithielten, fehlte mir die nötige Einkehr in meine Seele. Ich vernachlässigte sie sehr. Immer dachte ich an die anderen. Es sollte allen immer gut gehen, sie sollten alles haben, besonders mein geliebter Sohn. Aber ich? Blieb ich bei all diesen Mühen um andere irgendwo auf der Strecke? Hatte ich nicht auch Wünsche und Träume? Wollte ich nicht mein ganzes Leben auf eine weit entfernte Insel? Eine Insel, die niemand kannte, nur ich? Natürlich konnte ich mit meinen Gedanken nicht zu meinem Mann gehen. Ich wusste, dass der mich nicht verstehen würde. Er hatte ja seinen Fußball und sich selbst. Die langen Ehejahre hatten überdies so manches abflachen lassen. Da gab es nur noch wenig Liebe, die übrig blieb für mich. Und dennoch spürte ich ihn an manchen Tagen, wenn ich mal wieder allein zu Hause saß, diesen merkwürdigen Hauch. War es vielleicht der Hauch eines fremden Lebens. Ein magischer Hauch vielleicht, der mich verzaubern sollte? Oder war es ein Hauch, der mir etwas sagen wollte? Wollte er mir sagen, dass ich leben soll, richtig leben soll? Oder war am Ende alles nur Einbildung? War es ein Hauch, den es eigentlich gar nicht gab? So ein Zeichen des Himmels, nein, unmöglich. Trotzdem erinnerte er mich an den Hauch meiner Mutter. Damals, als ich selbst noch ein Kind war und bei Mutter auf dem Schoß saß, da spürte ich oft ihren Herzschlag und ihren Atem auf meiner Haut. All das beruhigte mich. Es gab mir die Geborgenheit, die ich später so sehr vermisste. Ja, wie gesagt, ich kann das so schwer erklären. Mein Mann flüchtet oft von zu Hause, flüchtet er vor mir? Vor der Eintönigkeit unseres nicht mehr spannenden Alltags? Flüchtet er am Ende vor sich selbst, vor seinem Alter, mit dem er ja nie so richtig zurechtkam? Spürt er nicht auch manchmal einen Hauch? Wohl nicht, denn er ist oft so rabiat und so grob zu mir. Hat er vielleicht vergessen, dass ich eine Frau bin? Will er das vergessen? Mag er mich nicht mehr, weil auch ich alt geworden bin? Hat er Angst vor Gefühlen?

Oder hat er gar Angst vor diesem seltsamen Hauch? Ich weiß es nicht. Dennoch hatte ich kürzlich ein sehr merkwürdiges Erlebnis. Als ich bei der Hausarbeit auch den Fußboden wischte, schlug ich mir beim Aufrichten den Kopf an einem Hängeschrank. Zunächst merkte ich nichts, nur, dass es mir sehr schwindelig wurde. Ich torkelte durch die Räume und musste mich übergeben. Dann beruhigte sich mein Magen wieder und mir ging es wieder etwas besser. Doch abends, als ich im Bett lag, drehte sich alles um mich herum. Ich schlief zwar ein, träumte aber schlecht. Und am nächsten Morgen wurde ich von einem dröhnenden Ohrgeräusch geweckt. Es wurde immer lauter und jagte mir eine Höllenangst ein. Ich wollte aufstehen, doch ich konnte es nicht. Wie gelähmt lag ich im Bett und konnte mich weder rühren noch etwas sagen. Doch ich wehrte mich nicht dagegen. War es nun die restliche Müdigkeit oder nicht, jedenfalls wurde mir plötzlich alles egal. Ich sah mein Schlafzimmer und meine Sachen am Schrank. Alles sah so unwirklich aus, so fremd. Nie hatte ich ein solch komisches Gefühl. Das Ohrgeräusch wurde stärker und stärker und mündete schließlich in ein alles übertönendes Rattern. Es war beinahe so, als würde mir die Schädeldecke aufgesägt. Gleichzeitig spürte ich meine Atmung nicht mehr, mein ganzer Körper schien zu schweben. Musste ich nun sterben? Ich arrangierte mich irgendwie mit diesem fürchterlichen Gedanken, trotzdem ich mich vor ihnen fürchtete.

Und als ich so hilflos und dem Tode nah dalag, spürte ich plötzlich diesen Hauch. Woher er kam, ich weiß es nicht, er war ganz plötzlich bei mir. Er war so zart und fein, so anders als dieses laute Rattern und diese vernichtenden Gefühle eben. Er war wie eine helfende Hand, die aus dem Jenseits kam und mich führte. Wie damals in meiner Kinderzeit führte sie mich aus dem Übel heraus. Der Hauch hüllte mich vollkommen ein und vertrieb dieses Böse. Er drang durch mich hindurch und schien mit mir zu sprechen. In diesem Moment wusste ich, dass ich doch nicht so allein bin, wie ich immer glaubte. Obwohl ich niemanden sehen konnte, wusste ich doch ganz genau, dass es meine geliebte Mutter war, die mir half. Es war ihr Atem, dieser Hauch. Und Mutter war überall. Sie war am Fenster, in der Tür, an den Wänden, vor mir, in meiner Seele. So etwas Faszinierendes hatte ich nie zuvor in meinem Leben gefühlt. Jetzt konnte mich nichts mehr treffen. Und wie einem Wunder gleich, wurde das Geräusch in meinen Ohren leiser. Die Krämpfe lösten sich und das Böse fiel von meiner Seele ab, fiel von meinem Körper. Ich spürte, wie ich ganz langsam immer freier wurde. Und nach wenigen Minuten ging es mir blendend. Und da stand sie plötzlich, meine Mutter. Als ob sie niemals gestorben sei, stand sie vor mir am Bett und lächelte mich an. Ach, wie wunderschön doch ihre kleinen Fältchen um den Mund spielten. Meine Mutter, sie war bei mir. Was für eine Wärme da in mir aufstieg, ich kann es nicht mehr beschreiben. Und meine Tränen liefen auf das weiche Kopfkissen. Ich wollte zu ihr sprechen, doch sie legte den Finger auf meinen Mund und wiegte sachte ihren Kopf, und ich schwieg und freute mich, dass sie bei mir war. Ihre Augen schauten so unendlich vertraut. Alles war so, wie es damals immer war. Und sie wachte an meinem Bett bis mir die Augen zufielen. Ich schlief ein und wachte erst sehr spät am Morgen auf. Als ich meine Augen öffnete, war meine Mutter nicht mehr da. Ich stand auf und fand alles gar nicht mehr so schlimm. Denn ich wusste, dass ich nicht mehr allein war, keine Sekunde, niemals. Das gab mir eine unbändige Kraft. Ich wusste plötzlich, dass mir nichts mehr schaden konnte. Meine Einsamkeit ging vorüber und ich beschäftigte mich mit Dingen, die ich früher niemals getan hätte. Ich fuhr ohne meinen Mann ein paar Tage ans Meer, welches ich so sehr liebte. Ja, ich machte es mir endlich selbst etwas behaglicher. Und ich wartete nicht mehr auf andere, dass sie es mir schönmachten. Das Schlechte hatte plötzlich keinerlei Macht mehr über mich. Und immer, wenn das Böse nahte, dann spürte ich diesen wunderbaren Hauch um mich herum. Dann wusste ich, Mutter ist wieder da und will mir Kraft geben. Sie ist dann ganz nah bei mir und ich höre wie sie sagt: „Ach Mädel, das, was Du spürst, das ist der Hauch des Lebens."

Fantasien

12. August 2001

Vor einem Jahr zog ich in die wunderschöne Stadt Braunschweig. Aufgrund beruflicher Veränderungen musste ich mein kleines Heimatdorf an der Elbe verlassen. Nur meine Großmutter lebte noch dort. Ich besuchte sie sehr oft, denn meine Eltern lebten seit vielen Jahren im Ausland und hatten wenig Zeit, um nach Deutschland zu kommen. Auch in jenem merkwürdigen Sommer des Jahres 2001 kam ich zu ihr. Am Telefon teilte sie mir mit, dass es ihr nicht gut ginge und ich hatte große Angst um sie. Und wer außer mir sollte sich sonst um das kleine idyllisch gelegene Bauernhaus kümmern? Ich nahm mir ein paar Tage Urlaub und fuhr zu ihr. Sie konnte mich gar nicht begrüßen, lag im Bett, und es ging ihr wirklich sehr schlecht. Natürlich wusste ich, dass sie niemals von allein zum Arzt gehen würde. Deswegen bestellte ich ihren Hausarzt, den ich sehr gut kannte, zu uns. Er kam sofort und stellte eine Herzschwäche bei ihr fest. Und er offerierte mir, dass sie im Bett bleiben müsste. Außerdem hielt er eine baldige Operation für nötig. Das traf mich wie ein Schlag. Wie sollte es nun weitergehen? Sollte ich sie wirklich in diesem Zustand ins Krankenhaus bringen? Fort von ihrer gewohnten Umgebung, die sie kannte und die sie immer so geliebt hatte? Weg von all den vielen Erinnerungen und der langen erlebnisreichen Zeit mit Großvater? Nein, das konnte ich ihr nicht antun, wollte mich selbst um sie kümmern. Uns verband so viel - ich hätte es niemals übers Herz bringen können, sie in diese sterile Umgebung abzuschieben. Mir blieb deswegen weiter nichts übrig, als mich auf unbestimmte Zeit beurlauben zu lassen. Mein Chef spielte anfangs nicht so recht mit, doch als ich ihm die Situation genau schilderte, willigte er schließlich ein. So packte ich meine Koffer und kehrte Braunschweig wieder den Rücken. Im Dorf hatte es sich bereits herumgesprochen, dass es Großmutter nicht gut ging. Jeder kannte sie und einige boten mir sogar ihre Hilfe an. Sie wollten einkaufen gehen und bei der Gartenarbeit helfen. Doch Großmutters Zustand verschlechterte sich zusehends. Den Ereignissen, die dann geschahen, schenkte ich zunächst keine große Beachtung. Jeden Abend, wenn es dunkel wurde, begann Großmutter zu fantasieren. Sie rief mich in ihr Krankenzimmer und hielt meine Hand ganz fest. Dabei starrte sie mich verklärt an, so, als sei sie nicht mehr Herr ihrer Sinne. Mit seltsamer, monotoner Stimme sprach sie zu mir: „Bald wird sie kommen, die Sintflut und der Regen höret nimmer auf. Du musst fort von hier, bevor die Welt untergeht. Verkauf das Haus." Ich versuchte, sie zu beruhigen. Doch sie regte sich bei diesen merkwürdigen Anfällen immer derartig auf, dass sie danach kraftlos und wie tot im Bett lag. Zunächst hatte ich Angst, sie könnte dabei sterben. Doch der

Hausarzt, den ich anfangs noch um Hilfe rief, verschrieb ihr ein Beruhigungsmittel. Glücklicherweise schien es zu wirken, bis sie eines nachts erneut schrie: „Die Sintflut kommt über uns. Das Ende der Welt ist nicht mehr fern. Der Regen höret nimmer auf. Du musst das Haus verkaufen!" Es dauerte nur noch eine Woche, bis sie starb. Die Trauer war sehr groß, aber auch die Erleichterung, denn nun war sie erlöst. Auch meine Eltern waren zur Trauerfeier aus dem Ausland angereist. Sie traf diese Botschaft ebenfalls unvermittelt und hart. Großmutter hatte nichts weiter als nur das alte Bauernhaus. Meine Eltern wollten es nicht und ich überlegte ebenfalls, dieses Erbe auszuschlagen. Ein kleiner Stein, so wie sie es selbst immer wollte, reichte uns allen zum Gedenken. Doch eines Abends, als ich Großmutters Sachen sortierte, erzitterte plötzlich das Haus. Erschrocken lief ich in den Garten, dachte an einen Erdstoß. Doch draußen war es ruhig, kein Beben, nichts. Irritiert lief ich ins Haus zurück, da bebte erneut die Erde und Großmutters Stimme rief: „Die Sintflut wird kommen. Der Regen höret nimmer auf. Du musst das Haus verkaufen!" Zuerst glaubte ich an eine Sinnestäuschung. So etwas konnte nicht sein! Dann wieder schob ich das Ganze meiner nervlichen Überbelastung zu. Als der Spuk jedoch immer wieder kehrte, kam ich ins Nachdenken. Eines Tages ging ich zu dem kleinen Dorffriedhof. Ich wollte frische Blumen aufs Grab stellen und ein bisschen bei ihr sein. Da bebte wieder die Erde unter meinen Füßen und Großmutter erschien hinter dem Grabstein. Sie lächelte und sprach die gleichen Worte wie damals, als sie noch lebte: „Die Sintflut wird kommen. Der Regen höret nimmer auf. Du musst das Haus verkaufen!" Danach verschwand sie so plötzlich, wie sie gekommen war. Als sie sich wieder in Luft aufgelöst hatte, wusste ich, was ich zu tun hatte. Ich nahm das Erbe an und verkaufte wenig später das Haus mit dem dazugehörigen kleinen Grundstück an die Gemeinde. Die war sehr erfreut und konnte endlich neue Stallungen errichten. Kurz bevor ich das Haus räumen ließ, räumte ich den Keller aus. Hinter altem Schrott und verrosteten Gartengeräten entdeckte ich einen dunklen Verschlag. Ich dachte: „Was soll sich hier schon verbergen" und rüttelte an der morschen Holztür. Die knackte und krachte und fiel plötzlich mit lautem Getöse um. Dabei wirbelte sie eine Menge Staub auf, der mir in die Augen flog. Als ich wieder klarsehen konnte, fielen mir mehrere flache Gegenstände auf, die mit alten schmutzigen Planen bedeckt waren. Neugierig nahm ich die Planen herunter und konnte nicht glauben, was da zum Vorschein kam. Unter jeder Plane verbarg sich ein Gemälde. Fünf wunderschöne Bilder, vermutlich in Öl gemalt, standen in ihrer ganzen Schönheit vor mir. Ich konnte es einfach nicht fassen. Schnell deckte ich die Bilder wieder zu und trug sie aus dem Keller. Es stellte sich heraus, dass die Gemälde von meinem Großvater stammten. Heimlich hatte er sie aus dem Ausland nach Hause gebracht und im Keller des Bauernhauses versteckt. Sie sollten eine Alterssicherheit für ihn und Großmutter sein. Nie hatte er mit ihr darüber gesprochen. Als Großvater schließlich starb, gerieten die Bilder zwangsläufig in Vergessenheit und wurden nie gefunden. Es waren Großmutters unerklärliche Fantasien, kurz bevor sie starb, welche mich den Verschlag und damit die wertvollen Bilder entdecken ließen. Ich beschloss, vier Gemälde zu verkaufen und eines als Andenken zu behalten. Als der Kurator der Galerie, bei welcher ich sie schätzen ließ, den Kaufpreis nannte, fiel ich beinahe in Ohnmacht. Er bot mir eine Million Euro an. Natürlich kam mir dieses Geld wie gerufen. Nun wusste ich, was Großmutter mit dem Hausverkauf gemeint hatte. Vermutlich allein aus diesem Grund hatte sie kurz vor ihrem Tode zu fantasieren begonnen und war mir sogar an ihrem Grab erschienen. Doch ein Jahr später erkannte ich, dass sie es wohl noch aus einem ganz anderen Grunde zu mir gesagt hatte. Es war der 12. August und ich lebte längst wieder in Braunschweig. Als ich eines Abends das Fenster öffnete, um den kühlen Abendwind ins Schlafzimmer zu lassen, glaubte ich, aus der Ferne einen leisen Gesang zu hören: „Die Sintflut kommt und das Ende der Welt ist nahe. Der Regen höret nimmer auf. Wie gut, dass Du das Haus verkauft hast." Daraufhin regnete es ohne Unterlass über der Elbe. Es war die verheerende Flut in Ostdeutschland von 2002 …

Bommel-Mütze

Russel liebte Bommel-Mützen. Seit seiner Kindheit trug er sie, immer und überall. Anfangs zog er sie nur im Winter über, doch aus irgendeinem unerfindlichen Grund gefielen sie ihm so sehr, dass er sie ständig trug. Selbst beim Waschen sah er zu, dass die Mütze trocken blieb. Er begann, Bommel-Mützen zu sammeln. Über die Jahre waren so ungefähr hundert solcher lustigen Mützen zusammengekommen. Aber die Mütze, die er am liebsten aufsetzte, hatte seine Mutter für ihn gestrickt, als er noch ein Kind war. Sie hatte eine blauweiße Farbe und eine riesige Bommel obendrauf. Außerdem konnte er sie so richtig tief ins Gesicht ziehen. Besonders im Winter war das sehr nützlich. Zu Hause bat ihn seine Mutter, die Mütze wenigstens im Bett abzulegen. Das tat Russel auch, doch sobald er am Morgen aufstand, bedeckte sie wieder sein Haupt. In der Schule bekam er deswegen oft Ärger mit den Lehrern. Und als er sich später auf Arbeitssuche begab, bekam er einfach keinen Job. So blieb ihm nichts weiter übrig, als sich mit Gelegenheitsjobs über Wasser zu halten. Seine geliebte Bommel-Mütze setzte er nicht ab. Eines Tages geschah etwas sehr Merkwürdiges, dass ihn sogar noch bestätigte, seine Mütze ständig zu tragen. Wie vor jedem Wochenende holte er auch an diesem schicksalsträchtigen Freitag seinen Lohn für die erledigten Arbeitsstunden ab. Diesmal war es etwas mehr als sonst, genau

Dreihundert Dollar. Dafür musste er mächtig schwitzen und sogar für einige Minuten seine Bommel-Mütze abnehmen. Als er mit dem Lohn in der Tasche nach Haus trottete, musste er auch durch einen einsamen Park. Es wurde bereits dunkel und Russel war es nicht wohl zumute. Und sein Gefühl trog ihn nicht, denn plötzlich sprang aus dem Gebüsch ein Mann mit einem Revolver in der Hand. Mehrmals schoss er in die Luft und schrie dabei: „Los, Geld raus, aber ein bisschen flott!" Russell bekam einen gehörigen Schreck, vor allem, als der Räuber mit der Waffe herumballerte. Sollte er diesem Kerl wirklich sein ganzes Geld in den Rachen werfen? Das Geld, wofür er eine reichliche Woche so richtig schwer schuften musste und sogar seine Bommel-Mütze abgenommen hatte? Nein, niemals würde das tun! Da musste dieser Typ ihn schon erschießen! Mutig baute er sich vor dem Räuber auf und schrie ihn an, dass er von ihm nichts bekommen würde. Er sollte sich gefälligst zum Satan scheren! Außer sich vor Wut schoss der Räuber erneut mehrmals in die Luft. Dabei brüllte er: „Hast Du das Knallen gehört, Du Witzbold? Der nächste Schuss ist für Dich! Den bekommst Du durch Deine hässliche Mütze gratis gepustet! Und jetzt rück das Geld endlich raus!" Mit diesen Worten hielt er Russel den Revolver ganz dicht an seine geliebte Bommel-Mütze. Russel wurde es nun doch etwas schummerig und schwankte hin und her. Dabei stieß er an den Räuber, dessen Hand sich um den Abzug des

Revolvers krampfte. Und das Furchtbare geschah: ein Schuss fiel! Russell fiel auf die Wiese am Weg und rührte sich nicht mehr. Den Räuber packte die kalte Angst. Nervös sprang er zu Russell und rüttelte ihn. Doch der reagierte nicht mehr, war er etwa tot? Er wollte doch Russel in Wirklichkeit gar nicht umbringen, das war doch nur ein Bluff! Ängstlich beugte sich der Räuber über Russels erstarrtes Gesicht. Dabei rief er verzweifelt: „Es war doch nur ein Unfall!" Wie vom Satan gejagt rannte er davon. Allerdings währte seine Flucht nicht lange. Durch die lauten Schüsse, die er abgefeuert hatte, wurde auch eine Polizeistreife, die sich ganz in der Nähe befand, auf ihn aufmerksam. Schnell wurde er gefasst. Doch was geschah mit Russell, seinem Opfer? Der lag eine Weile bewegungslos auf dem Rasen. Aber plötzlich bewegte er sich und stand schließlich langsam und vorsichtig auf. Er konnte es selbst nicht fassen, aber ihm fehlte nichts. Obwohl er deutlich gesehen hatte, wie der Räuber auf ihn schoss, hatte er ihn doch nicht getroffen, oder doch? Mit zitternden Händen tastete er sich von Kopf bis Fuß ab. Doch nirgends entdeckte er Blut oder eine Wunde, nicht einmal Schmerzen hatte er. Weil er so sehr schwitzte, nahm er kurz seine Bommel-Mütze vom Kopf. Dabei ertastete er irgendetwas Hartes in der Bommel. Als er den vermeintlichen Gegenstand aus der Bommel gepult hatte, traf ihn beinahe der Schlag. In seinen Händen hielt er eine matt glänzende Revolverpatrone …

Letzter Fall

Darf ich mich vorstellen: Ich bin Arthur Bremer. Ich bin von Beruf Kriminalbeamter und schon seit dreißig Jahren im Dienst. Morgen werde ich in den Ruhestand gehen. Doch gestatten Sie mir, dass ich Ihnen von meinem letzten unfassbaren Fall berichtete. Es war vor drei Monaten, da flatterte plötzlich ein neuer Mordfall herein. Zu diesem Zeitpunkt ahnte ich noch nicht, dass mich dieser Fall nie wieder loslassen würde. Es handelte sich um einen grenzüberschreitenden Fall. Ein deutscher Tourist wurde tot in England aufgefunden. Unverzüglich wurde eine Mordkommission gebildet, die eng mit den Kriminalisten aus England zusammenarbeitete. Ich war der Leiter dieser Mordkommission und musste nach England reisen. In einer kleinen Pension, draußen auf dem Lande mietete ich mich ein. Dort lernte ich auch meinen Kollegen aus England zum ersten Mal kennen. Er stellte sich mit dem Namen Shepard Holes vor. Ein ruhiger, irgendwie geheimnisvoller Mensch, so schien es mir. Die alte Abtei, wo man den Toten fand, lag nicht weit entfernt von meiner Pension. Sie war verfallen und gehörte einem alten verdrehten Einsiedler. Der machte uns von Anfang an nur Schwierigkeiten und stellte sich mit seiner grenzenlosen Sturheit quer. Als er dann auch noch erfuhr, dass ich aus Deutschland komme, war der Ofen vollkommen aus. Oft gerieten wir heftig aneinander und wir mussten schließlich das Gelände von einer SOKO abriegeln lassen. Der Alte begriff, dass er von nun an mitzuspielen hatte und zog sich schweigend zurück. Mit mürrischer Miene beobachtete er uns bei den Ermittlungen. Und Shepard unterstützte mich tatkräftig dabei. Er schien sich ausgezeichnet auszukennen in dieser Gegend. Doch wenn ich ihn danach fragte, schwieg er beharrlich. Und obwohl er meinte, nie in dieser Gegend gewesen zu sein, bewies er bei den Ermittlungen einen außergewöhnlich scharfen Spürsinn. So etwas hatte ich in all meinen vielen Dienstjahren noch nie erlebt. Akribisch tüftelte er sich Dinge aus, auf die keiner von uns je gekommen wäre. Und so kam es, dass wir den Täter dank seiner Hilfe schnell finden konnten. Es stellte sich heraus, dass es der störrische Alte war, der den Touristen umgebracht hatte. Doch als wir den Alten festnehmen wollten, war der plötzlich verschwunden. Shepard sprach nicht sehr viel bei seiner Arbeit. Und so verwunderte es mich auch nicht, dass er plötzlich ebenfalls nirgends mehr zu finden war. Noch viel mehr wunderte ich mich jedoch, als ich einen seltsamen Anruf von einer etwas entfernten Polizeidienststelle, sie sich in London befand, erhielt. Ein Polizeibeamter hätte einen Täter verhaftet und dort abgeliefert. Er könnte nun den deutschen Behörden ausgeliefert werden. Ich wusste sofort, dass es nur Shepard sein konnte, der den Alten gefasst hatte. Als ich bei der Polizeidienststelle eintraf, war Shepard nicht mehr dort. Er hatte einen Bericht geschrieben und diesen für mich dort hinterlegt. Der zuständige Revierleiter händigte mir den Polizeibericht zusammen mit einem persönlich an mich adressierten Brief von Shepard aus. Ich öffnete den Brief und las den handschriftlich verfassten Text: „Guten Tag Arthur, ich habe mir erlaubt, Ihnen den Täter mundgerecht zu servieren. Es war keine große Schwierigkeit, ihn zu finden. Es dauerte nur einen einzigen Tag. Er machte einen Fehler, den ältesten der Welt. Er hinterließ Unmengen von Spuren. Und als er türmen wollte, schnappten sie Handschellen zu. Aber nun verabschiede ich mich von Ihnen. Wir werden uns nie wiedersehen können. Sollten Sie aber dennoch einmal Fragen haben, so kommen Sie einfach zu mir in die „Baker Street 221 b", im Londoner Stadtteil Westminster. Ihr Shepard Holes." Leider war die Unterschrift sehr unleserlich geschrieben, sodass ich große Mühe hatte, sie überhaupt zu entziffern. Auf der Rückreise in meine kleine Pension dachte ich über den sehr eigenartig geschriebenen Brief nach. Die seltsame Wortwahl, die eigenwilligen Ausdrücke, ich fand das sehr mysteriös. Und was sollte dieser Satz: Wir werden uns nie wiedersehen können? Wollte er auswandern oder untertauchen? Oder hatte er eine schwere Krankheit und musste ins Krankenhaus? Ich verstand es nicht und spann mir die unmöglichsten Vermutungen zusammen. Und ich hatte plötzlich das unbändige Verlangen, mehr über Shepard zu erfahren. Wer war dieser geheimnisvolle Mann, dieser äußerst professionelle Kriminalist? Zu gern wollte ich ihm diese eine Frage stellen: Wie gelang es ihm, den Tätern so schnell auf die Spur zu kommen? Kurz entschlossen verlängerte ich meinen Aufenthalt und fuhr eines Abends wieder nach London. Nachdem ich mein Fahrzeug auf einem großen Parkplatz am Stadtrand abgestellt hatte, nahm ich mir ein Taxi, welches mich in die Baker Street brachte. Ich wies den Fahrer an, zu warten und suchte am Eingang des Hauses nach Shepard Holes Namensschild. Doch so sehr ich auch suchte, ich fand es nicht. Wie konnte das nur sein? Hatte sich Shepard verschrieben? Oder hatte ich mich verlesen? Noch einmal las ich den Brief, den mir Shepard geschrieben hatte. Aber es war kein Irrtum, denn dort stand wirklich: Baker Street 221 b. Irgendwie hatte ich plötzlich ein merkwürdiges Gefühl, hier stimmte etwas nicht! Shepard konnte sich unmöglich verschrieben haben. Shepard, der immer so genau war und sich nie irrte? Da passte irgendetwas nicht zusammen. War ihm am Ende etwas Schlimmes zugestoßen? Hatte er vielleicht gefährliche Feinde? Neben der angegebenen Adresse entdeckte ich einen kleinen Laden. Dort erkundigte ich mich nach Shepard. Ich fragte, ob man den Namen dort schon einmal gehört hätte. Aber weder konnte man mit diesem Namen etwas anfangen, noch wusste man von einem Kriminalbeamten, der angeblich dort wohnen sollte. Irritiert ging ich zu meinem Taxi zurück. Der Taxifahrer erkundigte sich, wohin er mich nun bringen sollte.

Eigentlich wäre ich am liebsten zum Parkplatz meines Wagens zurückgekehrt, wenn mir der Fahrer nicht ein Buch in die Hand gedrückt hätte. „Hier mein Herr, dann wird Ihnen die Fahrt nicht zu lang, bis wir bei Ihrem Wagen sind", sagte er freundlich lächelnd. Ich kam gar nicht zum Lesen, denn auf dem Einband erkannte ich Shepards Bild! Nanu, dachte ich, ist Shepard jetzt unter die Schriftsteller gegangen? Ich nahm das Buch und las den Titel, der unter dem Bild stand. Dabei lief mir ein eisiger Schauer über den Rücken! In goldenen Lettern stand dort geschrieben: „Die Kriminalfälle des Sherlock Holmes"

Sandra

Nie konnte sie sich vorstellen, sich von ihm zu trennen. Seine himmelblauen Augen und sein scharf geschnittenes Gesicht, männlich und offenherzig. Hatte sie sich das nicht immer so gewünscht? War sie nicht viele Jahre durch die Australischen Out Backs gezogen, nur um diesen Mann wiederzusehen? Sicher war er mit seiner Viehherde schon über alle Berge. Vielleicht hatte er sie längst vergessen. Sandra glaubte es nicht, aber sie wollte sich doch von ihm trennen, oder? Wie gern würde sie ihm jetzt über sein pechschwarzes, kurz geschorenes Haar streicheln. Draußen, irgendwo am Lagerfeuer mit ihm zusammen träumen. Doch sie blieb auf ihrer kleinen Farm, ging nicht mit ihm mit. Und in manch' wolkenlosen Nächten sieht sie einen Stern, der so hell leuchtet, dass sie mit ihren Gedanken zu ihm fliegt. Dann liegt sie in seinen starken Armen und möchte nie mehr fort. An diesem magisch stillen Ort wollte sie ihr Leben genießen. Doch das Leben war kein Traum. Es holte sie ein, wo immer sie auch weilte. Die Farm blieb zwar ihr Leben, doch die Liebe ging an ihr vorbei. Wäre nun die Geschichte etwa schon zu Ende? Hatte jeder das, was ihm zustand? War das Leben wirklich so hart? Sandra lag an jenem Morgen lange im Bett und dachte an ihren Jim, der so weit von ihr entfernt jetzt vielleicht irgendeine Herde trieb. Und sie spürte die frische unverbrauchte Morgenluft, die in ihr kleines Zimmer zog. Jetzt wäre sie so gern bei Jim. Ob er ebenso fühlte? Dachte sie nicht immerzu an ihn. An diesen einsamen Viehtreiber mit dem unglaublichen Sturkopf? Es war wie ein Bann. Sie konnte sich nicht wehren. Sie stand auf, zog sich an und ging auf den Hof hinaus. Ihre beiden Farmarbeiter hatten längst mit der Arbeit begonnen. Von weitem grüßten sie und trieben eine Herde hinaus auf die Weide. Der Truck stand unbenutzt vorm Haus. Sie stülpte sich ihren Hut auf, zog die engen Jeans ein wenig straff und stieg in den Truck. Irgendwie hielt sie nichts mehr auf. Sie startete den Motor und fuhr los. Im Tank war nicht mehr viel Diesel und sie musste sich genau überlegen, wohin sie fuhr. Sie wusste, dass Jim oft Viehherden nach Bakers-Ville trieb. Sollte sie gleich dorthin fahren? Oder sollte sie es doch besser lassen? Egal! Jetzt war es zu spät für solch dämliche Überlegungen! Sie wollte zu Jim, und nur das zählte! Kilometer um Kilometer ließ sie die Vergangenheit hinter sich. Sie schaute nach vorn. Denn da, irgendwo da draußen war Jim, ihr großes Ziel! In Gedanken sah sie ihn vor sich, irgendwo auf einer weit entfernten Farm. Auf einer riesigen Weide lehnte er an einem Baumstumpf. Er wartete auf sie, ganz sicher, sie wusste es genau! Und als sie mit ihrem Truck so über die staubige Straße preschte, entdeckte sie plötzlich einen Mandelbaum am Straßenrand. Jemand hatte ein Pferd an den Baum gebunden. Sandra bremste hart, brauchte vielleicht jemand Hilfe? Wo blieb der Besitzer des Pferdes? Sie stieg vom Truck und schaute sich um. Eine kräftige Windböe fegte ihr den Hut vom Kopf. Er flog an dem Baum vorbei einen steilen Hang hinunter. Sie rannte ihm hinterher. Sie musste ihn unbedingt wieder einfangen, denn er war ein Geschenk von Jim. Unten im Gras saß ein Mann, der Hut flog ihm in den Schoss. Sandra konnte es nicht glauben, es war Jim! Die Sonne stand schon recht hoch und die Hitze brannte vom Himmel. Sie rannte auf Jim zu. Dann lagen sich die beiden in den Armen. Glücklich drehten sie sich im Kreis und Jim drückte sie ganz fest an sich. Sie fühlte sich so geborgen und so sicher. So, wie sie sich schon seit langer Zeit nicht mehr fühlte. War es das, was sie immer wollte? Jim? Sie küssten sich und konnten nicht mehr voneinander lassen. Seine harten Bartstoppeln, sein ganzes Wesen, das war es, was sie so liebte. Sie liebte Jim ja so sehr. Und plötzlich schienen sich die Gefühle zu vereinen. Und Jim fragte sie, ob sie ihn heiraten möchte. Sie hatte Tränen in den Augen und nickte. Ja, sie wollte ihn heiraten. Oh wie war sie glücklich. Das schien die Erfüllung all ihrer Träume. Endlich gehörte sie Jim. Diesem wunderbaren Mann. Ihrem Traummann. Und die Erinnerungen an die alte Zeit, die vielen Jahre auf der Farm, die Musik, die sie beide hörten, wenn sie zusammen waren, alles war so unglaublich nah. Vom Himmel fiel ein gleißend heller Lichtstrahl auf die beiden und segnete ihre Liebe.

Und zusammen saßen sie noch lang im warmen Gras, bis die Mittagsglut vom Zenit des Himmels prasselte. Sie standen auf und fuhren in die kleine Kirche bei Clives-Church. Und sie gaben sich das Ja-Wort, auch wenn sie keine Ringe hatten. Doch wer fragte schon nach Ringen? Er gab ihr seine Kreuzkette, welche er immer um den Hals trug. Behutsam legte er ihr die Kette an und sie schaute ihm dabei tief in die Augen. Er lächelte und er küsste sie und beide waren glücklich. So glücklich wie noch nie im Leben. Leise sagte er zu ihr: „Du bist niemals allein, egal, was auch geschehen mag. Denke immer daran mein geliebter Schatz." Und sie versprach es. In diesem zauberhaften Moment konnte sie sich nicht vorstellen, ihn einmal zu verlieren, ihren großen starken Jim. Er war jetzt ihr Ehemann. Und so sollte es immer bleiben. Als sie aus der Kirche gingen, war es so, als sei der Lichtstrahl noch immer über ihnen. Er leuchtete hell und warm. Und er erschien ihnen wie ein Haus, in dem sie ein Leben lang behütet seien. Jim sagte, er müsse nun fort, nach Bakers-Ville. Aber sie würden sich wiedersehen. Und Sandra verstand es und sie trennten sich mit Tränen. Es läuteten die Glocken der kleinen Kirche und das Geläut war wie Musik, eine Serenade für die beiden Liebenden. Sandra stieg in ihren Truck und Jim stieg auf sein Pferd. Und sie fuhr los und er ritt davon. Doch beide spürten tief in ihren Herzen, dass sie jetzt für immer zusammenblieben. Als Sandra auf ihrer Farm eintraf, empfing sie aufgeregt einer ihrer

Arbeiter. Er meinte nur, dass sie schnellstens nach Bakers-Ville kommen möge. Sandra rief bei Jim auf dem Handy an, doch der meldete sich nicht. War ihm etwas passiert? Sie nahm ein Pferd und ritt nach Bakers-Ville. Dort sah sie einen Pfarrer, der gerade aus dem Farm-Haus kam. Sie hielt ihn auf und redete auf ihn ein, doch der Pfarrer sprach kein Wort. Schließlich meinte er nur, dass sie jetzt ganz stark sein müsse. Da spürte sie einen Stich im Herzen, der ihr die Tränen in die Augen trieb. Und sie nahm Jims Kreuz in ihre Hand und ging hinein ins Haus. Auf einer Pritsche lag er - Jim - und er war tot. Sie kniete nieder und hielt seine kalte Hand. Doch sie gab kein Leben mehr von sich, sie war nur kalt und ohne Gefühl. Erfüllt von endloser Trauer legte sie ihren Kopf auf Jims Leib und sie glaubte, seinen Herzschlag noch zu spüren. Doch es war ein Irrglaube, da schlug nichts mehr. Und all ihre Träume schienen mit einem Mal entzwei. Zersprungen wie das Leben ihres geliebten Jim. Sie fühlte diese Machtlosigkeit, die Ohnmacht vor diesem übermächtigen Tod. Es war so unabänderlich, fast wie ein Gnadenschuss, der alles beendete, was es vordem gab. Warum nur musste das Leben so enden? Und der Pfarrer kehrte zurück und meinte, dass sie sich nicht fürchten soll. Wenn sie ihn so sehr geliebt habe, dann wird es auch so bleiben, für immer. Auch in der Unendlichkeit des Universums. Denn dort gibt es keinen Tod und auch kein Ende. Als er das zu ihr sagte, hielt er ihre zitternden Hände ganz fest.

Sandra schaute den Pfarrer lange an und fragte dann, wie es passiert ist. Der Pfarrer sagte zu ihr, dass es wohl sehr schnell ging! Ein Reifen seines Transporters sei geplatzt und er habe die Kontrolle über den Wagen verloren, schließlich sei er einen steilen Abhang hinuntergestürzt. Sandra konnte sich das nicht erklären. War Jim nicht mit seinem Pferd unterwegs gewesen, eben noch, sie hatten doch vorhin in Clives-Church geheiratet und sie hatte sein Kreuz in den Händen. Vor einer Stunde lag sie noch in seinen Armen! Doch der Pfarrer sagte leise beim Hinausgehen: „Ich verstehe ja Ihre Aufregung. Aber das kann nicht sein. Da müssen Sie etwas verwechseln. Der Unfall ereignete sich bereits in der letzten Nacht ...

Hexe

Man sagt, Hexen existieren nur im Märchen. Und anfangs dachte ich das auch. Doch was sich bei meiner letzten Studienreise ereignete, ließ mich daran zweifeln. Es war wirklich eine spannende Reise nach Sibirien. Ich war mit zwei Freunden in der Taiga unterwegs. Gemeinsam wollten wir das Verhalten von Taiga Bären erforschen. Die Ergebnisse wollten wir dann in einem Institut in Moskau auswerten. Einheimische hatten uns davon in Kenntnis gesetzt, dass sie erst kürzlich zwei große Bären in der Region gesichtet hätten. Natürlich plagte uns die Neugier. Gleich am nächsten Morgen wollten wir aufbrechen, um die Bären zu suchen. Vielleicht ließen sich ja interessante Studien über diese wilden Tiere durchführen. Wir verließen schon sehr früh das Hotel und fuhren mit einem Land Rover hinaus. Es gab feste Wege, auf denen man aus Sicherheitsgründen bleiben sollte, weil man sich in den dichten, riesigen Wäldern der Taiga sehr schnell verirren konnte. Glücklicherweise hatten wir auch ein Navigationsgerät dabei. Damit fühlten wir uns sicher. Wir stellten das Fahrzeug an einer Lichtung ab, schulterten unsere Rucksäcke auf und zogen los. Stundenlang bahnten wir uns einen schmalen Pfad durch das undurchdringliche Gestrüpp. Doch irgendwann schien es einfach nicht mehr weiter zu gehen. Bärenspuren oder Hinweise, dass Bären dort entlanggelaufen seien, fanden wir nicht. Auf einer winzigen Waldwiese legten wir eine Rast ein. Unsere Armbanduhren zeigten bereits die Mittagszeit an und wir hatten noch nicht einen Bären zu Gesicht bekommen. Wir wussten nicht genau, ob wir wieder umkehren sollten, denn zu allem Pech begann es auch noch zu regnen. Zwar drang der Regen nicht völlig durch das dichte Geäst der hohen Bäume. Dennoch wurde es feucht und kühl. Glücklicherweise hatten wir wetterfeste Kleidung angezogen und so traf uns das Schicksal nicht ganz so hart. Als wir jedoch feststellen mussten, dass das Navigationsgerät den Standort nicht anzeigen konnte, weil es einfach keinen Satellitenempfang bekam, wurde uns doch recht mulmig zumute. Es half nichts, wir mussten umkehren! Nur, in welche Richtung? Überall um uns herum sah es gleich aus: Dicke hohe Bäume und Gestrüpp, wohin das Auge auch sah. Wir versuchten, eventuell Spuren von uns zu wiederfinden. Vielleicht bräuchten wir ja nur in entgegen gesetzter Richtung zu laufen? Doch wir fanden keine Spuren, und wo war überhaupt die entgegengesetzte Richtung? Nicht nur in mir kroch ein merkwürdiges, flaues Gefühl hoch. Plötzlich vernahmen wir ein lautes Brummen! Gleichzeitig knackte es überall um uns herum; ein entsetzlicher Gedanke schoss uns in den Kopf: Bären! Und obwohl wir genau wegen dieser Tiere im Wald unterwegs waren, hatten wir nun panische Angst, ihnen zu begegnen. Das Knacken und Brummen kam immer näher und wir suchten bereits nach geeigneten Bäumen, auf die wir klettern könnten. Doch wir fanden keine! Die Stämme waren zu dick und das untere Baumgeäst zu schwach! Hastig packten wir unsere Sachen zusammen und liefen los. Doch das Knacken kam aus allen Richtungen. Wohin also sollten wir fliehen? Wir saßen in der Falle! Gleich würden uns die Bären überfallen und dann wäre es aus mit uns. Wir versteckten uns hinter einem der dicken Baumstämme. Er war von einem dichten Busch umgeben, wo uns die Bären nicht sofort entdeckten. Aus dem Wald traten zwei Bären auf die Lichtung. Dann drei, dann vier, es wurden immer mehr. Schließlich standen sage und schreie acht riesige Bären auf der kleinen Wiese. Sie schwenkten ihre dicken Köpfe hin und her und schienen uns bereits zu wittern. Sollten wir unser Versteck verlassen und losrennen? Aber die Bären kannten sich in ihrem Umfeld, dem Wald, einfach besser aus als wir. Sie hätten uns schnell eingeholt und dann? Keiner wagte, diesen furchtbaren Gedanken weiter zu denken. Ich zog mein Handy aus der Jackentasche, wusste, wie sinnlos das war, und hatte natürlich kein Netz. Wir waren total von der Außenwelt abgeschnitten und fühlten uns wie auf einem Präsentierteller. Die Bären brummten laut und hatten vermutlich schon großen Appetit bekommen. Da erschien plötzlich eine alte Frau aus dem Gebüsch vor uns. Wir waren zu Tode erschrocken und glaubten, ein Bär hätte uns gefunden. Die Alte war in schwarze Lumpen gehüllt und hielt ihre strähnigen

Haare mit einem zerrissenen Kopftuch zusammen. Sie fuchtelte mit einem Gehstock in der Luft herum und sprach dann mit zittriger Stimme: „Keine Angst meine Söhnchen. Die Bären werden Euch nichts tun. Kommt nur immer dicht hinter mir her, dann zeige ich Euch den Weg nach Hause." Sie gab uns ein Handzeichen und rief laut: „Folgt mir!" Zunächst wollte ich sie fragen, woher sie käme. Doch sie hatte sich bereits umgedreht und verschwand im dichten Gebüsch. Die Bären, die wohl die Alte sprechen hörten, hoben ihre Köpfe und kamen blitzschnell auf unser Versteck zu gerannt. Jetzt hieß es nur noch: Weg von hier, bevor wir auf dem Speisezettel dieser Tiere landeten! Die Alte hatte hinter dem Busch auf uns gewartet. Immer wieder lachte sie vor sich hin und schien sich an den Bären überhaupt nicht zu stören. Dabei sang sie mit ihrer furchtbar klingenden Stimme ständig ein und dasselbe Lied: „Manchmal ist der Tod ganz nah. Dann bin ich stets für Euch da." Es hörte sich derart abschreckend an, dass wir schweigend und ängstlich hinter ihr her trotteten. In dichtem Abstand folgten uns die Bären. Zumindest glaubten wir das, denn das Brummen und Knacken konnten wir deutlich hören. Es verfolgte uns bis zu der Lichtung, auf welcher unser Geländewagen stand. Erleichtert wollten wir uns bei der Alten bedanken, doch die hatte es sehr eilig. Ohne uns auch nur eines Blickes zu würdigen verschwand sie auf der anderen Seite des dichten Waldes. Die Bären schienen es aufgegeben zu haben, uns noch weiter zu verfolgen. Als wir im Auto saßen, konnten wir sie nirgends mehr sehen. Wir hatten endgültig genug von unserer erfolglosen Bärenforschung! Noch am gleichen Abend buchten wir einen Flug nach Moskau, um möglichst weit weg von der Taiga und ihren gefährlichen Wäldern zu sein. In Moskau trennten sich zunächst unsere Wege. Meine beiden Freunde informierten sich im Institut, welches wir eigentlich erst später aufsuchen wollten, über das Verhalten der Taiga Bären. Ich dagegen nahm mir vor, diese riesige, immer weiterwachsende Stadt kennen zu lernen. Und ich hatte viel zu entdecken. Allein der unfassbare, scheinbar unkontrolliert dahinrasende Autoverkehr war ein Erlebnis der ganz besonderen Güte für mich. Verkehrsregeln schien es hier wohl keine zu geben. Doch obwohl alle irgendwie wild durcheinander fuhren, hatte jeder ein ganz bestimmtes Ziel. Um über die breiten Straßen zu gelangen, konnte man sich nicht immer auf die Fußgängerampeln verlassen, die es zweifellos auch in Moskau gab. Und so betrat ich doch tatsächlich die Straße, als die Fußgängerampel auf *Grün* schaltete. Ein LKW donnerte auf mich zu, und hätte mich nicht jemand an meiner Jacke zurück auf den Bürgersteig gezogen, wäre ich wohl umgefahren worden. Laut hupend raste der LKW dicht an meiner Nase vorbei. Natürlich wollte ich mich bei meinem Lebensretter bedanken. Doch als ich mich umdrehte, standen da nur dutzende Menschen, die von mir keine Notiz zu nehmen schienen. Nur eine seltsame Stimme, die mir irgendwie bekannt vorkam, sang ein Lied: „Manchmal ist der Tod ganz nah. Dann bin ich stets für Dich da."

Kredithai

Paul war ein skrupelloser Kredithai. Seit vielen Jahren nahm er die Leute aus und labte sich am Unglück anderer. Viele seiner Klienten erpresste er so lange, bis sie ihm auch noch ihr letztes Hemd gaben. Mit unlauteren Mitteln stahl er sich seinen Reichtum zusammen. Er ließ die Armen und Bedürftigen gezinkte Verträge unterzeichnen, die sie nie und nimmer einhalten konnten. Aber auch Menschen, die noch etwas besaßen und vorübergehend in finanzielle Engpässe gerieten, zog er gnadenlos über den Tisch. Wertvolle Immobilien, Aktien und Kunstgegenstände gelangten auf diese betrügerische Weise in seinen Besitz. Und er fühlte sich von Tag zu Tag immer besser. Irgendwann konnte er sich sogar einen sehr beliebten teuren Luxuswagen kaufen. Sein Bankkonto wurde immer dicker, dass seiner Klienten jedoch immer kleiner. Eines Tages erschien eine alte Frau bei ihm im Büro. Sie benötigte dringend einen kleinen Kredit. Ohne dieses Geld, so sagte sie, könnte sie sich nichts mehr zu essen kaufen. Paul, der die Not in ihren Augen sah, grinste zufrieden und satt. Endlich hatte er wieder so eine Kundin, die wohl alles für ein paar lumpige Dollar geben würde. Er holte einen mehrere Seiten langen Vertrag aus der Schublade und trug eine Summe dort ein. Es war nur eine sehr niedrige Summe, doch in den betrügerischen Klauseln dieses Vertrages wurde die Dreifache Summe zurückverlangt. Als er bemerkte, wie die alte Frau den Vertrag hin und her drehte und die Klauseln nur überflog, hatte er den Verdacht, dass sie nicht lesen könnte. Das beflügelte ihn noch mehr bei seiner üblen Masche. Schnell heftete er noch einen Anhang an den Vertrag, in welchem er sich die Befugnis erteilte, bei nicht fristgemäßer Rückzahlung ihr gesamtes Eigentum abholen zu dürfen. Die Alte unterschrieb und erhielt das wenige Geld. Als sie gegangen war, lachte Paul laut und schrill. Wieder hatte er einen bedürftigen Menschen auf das Gemeinste betrogen und ausgetrickst. Das Schicksal der alten Frau interessierte in absolut nicht. Am Nachmittag machte er schon etwas eher Schluss. Er wollte noch zur Bank fahren, um die bereits schon erschlichenen Gelder auf sein Konto einzuzahlen. Als er in der Tiefgarage seinen Wagen suchte, stand plötzlich die alte Frau vor ihm. Erschrocken fuhr er die Alte an: „Was suchen Sie denn hier! Scheren Sie sich lieber ins Obdachlosenheim, wo Sie hingehören. Und vergessen Sie nicht, Ihre Schulden nächsten Monat pünktlich an mich zu zahlen, sonst sind Sie nämlich nicht nur ihr ganzes Geld los, sondern auch ihr restliches Eigentum!"

Die Alte jedoch stand regungslos vor ihm und starrte ihn nur an. Dann streckte sie ihre Hand nach ihm aus und öffnete sie – in der Hand lag ein schwarzes Kreuz. Paul ließ sich nicht beirren. Er wollte die Alte beiseiteschieben und in seinen Wagen steigen. Doch als er nach der Alten griff, stand sie plötzlich hinter ihm. Paul starrte die

Alte an und spürte in diesem Moment etwas, dass er seit langem nicht mehr kannte: Angst! Wer war diese rätselhafte alte Frau? Gerade wollte er wieder auf die Alte einreden, da begann sie zu sprechen: „Du wirst für alles, was Du getan hast, teuer bezahlen! Deine Hände werden nie wieder Geld zählen!" Bei diesen Worten warf sie Paul das schwarze Kreuz vor die Füße und verschwand in einer riesigen Stichflamme, die urplötzlich aus dem Kreuz emporstieg. Paul konnte nicht glauben, was er da sah. Wie vom Schlag gerührt stand er an seinem Wagen und starrte auf das schwarze Kreuz auf dem Boden. Sollte er es aufheben? Was würde dann geschehen? Vorsichtig tastete er mit dem Fuß nach dem Kreuz und schob es schließlich mit einer schwunghaften Bewegung unter einen Mauervorsprung. Dann ließ er sich in seinen Autositz fallen und raste mit quietschenden Reifen davon. Noch immer unter dem Eindruck des gespenstischen Vorfalls stehend raste er durch die Stadt. Die nächste Ampel schaltete auf Rot und Paul wollte anhalten. Aber die Bremse funktionierte nicht. Mehrmals drückte er das Bremspedal, doch es gab keinerlei Reaktionen. Und obwohl Paul kein Gas gab, wurde der Wagen schneller und schneller. An einer Brücke glaubte er bereits, die Kontrolle über den Wagen zu verlieren. Als er schließlich panisch das Steuer verriss, verfehlte er nur knapp den gähnenden Abgrund. Auf einer Wiese neben der Brücke kam er endlich zum Stehen. Mit zittrigen Beinen stieg er aus und lief um seinen Wagen herum. Doch was war das? Auf der Motorhaube lag etwas, es war das schwarze Kreuz! Paul schrie laut auf und wischte das Kreuz mit einer Handbewegung von der Motorhaube. Es fiel in das Gras und Paul fand es nicht mehr. Dann stieg er zurück in den Wagen und fuhr wieder auf die Straße. Die Bremsen funktionierten seltsamerweise wieder einwandfrei. Und an einem leichten Straßengefälle ließ sich der Wagen wieder gut abbremsen. Doch seine Erleichterung sollte nicht lange währen. Aus der Luft klatschte plötzlich ein großer schwarzer Vogel gegen seine Frontscheibe. Paul konnte nicht mehr sehen, wohin er fuhr. Voller Kraft trat er die Bremse, die Reifen quietschten und kurz vor einer Hauswand kam der Wagen endlich zum Stehen. Paul stieg aus und schaute nach, ob er die Hauswand erwischt hatte. Auch wollte er den toten Vogel von der Scheibe nehmen. Sein Wagen war vollkommen in Ordnung, denn er hatte die Hauswand nicht berührt. Der vermeintlich tote Vogel jedoch bewegte sich plötzlich wieder und flog auf und davon. Dabei gab er die Sicht auf die Autoscheibe frei. Irgendetwas klebte dort – wieder war es das schwarze Kreuz! Paul wollte es von der Scheibe nehmen, doch es klebte derartig fest, dass er es nicht mehr abbekam. Als er es mit Gewalt versuchte, knackte es und die Scheibe bekam einen Riss. Ärgerlich und wutentbrannt stieg Paul in den Wagen und fuhr weiter. Es war nicht mehr weit bis zur Bank. Vor dem mächtigen Bankgebäude hielt er an und stieg aus. Doch als er am Schalter das Geld aus dem Futteral nehmen wollte, erstarrte er. Seine Finger waren schwarz. Doch nicht nur das erschreckte ihn. Vielmehr die Tatsache, dass die schwarze Farbe wie Pech an jedem einzelnen Geldschein haftenblieb. Und je mehr er an den Scheinen herum wischte, desto verschmutzter wurde das Geld. Aber auch seine Finger wurden einfach nicht mehr sauber. Trotzdem er sie mit unzähligen Taschentüchern abrieb, färbten sie sich immer wieder schwarz ein. Er wurde diese furchtbare Farbe einfach nicht mehr los. Sie haftete fest an seinen Händen und ließ sich auch nicht mit Wasser und Seife entfernen. Der Bankangestellte verweigerte die Annahme des schmutzigen Geldes. Doch es kam noch viel schlimmer. Als Paul endlich wieder in seinem Hause ankam, musste er natürlich auch die dortigen Türklinken angreifen. Und es war unglaublich, alle färbten sich schwarz und ließen sich auch nicht mehr abwaschen. Die schwarze Farbe haftete an den Türen wie Leim. Paul holte einen scharfen Fleckentferner. Doch nachdem er sich die Finger wund gerubbelt hatte, färbten sie sich wieder tief schwarz. Er zog sich schließlich Handschuhe über. Anfangs klappte das ganz gut. Doch als er seinen begehbaren riesigen Tresor öffnete, in dem sich sämtliche Verträge befanden, die er von den armen Leuten und den übrigen Opfern unterschreiben ließ, überzogen sich seine Handschuhe mit einer klebrigen schwarzen Masse. Außerdem ließen sie sich einfach nicht mehr ausziehen. Sie blieben genau wie die schwarze Farbe an seinen schmutzigen Händen kleben. Er suchte alle Verträge heraus, wollte nachkontrollieren, wann die erschlichenen Zahlungen einzugehen hatten. Doch er brauchte die Verträge nur zu berühren, da wurden sie schon schwarz. Nichts ließ sich mehr darauf erkennen. Sie waren wertlos. Paul konnte nicht glauben, was da geschah. Was ging hier nur vor? Er rannte wieder ins Badezimmer. Dort stellte er sich unter die Dusche. Doch es war wie verhext. Als er das warme Wasser auf sich rieseln ließ, verwandelte sich das sofort in schwarze Farbe. Schließlich stand er als schwarzer Mann vor seinem Spiegel und schrie. Vor ihm im Spiegelbild prangte das schwarze Kreuz. Es hing am Spiegel wie ein böses Omen. Plötzlich sprach jemand hinter ihm. Langsam und voller Angst drehte er sich um. Da stand die alte Frau und war ganz in schwarze Tücher gehüllt. Sie lachte laut und zeigte mit dem Finger auf ihn. Paul fühlte sich genauso, wie er jetzt war, schmutzig und nackt! So ein Gefühl hatte er noch nie gekannt. Die Alte erhob sich in die Luft und schwebte drohend vor ihm wie ein böser Geist. Das war zu viel für ihn! Er bekam einen Herzinfarkt und fiel um. Augenblicklich fiel die schwarze Farbe wie Pulver von ihm ab. Alles wurde wieder normal. Nur die Verträge nicht. Die lagen noch immer schwarz eingefärbt im Tresor, und die Leute, die ihm noch Geld schuldeten, brauchten es nicht mehr zu zahlen. Der Rest des Geldes, das Paul auf der

Bank bunkerte, wurde von der alten Frau unter denjenigen verteilt, die bereits von ihm betrogen wurden.

Sie gab an, die einzige nahe Verwandte zu sein, die Paul noch geblieben war. Dann verschwand die Alte auf Nimmerwiedersehen. Als man Paul tot in seinem Hause fand, entdeckte man auch den Tresor mit den vielen eingeschwärzten Verträgen. Man musste all diese betrügerischen Formulare vernichten, weil sie nicht mehr zu gebrauchen waren. Doch als man Paul schließlich in der gerichtsmedizinischen Abteilung des Stadtkrankenhauses untersuchte, entdeckte man etwas sehr Seltsames. In seinem Kopf fand man einen Gegenstand, der sich ziemlich genau an der Hirnregion befand, wo man das menschliche Gewissen vermutete. Es war ein schwarzes Kreuz!

Stein

Als Rick nach Hause kam, leuchtete der rote Knopf des Anrufbeantworters. Er blinkte so seltsam. Beinahe so, als sei irgendetwas passiert. Doch wer sollte ihn angerufen haben? Seine geschiedene Frau Eva? Ein Arbeitskollege? Ein wenig verhalten berührte er den Knopf. Sollte er ihn nach diesem schweren Arbeitstag noch drücken? Er tat es und die Stimme seiner Mutter meldete sich. Mit weinerlicher Stimme sagte sie, dass es Vater nicht gut ginge. Dann wurde es eine kleine Weile ganz ruhig. Schließlich meinte sie noch: „Komm einfach her", dann knackte es wieder und der Anrufbeantworter schaltete sich ab. Rick legte den Hörer auf und schaute zum Fenster. Nun war es also so weit, sein Stiefvater, der ihn nie gemocht hatte, lag allem Anschein nach im Sterben. Nachdenklich schaute Rick aus dem Fenster. Draußen auf dem kleinen Spielplatz tollten Kinder ausgelassen herum. Damals tollte er auch so herum. Es war die Zeit, als Mutter den neuen Mann kennen lernte. Einen Mann, der ihn nicht mochte. Doch, mochte er *ihn* überhaupt? Hatte er ihn je als Vater akzeptiert? Fest stand nur, dass dieser Mann in einem sehr ungünstigen Zeitpunkt in sein Leben trat. Noch nicht erwachsen, Schwierigkeiten in der Schule, Probleme mit so manchen Dingen. Und plötzlich kein Zuhause mehr, wo er sich sicher und geborgen fühlen konnte. Würde ihm dieser neue Mann seinen

Platz streitig machen? Später gab es die heftigsten Auseinandersetzungen. Jahre voller Streit und Hass. Und dazwischen stand Mutter wie eine Amazone zwischen zwei wütenden Stieren. Rick musste lächeln. Sie hatten es wohl beide verbockt. Sie waren beide launisch und stur. Und keiner wollte auch nur einen Schritt zurücktreten. Alle Signale standen stets auf Sturm, auf Rot! Dass Mutter damals nicht davongerannt ist, sie war wirklich eine starke Frau. Er hatte auch Kinder und eine Frau. Keine sehr kluge Frau, eine kranke Frau. Sie starb und seine Kinder rannten ihm hinterher. Obwohl sie die typischen Scheidungskinder waren, schlecht erzogen, abgerutscht und voller Hass auf die neue Frau und den vermeintlichen Sohn, was für eine Farce! Nein, er dieser Mann war selbst schuld an all dem Dilemma in seinem Leben. Und dann kamen wir! Wir kamen einfach nicht miteinander aus. So manches Mal wünschte ich diesen Spinner ins ferne Pfefferland. Und jetzt? Jetzt wollte er sich tatsächlich aus dem Staube machen. Rick zog sich seine Jacke über und fuhr zu seiner Mutter aufs Land. Vater lag im Schlafzimmer und sein Gesicht war einfallen und fahl. Rick erschrak sich an seinem Anblick. Schweigend schaute er ihn an. Und Tränen liefen ihm übers Gesicht. Hätte man's nicht besser machen müssen? In der Gegenwart des Todes wird so vieles klein und unbedeutend. Auch der Hass. War es vielleicht doch Liebe? Die Mutter kam und hielt Ricks Hand ganz fest. Dann meinte sie, dass es schnell gegangen sei. Er sei einfach umgefallen und lag auf dem Fußboden. Rick meinte, dass er doch noch lebe, so schnell gibt man keinen auf. Und plötzlich sprach der Vater mit leiser Stimme: „Ich habe Dich nie gehasst. Du warst doch auch mein Junge. Ich habe es Dir nicht zeigen können, entschuldige. Dort oben in der Kiste, da liegt etwas, es ist etwas für Dich." Weiter kam er nicht mehr. Sein Kopf rollte ein wenig zur Seite und seine Augen starrten zur Wand. Dann verloren sie endgültig ihr Leben. Die Mutter sank aufs Bett und streichelte noch sein Gesicht. Sie traute sich nicht, seine Augen zu schließen. Rick schaute den Vater noch sehr lange an. Und dann sprach er: „Ich habe Dir längst verziehen." Doch was hatte der sterbende Vater da gesagt? In welcher Kiste sollte da etwas für ihn liegen? Dort oben, wo er hinschaute, war nur eine leere Ziegelwand. Und obwohl er in diesen traurigen Augenblicken alles andere als neugierig war, tastete er die Ziegel ab. Unter der Decke schließlich klang es hohl. Das war kein Ziegel. Das war ein hohler Stein! Er versuchte, den Stein zu bewegen, doch es ging nicht. Er saß fest und unbeweglich in der Mauer. Unmöglich wollte er weiter an der Mauer werkeln. Sein Vater war gestorben und bald würde der Arzt hier sein. Am Abend hatte er jedoch einen Hammer und ein Stemmeisen aus dem Keller geholt. Damit gelang es ihm endlich, den Stein aus der Mauer zu schlagen. Als er herunterfiel, sprang er auseinander. In seinem Inneren lagen einige zusammengefaltete Dokumente.

Vorsichtig entnahm Rick die Schriftstücke und setzte sich an den kleinen Tisch. Es handelte sich um Urkunden, die eindeutig belegten, dass Rick der leibliche Sohn des Mannes war, der bislang als sein Stiefvater galt. Es war unfassbar, soeben war sein Stiefvater gestorben, doch er hatte seinen eigenen Vater zurückerhalten. Was für eine Schicksalswendung. Tränen kullerten ihm übers Gesicht. Hätte das dieser Mann nicht schon viel früher sagen können? Warum hatte seine Mutter über all die vielen Jahre geschwiegen? Er brauchte frische Luft und ging aus dem Haus. Draußen im Garten war es angenehm frisch. Er setzte sich in einen Gartenstuhl und schaute in die Dämmerung. Langsam wurde es dunkel und er schlief ein. Gegen Mitternacht wurde er von einem sägenden Geräusch geweckt. Irgendjemand schnarchte ohrenbetäubend laut. Hatte Vater nicht immer …? Er stand auf und ging ins Haus. Das Schnarchen kam aus dem Schlafzimmer. Vorsichtig öffnete er die Tür und erstarrte. Im Bett lagen seine Mutter und sein Vater und schliefen. Wie konnte das nur sein? Vater war doch tot? Oder? Ihm wurde schwindlig. Irritiert starrte er ins Zimmer und hielt sich an der Tür fest. Was ging hier nur vor? Sein Vater lebte! Sollte er di beiden wecken? Was, wenn er sich das Ganze nur einbildete? Leise schlich er sich aus dem Haus und fuhr in seine Wohnung zurück. Dort hörte er den Anrufbeantworter ab. Aber es war seltsam, die Nachricht seiner Mutter, in welcher sie ihn bat zu ihm zu kommen, war nicht mehr drauf. Hatte er alles nur geträumt? Aber die Unterlagen, die Formulare? Erschrocken stellte er fest, dass er sie im Haus seiner Eltern liegen gelassen hatte. Vielleicht sollte er sich erst einmal ins Bett legen und richtig ausschlafen. Am nächsten Tag rief Mutter schon sehr früh an. Sie wollte ihn zum Mittagessen einladen. Rick fuhr hin und half ihr ein bisschen bei der Hausarbeit. Als die Mutter im Schlafzimmer die Betten machte, fragte er nach dem Vater. Die Mutter lachte und meinte, dass er manchmal schimpfte wie ein Rohrspatz. Also ging es ihm gut. Rick freute sich natürlich über diese gute Nachricht. Doch dann teilte er ihr mit, dass er wüsste, dass er sein leiblicher Vater sei. Plötzlich wurde die Mutter ganz schweigsam und ernst. Sie schaute Rick von der Seite an und nickte. „Ja, Du hast recht. Er ist Dein richtiger Vater. Ich wollte es Dir schon gestern erzählen. Aber woher weißt Du das eigentlich?" Rick schwieg und nahm die Hand seiner Mutter. Dann schaute er an die Wand und zeigte mit dem Finger auf die Ziegel. „Von den Steinen hier", sagte er leise. Die Mutter warf Rick einen verständnislosen Blick zu und wusste nicht, was er meinte. Und Rick erklärte es ihr auch nicht. Er lächelte nur und im gleichen Augenblick schien es ihm, als ob ganz oben in der Ziegelmauer ein kleiner Stein hell aufleuchtete.

Apotheke

Lisa brauchte neue Hormontabletten. Dazu ging sie zu ihrem Arzt und der verschrieb ihr gleich mehrere Packungen, damit sie nicht gleich wiederkommen müsste. Mit diesem Rezept ging sie zu ihrem Lieblingsapotheker. Thies Ulmen war schon ein alter Mann. Zurzeit lief seine Apotheke nicht sehr gut. Immer öfter fragte er sich deswegen, ob er nicht in den vorzeitigen Ruhestand gehen sollte. Aber mit Fünfzig, in den Ruhestand? Auf seine Stammkundschaft jedenfalls konnte er sich immer verlassen. Auch Lisa Tümmler gehörte dazu. Sie kam regelmäßig. Auch mit ihrem neuen Rezept kam sie zu ihm und freute sich schon riesig, ihn endlich wieder zu sehen. Längst hatte sie bemerkt, dass Thies nicht nur erfreut war, ihre Rezepte einzulösen. Er hatte auch ein nicht unbedeutendes Auge auf sie geworfen und wollte sie demnächst in ein Café einladen. Lisa hatte sich vor ihrem Besuch in der Apotheke noch bei ihrem Friseur verschönern lassen. Blonde Locken, außerdem noch eine Maniküre und eine wirklich schicke Bluse. Ja, das musste unbedingt sein! Mit leuchtenden Augen betrat sie die Apotheke. Thies freute sich wirklich sehr und er konnte sich gar nicht satt sehen an Lisas neuer Frisur und an ihrer wunderschönen Bluse. Ja, so liebte er sie, immer eine neue Überraschung. Und weil er so fasziniert von dieser wunderschönen Mittvierzigerin war, übersah er, um welches Medikament es sich handelte. Anstatt Hormontabletten gab er ihr ein starkes Herzmedikament. Lisa steckte die Tabletten sofort in ihre Handtasche und scherzte noch ein wenig mit Thies über dies und über das. Dann wandte sie sich zur Tür und wollte den Laden verlassen. Doch die automatische Glastür blieb zu und Lisa knallte mit voller Wucht gegen die Scheibe. Dabei verlor sie ihre Handtasche. Sie fiel auf den spiegelblanken Fußboden und sprang auf. Polternd verteilten sich sämtliche Gegenstände, die sich in ihrer Tasche befanden, im Laden. Sofort kam Thies hinter seinem Tresen hervor gerannt und half Lisa beim Aufsammeln. Als er die Tabletten in seinen Händen hielt, erschrak er fürchterlich. Sofort erkannte er seinen Irrtum und nahm das starke Herzmedikament an sich. Dutzende Male entschuldigte er sich bei Lisa und gab ihr sofort das richtige Hormonpräparat. Lisa, die gar nicht verstanden hatte, worum es ging, lächelte nur irritiert. Da sie aber nun die richtigen Medikamente hatte, war sie erleichtert und schritt vergnügt auf die Tür zu. Doch auch diesmal öffnete sie sich nicht. Thies wusste nicht, wie das sein konnte. Eben noch funktionierte die Tür, denn Lisa war ja hereingekommen. Nervös schaute er im Sicherungskasten nach, fand jedoch keine herausgesprungene Sicherung. Alles schien in Ordnung. Es hätte alles funktionieren müssen, denn auch die Kasse und die Lampen in der Apotheke, wie auch andere elektrische Geräte funktionierten einwandfrei. Er bot Lisa einen Kaffee an. Sie nahm dieses nette

Angebot sehr gern an. Plötzlich krachte und knallte es an der Tür. Zwei vermummte Personen hämmerten gegen die Scheibe und wollten rein. Sie waren sogar bewaffnet und knallten mit den Revolvern an die dicke verstärkte Glasscheibe. Die Tür jedoch blieb zu und die Glasscheibe hielt. Einer der Täter schoss zuerst auf das Schloss, dann auf die Scheibe. Doch es hatte keinen Sinn, die Tür blieb zu. Lisa hielt sich krampfhaft an Thies fest. Die beiden standen wie versteinert im Verkaufsraum der Apotheke und starrten entsetzt auf die beiden Täter vor der Tür. Plötzlich war eine Polizeisirene zu hören. Das Polizeifahrzeug hielt genau vor der Apotheke. Die Täter wollten davonrennen, doch sie schafften es nicht mehr. Vier kräftige Polizisten ergriffen sie, schlugen ihnen die Waffen aus der Hand und führten sie ab. Lisa und Thies fiel ein Stein vom Herzen. Als zwei weitere Polizeifahrzeuge vor der Apotheke hielten, wollte Thies den Beamten durch Handzeichen verständlich machen, dass die Tür defekt sei. Doch das brauchte er gar nicht, denn als die Beamten vor der Tür standen, funktionierte die Tür plötzlich wieder einwandfrei. Sie ging auf und wieder zu, so wie es sonst auch immer war. Lisa und Thies hatte das fürchterliche Erlebnis noch fester zusammengeschweißt. Sie trafen sich seitdem öfter und irgendwann zogen sie sogar zusammen. Die Apothekentür allerdings ließ Thies sofort überprüfen. Doch der Techniker der Firma, von welcher er die Tür erhalten hatte, meinte nur, dass die Tür

vollkommen in Ordnung sei und nie einen Defekt hatte …

Kleine Elfe

Sam war seit vielen Jahren arbeitslos. Zwar hatte er studiert und sogar lange Zeit in einem Institut gearbeitet. Doch er wurde Fünfzig und das Institut komplimentierte ihn auf die Straße. Da saß er nun und fand nichts mehr. Und die recht großzügige Abfindung war schnell verbraucht. Seine Eltern kannte er nicht, die hatten ihn schon als Kind ins Heim gegeben. Und sonst besaß er keine Freunde, die ihm weiterhelfen könnten. So holte er sich Woche für Woche seinen Scheck bei der Sozialbehörde und lebte davon mehr schlecht als recht. Es war ein Montag, der für Sam wohl der aller schwärzeste Tag werden sollte. An diesem Tag musste er zum Amt, um seinen Scheck abzuholen. Auf der Treppe empfing ihn schon der Vermieter. Er schaute mehr als grimmig, denn er wartete seit zwei Monaten auf seine Miete. Natürlich vertröstete ihn Sam auch diesmal wieder. Doch der Vermieter zog ein noch viel grimmigeres Gesicht als sonst und meinte nur kurz, dass er Sam sofort auf die Straße setzen würde, bekäme er nicht noch an diesem Tag das ausstehende Geld. Und als ob es nicht schon schlimm genug wäre, hatte ihm jemand die Reifen seines alten verrosteten Fahrrades zerstochen. Sam hatte Tränen in den Augen. Wie von allen guten Geistern verlassen stand er im Kellergang vor seinem kaputten Rad und schluchzte. Doch es half nichts, er musste los, damit er wenigstens noch pünktlich bei der

Behörde erschien. Sam war ein wirklich netter
Mensch. Unterwegs half er einer behinderten
alten Dame über die Straße und trug einer jungen Frau den Kinderwagen in die Straßenbahn.
Er selbst allerdings konnte sich keine Fahrt mit
der Bahn leisten. Glücklicherweise kam er noch
rechtzeitig zum Amt und erhielt seinen Scheck.
Etwas sicherer und ein klein wenig optimisti-
scher als eben noch lief er über die Straße und
wollte noch ein wenig durch die Stadt laufen.
Vielleicht konnte er ja dabei gleich noch etwas
einkaufen. Im Supermarkt herrschte Hochbe-
trieb! Offenbar hatten an diesem Tage viele Leute
ihre Schecks erhalten. Zumindest traf er einige,
die er vor dem Amt gesehen hatte. An der Kasse
stellte er seine wenigen Artikel auf das Förder-
band und suchte seinen Scheck in der Hosentasche. Doch das durfte nicht sein, der Scheck war
verschwunden! Er kramte in sämtlichen Taschen,
in den Hosentaschen, den Jackentaschen. Sogar
in seiner kleinen Hemdtasche schaute er nach.
Aber es war vergebens, der Scheck war nicht
auffindbar. Die Kassiererin zog ein saures Gesicht. Sie rollte mit den Augen und schob Sams
Artikel an den Rand. Er durfte sie nicht mitnehmen. Niedergeschlagen trottete er aus dem Laden. Sein ganzes Geld, sein einziges Geld, futsch
und vermutlich verloren! Nun brauchte er eigentlich gar nicht mehr in seine winzige Wohnung in dem alten Haus zurückzugehen. Der
Vermieter würde ihn ohnehin nicht mehr hinein-
lassen. Seine kärgliche Habe würde er wohl auch

gleich als Pfand für sich behalten. Sam stand im wahrsten Sinne des Wortes auf der Straße! Wirre Gedanken gingen ihm durch den Kopf. Was sollte er tun, wo sollte er hin? Gab es hier ein Obdachlosenheim? Aber sollte er wirklich dorthin? Er spürte, wie ihm die Angst das Weitergehen erschwerte. Wie gelähmt setzte er sich auf eine einsame Bank im Park und beobachtete die Vögel. Sie sprangen munter und fidel durchs Gras und schienen ihn frech anzugrinsen. Einige kamen sogar bis auf seine Hand und plusterten sich mächtig auf. „Ach ja", stöhnte Sam, „das war's dann also mit meinem Leben. So fidel wie ihr werde ich niemals sein." Da geschah etwas sehr Seltsames: Eine kleine Amsel, die soeben noch auf seiner Hand gesessen hatte, flog auf den Weg und wirbelte eine Menge Staub auf. Aus dem Staub formte sich plötzlich ein wundersames Wesen. Sam starrte auf die märchenhafte Erscheinung und kniff seine Augen immer wieder zusammen. Litt er nun schon an Sinnestäuschungen? Aber er trank ja überhaupt keinen Alkohol. Es war lieblich kleine Elfe, die in schillernde Tücher gehüllt vor ihm schwebte. Sie hatte einen goldglänzenden Stab mit einem goldenen Stern an der Spitze in ihrer zarten Hand und schaute Sam traurig an. „Warum bist Du so niedergeschlagen", fragte sie mit leiser Stimme. Sam, der noch immer nicht fassen konnte, was er da sah, kniff sich in den Arm. Doch als die Erscheinung nicht von ihm wich, antwortete er: „Weißt Du, ich habe jetzt alles verloren. Und in meine Wohnung kann ich nicht mehr, weil ich die Miete nicht mehr zahlen kann. Es ist alles aus." Die Elfe schwebte auf den freien Platz neben Sam auf der Bank und sagte: „Nimm es doch nicht so schwer. Es gibt immer einen Weg. Auch wenn man es manchmal nicht sieht, weil alles so schlimm ist. Manchmal sehen wir das Einfache nicht. Schau Dich um Sam. Überall leben die Menschen, manche gut und andere schlecht. Doch sie leben. Und nur das ist wichtig. Das Leben!" Sam wusste im ersten Moment nicht, was er dazu sagen sollte. Natürlich wusste er selbst, dass das Leben wichtig ist. Aber wie sollte er ohne Geld leben? Er konnte doch nichts mehr genießen und sich an nichts mehr erfreuen. Und überall sah er frohe Menschen, die lachend durch die Straßen zogen. Sie schienen Geld zu haben, fuhren teure Autos und trugen wertvolle Armbanduhren. Die Elfe schien Sams Gedanken lesen zu können. Nachdenklich schaute sie zu Sam und meinte: „Findest Du wirklich, dass es wichtig ist, ein teures Auto zu fahren und eine wertvolle Armbanduhr zu besitzen? Dann denkst Du nicht richtig. Sicher ist es schön, wenn man sich das ein- oder andere leisten kann. Aber braucht man das denn? Ist das wirklich wichtig? Lebenswichtig? Sam, Du bist ein guter Mensch. Du hilfst anderen und bist so bescheiden. Mach etwas daraus. Denn es gibt Menschen, die brauchen Deine Hilfe."

Die Elfe erhob sich von der Bank und wirbelte mit ihrem Sternenstab durch die Lüfte. In einer

Staubwolke verschwand sie schließlich und die kleine Amsel tapste wieder lustig vor ihm über den Weg. Sie drehte noch einmal ihr Köpfchen und flog einfach davon. Sam fiel es schwer, zu glauben, was er da soeben erlebt hatte. Vielleicht war's doch nur eine Halluzination? Kein Wunder, bei dem Pech, dass ihm ständig beschieden war. Aber hatte diese vermeintliche Elfe nicht irgendwie recht? Jammerte er nicht viel zu viel über seine vermeintlich schlimme Lage? Sollte er in der Zeit, wo er so viel jammerte, nicht losgehen und anderen Menschen helfen? Als er von der Bank aufstand, entdeckte er einen Zettel, der unter der Bank lag. Sam hob ihn auf und glaubte, ein Wunder sei geschehen. Unter der Bank lag sein Scheck. Wie kam der nur hierher? War er ihm aus einer Tasche gefallen, die er noch nicht durchsucht hatte? Er wusste es nicht und freute sich, dass er seinen Scheck wieder in den Händen hielt. Nun konnte er wenigstens den Vermieter ausbezahlen und sich etwas zu essen kaufen. Und dann? Er wollte sich bei der Stadt melden, um etwas Ehrenamtliches zu arbeiten. Sicher würden seine Kräfte irgendwo benötigt. Gesagt, getan! Doch zunächst wollte er seine Schulden bezahlen. Der Vermieter lauerte schon hinter der Tür. Als Sam die Treppe hinaufging, riss er die Tür auf und stellte Sam lautstark zur Rede. Als der ihm das ausstehende Geld in die Hand drückte, zog sich der gierige launische Halsabschneider in seine Wohnung zurück und ward nicht mehr gesehen. „Na also", rief Sam ver-

gnügt, „geht doch!" Am Nachmittag lief er noch
einmal los. Er wusste, wo sich die Stelle befand,
bei welcher man sich wegen einer solchen ehren-
amtlichen Arbeit melden könnte. Doch er hatte
das bisher nie ernst genommen. Die nette Dame
freute sich sehr, dass sich wieder jemand fand,
der etwas für die Menschen tun wollte. Sie
schickte ihn zunächst in ein Pflegeheim. Dort
sollte er alten kranken Leuten, um die sich sonst
keiner mehr kümmern wollte, Geschichten vorle-
sen. Sofort ging Sam dorthin, und dort war man
sehr erleichtert, dass sich endlich jemand fand,
der diese ungewöhnliche Tätigkeit ausführen
wollte. Sam wurde für einen alten Mann einge-
teilt, der im Rollstuhl herumgefahren werden
musste, weil er gelähmt war. Die Tage vergingen
und Sam fühlte sich so richtig wohl bei dieser
interessanten und wichtigen Arbeit. Es erfüllte
ihn mit Stolz und sein Herz mit Wärme, den alten Mann aus seiner Einsamkeit zu holen, um
ihm eine kleine Freude, ein Lächeln vielleicht ins
Gesicht zu zaubern. So traf es ihn wie ein Schlag,
als er eines Tages von der Heimleiterin erfuhr,
dass der alte Mann gestorben sei. Allerdings hätte er Sam einen Brief hinterlassen, den sie für ihn
aufschreiben sollte. Sam musste weinen, als er
diese traurige Nachricht vernahm. Im Pausen-
raum des Heims setzte er sich ans Fenster und
öffnete den Brief. Was er dann las, konnte er zunächst kaum glauben. „Lieber Sam, nun ist es
soweit, ich fühle mich nicht gut und werde bald
nicht mehr sein. Da ich keine Nachkommen habe

und auch sonst keinen besseren weiß, der alles bekommen soll, setze ich Dich als Erben ein. Die Heimleiterin gibt Dir die Bankvollmacht und sämtliche Unterlagen. Das Testament habe ich beim Notar hinterlegen lassen. Aber nun ist es Zeit für mich zu gehen. Werde glücklich, denn Du bist ein guter Mensch und hast auch Gutes verdient. Mach etwas draus. Viele Grüße, Hermann Kunze." Sam konnte vor lauter Tränen überhaupt nichts mehr erkennen. Nachdem er den Brief weggelegt hatte, schaute er lange aus dem Fenster hinaus. Erst als ihn die Heimleiterin zu sich bat, kam er wieder zu sich. Er erhielt alle Unterlagen, einen Wohnungsschlüssel und eine Bankvollmacht. Und es stellte sich heraus, dass ihm der alte Mann ein Vermögen von sage und schreibe 2,5 Millionen Dollar hinterließ. Außerdem hatte er ihn als Erbe seines Anwesens eingesetzt. Doch noch etwas Anderes versetzte Sam einen gehörigen Schock. Der Alte hinterließ auch ein Familienstammbuch, aus welchem eindeutig hervorging, dass Sam sein lang verschollener Sohn war. Somit war dieser Herrmann Kunze sein Vater. Sam gründete ein Heim für Obdachlose und arbeitete selbst dort mit. Er verkaufte das Anwesen und lebte in einer schönen Stadtwohnung, welche nahe dem Obdachlosenheim lag. Ein Auto brauchte er nicht. Er kaufte drei Transporter für das Heim. Und er spendete einen großen Teil des Vermögens einer Einrichtung für krebskranke Kinder. Außerdem übernahm er mehrere Patenschaften für notleidende Kinder in

Afrika und Südamerika. Irgendwann saß er wieder im Park. Dort, wo er vor vielen Jahren schon einmal gesessen hatte, als es ihm so schlecht ging. Er schaute zu den spielenden Vögeln und plötzlich erschien eine kleine Amsel, die den Staub des Weges mit ihren kräftigen Flügelschlägen aufwirbelte. Und aus dem Staub entstieg dem sagenhaften Vogel Phönix gleich die kleine Elfe, die er nie vergessen konnte. Sie schwebte vor ihm und lächelte. „Siehst Du", hob sie zu sprechen an, „es wird immer alles gut, wenn man nur daran glaubt und etwas tut. Man hat immer eine Wahl, entweder nichts zu tun und unglücklich zu bleiben oder doch etwas zu tun und glücklich zu werden. Das Glück ist manchmal nicht leicht zu finden. Aber es ist immer da, in jeder Sekunde. Wir müssen es nur sehen."

Kronleuchter

Jan lebte noch nicht sehr lange in seiner neuen Wohnung in der Stadt. Es war ein wunderschöner sanierter Altbau, welcher inmitten vieler anderer gutbürgerlicher Mietshäuser stand und über mehrere Stockwerke verfügte. Für Jan war das sehr wichtig, denn er bezog die beiden oberen Geschosse. Ja, er liebte Maisonette-Wohnungen und fühlte sich nun so richtig wohl. Allerdings liebte er auch antike Möbel. Zwar verdiente er nicht sehr viel Geld. Aber er sparte sich einiges zusammen und konnte sich von Zeit zu Zeit ein neues altes Stück besorgen. Überdies schenkte ihm seine Großmutter zum Einzug drei wunderschöne alte Kronleuchter. Die bekamen Ehrenplätze in Wohnzimmer, Schlafzimmer und Diele. Als er sich komplett eingerichtet fühlte, genoss er jeden Tag, den er in seinem neuen Domizil erleben konnte. Eines Tages jedoch schien sich das Blatt zu wenden. Es war Winter geworden und Jan musste nun seine Kronleuchter schon sehr zeitig einschalten. Als er eines Abends von seiner Arbeit kam und im Wohnzimmer das Licht einschaltete, flackerte es einige Male und ging schließlich aus. Er tauschte die Glühbirne und machte es sich auf seinem Sofa gemütlich. Doch es war wie verhext, wieder begann der Kronleuchter zu flackern. Jan wusste nicht, was das zu bedeuten hatte. Erneut tauschte er die Glühbirne. Und wieder leuchtete sie eine kleine Weile, bis sie schließlich zu flackern be-

gann. Genervt kontrollierte er den Sicherungskasten. Vielleicht lag es ja daran. Doch er konnte
nichts entdecken. Alles schien einwandfrei zu
funktionieren. Da das Flackern nicht aufhörte,
fragte er seine Großmutter, ob sie derartige Dinge schon einmal an diesen Leuchtern beobachtet
hätte. Doch die Großmutter konnte sich an einen
derartigen Schaden nicht erinnern. Jan wollte die
wunderschönen Kronleuchter keinesfalls durch
andere Leuchten ersetzen. Er liebte sie und ließ
sie dort, wo sie waren. Jedoch ging das Flackern
einfach nicht mehr weg, ganz im Gegenteil, es
wurde immer schlimmer. Als er eines Abends
mal wieder einen spannenden Videofilm anschauen wollte, flackerte der große Kronleuchter
im Wohnzimmer derart, dass es laut knisterte
und knackte. Plötzlich schalteten sich alle drei
Kronleuchter gleichzeitig ein und flackerten und
zischten. Schließlich begannen sie wild hin und
her zu schwanken. Dabei flogen Funken aus den
Anschlüssen und setzten die Gardinen in Brand.
Jan gelang es nicht mehr, sie zu löschen, und der
Funkenflug wurde immer stärker. Sogar das
Schlafzimmer stand schon in Flammen. Panisch
zog er sich seine Jacke über und rannte aus der
Wohnung. Er wollte eigentlich die Feuerwehr
anrufen, doch ein Festnetztelefon besaß er noch
nicht. Außerdem wohnte in dem neu renovierten
Mietshaus bisher nur er, so konnte er nicht ein-
mal zu den Nachbarn gehen. Und sein Handy
hatte er im Auto liegenlassen. Als er auf der
Straße war, vernahm er ein lautes Knirschen und

Knacken. Erschrocken schaute Jan zum Himmel; zog jetzt auch noch ein Gewitter auf? Doch dem war nicht so. Die gesamte Fassade des Hauses vibrierte und stürzte schließlich, von entsetzlichen Geräuschen begleitet in sich zusammen. Jan wurde von einer riesigen Staubwolke eingehüllt und musste husten. Fassungslos stand er an seinem Auto und starrte auf das furchtbare Geschehen. Als sich die Staubwolke verzogen hatte, brauchte er die Feuerwehr nicht mehr zu rufen. Die kam schon um die Ecke gerast. Eintreffende Notärzte fragten ihn, ob ihm etwas fehlte. Doch Jan war wohlauf. Hätten die alten Kronleuchter nicht einen derartig heftigen Funkenflug erzeugt, so dass er aus dem Hause gehen musste, dann wer er wohl bei dem Einsturz ums Leben gekommen. Spätere Untersuchungen ergaben, dass sich unter dem Haus ein alter Bergwerksstollen befand, der nirgends verzeichnet war. Durch die Bauarbeiten hatte es heftige Erschütterungen gegeben, die den Stollen schließlich zum Einsturz brachten. Jans Haus stand genau darüber und stürzte ebenfalls zusammen. Seltsamerweise hatten die Drei alten Kronleuchter, bis auf einige Kratzer keinerlei Schaden genommen. Jan zog sie aus den Trümmern und konnte sie wiederverwenden. Er hängte sie in seiner neuen Wohnung wieder auf und sie funktionierten, als sei nie etwas geschehen. Seine Großmutter, der er das Erlebte natürlich sofort schilderte, wunderte sich gar nicht über Jans Ausführungen. Vielmehr erzählte sie ihm, dass sie die alten Kronleuchter damals von einem fliegenden Händler auf einem Trödelmarkt günstig erstanden hätte. Der Händler erzählte ihr, dass die Drei Leuchter schon eine Menge mitgemacht hatten. Er habe sie aus einer brennenden Wohnung gerade noch rechtzeitig retten können, denn er war von Beruf Feuerwehrmann …

Knoten

Jim war Kampfmittelräumer (Bomben-Entschärfer) einer Sondertruppe in Arizona. Immer, wenn es Alarm gab, um einen Sprengsatz zu entschärfen, musste er mit raus. Judith, seine Ehefrau lebte deswegen in ständiger Angst. Jedes Mal, wenn das Polizeifahrzeug bedrohlich vor ihrem kleinen Häuschen in der Gladys-Road hielt, bekam sie einen Schock. Dennoch liebte Tim diesen Nervenkitzel. Zeigte er ihm doch ständig seine eigenen Grenzen auf. Genau das war es, was er brauchte. Er wollte seine Grenzen überwinden und nahm so manches Risiko in Kauf. An seine junge Frau und an die vielen Ängste, die sie ausstehen musste, dachte er nur selten. Eines Tages fuhr er mit Judith für ein paar Tage hinaus zum campen. Sie hatten ein Zelt mitgenommen und wollten nach all den vielen Jahren nun endlich einmal abschalten und sich erholen. Der Zeltaufbau gestaltete sich schwierig, denn beide hatten so etwas noch nie tun müssen. Und es schien seltsam, an allen Ösen und Haken hatten sich merkwürdige Knoten gebildet. Nur mit eiserner Geduld und Beharrlichkeit gelang es Tim, diese Knoten zu lösen. Gegen Abend hatten sie es geschafft und Judith bereitete etwas zu essen. Als sich die beiden am Abend in ihre Schafsäcke verkriechen wollten, fanden sie auch hier wieder Dutzende Knoten vor, mit denen die Schlafsäcke zusammengehalten wurden. Tim wusste nicht, was er dazu sagen sollte. Er schimpfte vor sich hin und wollte vor lauter Frust im Freien schlafen. Judith regte sich zwar ebenfalls auf, solchen Mist gekauft zu haben, doch sie beruhigte Tim und lockte ihn mit ihren weiblichen Reizen wieder ins Zelt zurück. Dennoch erschien es merkwürdig. Denn immer, wenn die Knoten gelöst waren, bildeten sich an irgendeinem Ende neue, noch festere Knoten. Gegen Mitternacht waren alle Bändchen und Schnürchen entknotet und sie schliefen entnervt ein. Mehr war nicht mehr drin. Am nächsten Morgen wurden die beiden von einer lauten Stimme geweckt. Irgendjemand klopfte andauernd an ihre Zeltwände und rief nach Tim. Judith ahnte bereits Schlimmes, wollte es aber nicht wahrhaben. Und Tim wurde einfach nicht richtig wach. Zu lange hatten sie in der vergangenen Nacht an den vermeintlichen Knoten herumgedoktert. Judith öffnete das Zelt und schaute in das Gesicht eines aufgeregten älteren Mannes. Wild mit den Händen gestikulierend sprach er von einer großen Bombe. Irgendjemand hatte sie auf den Zeltplatz gebracht und nun tickte angeblich ein Zeitzünder. Tim, der das gehört hatte, fuhr sofort hoch und zog sich etwas über. Judith wollte noch etwas sagen, doch Tim schien plötzlich derart aufgezogen, dass sie vergeblich auf ihn einredete. Tim wurde an das Zelt geführt, wo die Bombe lag. Und tatsächlich, irgendein Schwachkopf hatte sich hier einen sehr üblen Scherz erlaubt. Die Bombe lag auf einem Holzgestell. Darunter entdeckte Tim einen Zettel. Die

Polizeibeamten nahmen sich dem Zettel an. Darauf hatte der Täter seine Drohungen aufgeschrieben: „Dies ist keine Warnung. Entweder ihr verschwindet mit Euren Zelten von meinem Grundstück oder die Bombe explodiert. Und gebt Euch keine Mühe, die Bombe zu entschärfen. Sie ist so installiert, dass sie nur von mir und per Fernbedienung entschärft werden kann. Die Zeit läuft!" Tim wusste nicht, was er zu diesem Schwachsinn sagen sollte. Zu viele Menschen hatte er in den unterschiedlichsten Kriegsgebieten sinnlos sterben sehen. Das jemand freiwillig auf eine solch verrückte Idee kommt, hätte er sich nicht träumen lassen. Er schaute sich den Mechanismus der Bombe genauer an. Es handelte sich um eine 500 Kilo Bombe aus dem zweiten Weltkrieg, die der Täter umgebaut haben musste. Alles war anders angeordnet, als es Tim kannte. Lediglich zwei Drähte, die obendrein auch noch sehr kurz waren, führten in das Innere. Mehr konnte er nicht erkennen. Er musste also herausbekommen, welchen Draht er durchtrennen musste, damit die Bombe entschärft wurde. Tim wusste genau, wie gefährlich diese unbekannte Konstruktion war. Er wusste auch, dass er nur einen einzigen Versuch hatte, dieses Monstrum lahm zu legen. Seine Erinnerung schlug Purzelbäume, schon allein deswegen, weil Judith mit dabei war. Sie stand mittlerweile hinter der Absperrung und starrte auf die riesige Bombe. Wie würde das Drama wohl ausgehen? Tim jedoch wurde wieder ruhig, sehr ruhig. Er untersuchte die Bombe und sah, wie die Zeit immer schneller zurücklief. Es blieben schließlich nur noch fünf Minuten. Die Polizei hatte den Zeltplatz längst räumen lassen, da ertönte ein lautes Kindergeschrei. Wie war das möglich, sollten nicht alle Leute den Zeltplatz verlassen haben? Die Polizei begab sich sofort auf die Suche. Und es waren nur noch drei Minuten Zeit. Wieder starrte Tim auf die Drähte. Er musste einen durchtrennen. Nur welchen? Plötzlich verfärbte sich die Uhr des Zeitzünders. Er nahm eine rote Färbung an. Das war wohl ein besonderer Clou des verrückten Täters. Damit wollte er wohl die Kampfmittelräumer foppen. Doch Tim blieb ruhig. Wieder ertönte das Geschrei, die Polizei hatte das Kind noch immer nicht gefunden, wo hielt es sich nur auf. Noch zwei Minuten und noch immer gab es keinerlei Entscheidung, welchen Draht sollte Tim nur durchschneiden? Auch das Kind schien wie vom Erdboden verschluckt. Eine Minute! Judith hielt es nicht mehr aus. Sie spürte, wie ihr die Beine versagten, sie torkelte und hielt sich krampfhaft an einem Baum fest. Würde gleich der ganze Zeltplatz in die Luft fliegen? Und das Kind? Wo war es? Und was würde mit Tim, mit ihrer Ehe? Judith fühlte in jedem einzelnen Nerv, wie die Sekunden tickten. Sie hörte es: tick, tick, tick … Noch zwanzig Sekunden! Plötzlich geschah etwas Merkwürdiges: Einer der Drähte bewegte sich. Tim wich zurück, glaubte schon, die Bombe würde explodieren. Doch der Draht drehte sich und formte sich andeutungsweise zu einem winzigen Knoten. Tim hatte nicht mehr genug Zeit um nachzudenken. Blitzartig fiel ihm ein, dass es die Knoten selbst waren, die störten, ja, richtig, die Knoten waren die Störenfriede! Warum nicht auch hier, bei dieser Mechanik? Noch drei Sekunden, das Kind schrie erneut, in welchem Zelt befand es sich? Judith wurde ohnmächtig und lag regungslos auf der Wiese unterm Baum. Die Polizeibeamten hatten sich in Sicherheit gebracht, nur Tim stand mit seiner Kneifzange vor der Bombe. Nur eine einzige Sekunde trennte ihn von der Ewigkeit, eine einzige Sekunde, die erschien wie ein Tag, ein Jahr, wie die Unendlichkeit, würde er jetzt sterben? Blitzschnell durchtrennte er den Draht mit dem Knoten, dann kniff er seine Augen zusammen – wo blieb der Blitz des Todes? Die Zeit schien in diesen Sekunden stehengeblieben zu sein. Nichts regte oder rührte sich. Ungefähr zehn Minuten lag der gesamte Zeltplatz wie erstarrt. Tim starrte in einem fort auf den Zeitzünder. Der stand auf „0" und regte sich nicht mehr. Doch plötzlich verflog die rote Färbung und das Ticken verstummte. Die Bombe war entschärft! Judith kam langsam zu sich. Sie faselte irgendetwas vom Paradies und den Engelchen. Die Polizeibeamten erkundigten sich, ob die Leute wieder zu ihren Zelten gehen könnten. Tim nickte und wischte sich den Schweiß von der Stirn. Auch das Kind wurde gefunden. Seine Eltern waren kurz einkaufen und hatten die Aufsicht ihrer großen Tochter überlassen. Die jedoch verdrückte sich heimlich mit ihrem Freund im angrenzenden Wald. Der Täter konnte dingfest gemacht werden. Es handelte sich um einen geistig verwirrten arbeitslosen Elektriker aus dem Umland. Dem gehörte zwar das Grundstück. Doch er hatte es vor Jahren schon der Gemeinde verkauft. Wegen seiner fortgeschrittenen Demenz hatte er vergessen, dass ihm das Grundstück schon lange nicht mehr gehörte. Da er sich allerdings mit Elektronik gut auskannte, fabrizierte er in einer hellen Minute die fürchterliche Bombe. Nach diesem Vorfall gab Tim seinen Beruf auf und zog mit Judith auf eine weit entfernte Insel. Er hatte genug von Nervenkitzel, Risiko und Tod. Judith bekam zwei Kinder, eine Tochter und einen Sohn. Und manchmal, wenn sie die Kinderbekleidung wusch, bildeten sich merkwürdige Knoten an den Hemdchen, die sich nur schwer lösen ließen …

Tattoo

Seit einigen Monaten versuchte sich Ulf als Tätowierer. Dazu hatte er sich in einem heruntergekommenen Stadtviertel ein kleines Studio eingerichtet. Dort war die Ladenmiete niedrig und er konnte seiner Fantasie freien Lauf lassen. Allerdings schien sich die Kundschaft wohl doch mehr auf bekanntere Studios in der Stadt zu beschränken. Nur selten kam jemand zu ihm in den Laden und wenn doch, wollten sie wenig zahlen. Dennoch war das Tätowieren genau das, was er immer wollte. Etwas Anderes kam für ihn nie in Frage. Allein schon die unzähligen, sehr beeindruckenden Motive, die sich kunstvoll auf die Haut projizieren ließen, gaben ihm jeden Tag neuen Ansporn, weiter zu machen. Da kaum ein Kunde zu ihm kam, musste er sich etwas Werbewirksames einfallen lassen. Doch mehr als eigene neue Ideen für kreative Tattoos fielen ihm nicht ein. Zugkräftige Werbeplakate und die entsprechende Werbung in Zeitschriften und einschlägigen Magazinen konnte er sich nicht leisten. Es half nichts, vorerst musste er sich auf das Verteilen von eigens am PC hergestellten Werbezetteln begnügen. Eines Tages kam ein recht unangenehm erscheinender Kunde in sein Studio, der den Wunsch hatte, sich ein sehr ausgefallenes Tattoo stechen zu lassen. Er wollte ein richtig aggressives Abbild des Todes auf seinem Rücken haben. Ulf zeigte ihm einige besonders furchteinflößende Applikationen, die sich hervorragend eignen würden. Doch der Kunde war mit keinem Tattoo zufrieden. Sie waren ihm allesamt nicht aggressiv und böse genug. So zeichnete Ulf ihm ein völlig neues, welches einfach nur zum Fürchten aussah. Der Kunde schien einverstanden und Ulf begann, das Tattoo zu stechen. Schon bei der Arbeit bemerkte er, dass das Areal rund um die Tätowierung merkwürdig zu leuchten begann. Dabei hatte er gar keine Leuchteffekte in sein Bild eingebaut. Er fragte den Kunden, ob es ihn stören würde, wenn das Tattoo ein wenig leuchtete. Der schaute sehr misstrauisch zu Ulf und bat ihn nachdrücklich, das Tattoo ohne diesen seltsamen Effekt aufzubringen. Doch so sehr sich Ulf auch mühte, die Tätowierung leuchtete und schien sich regelrecht in die Haut des Kunden einzubrennen. Und das Schlimmste war, dass Ulf das Tattoo nicht mehr entfernen konnte. Es breitete sich über den gesamten Rücken des Kunden aus und ähnelte eher einem Brandzeichen als einem kreativen Kunstwerk. Der Kunde war außer sich vor Wut. Er schrie in Ulfs Studio herum und drohte ihm, dass er ihn fertigmachen würde. Er würde ihn in allen Zeitungen bloßstellen! Vergeblich blieben Ulfs Versuche, den Kunden zu beruhigen. Das gruselige Tattoo, welches riesige Totenköpfe, diverse umgedrehte Kreuze und hässliche Satansbilder darstellte, begann schließlich zu qualmen. Gleichzeitig schmerzte es und brannte auf der Haut des Kunden wie Feuer. Ulf musste einen Arzt rufen. Als der kam, geschah etwas noch viel

Merkwürdigeres. Neben der Tätowierung erschienen plötzlich Buchstaben, zuerst ein H, dann ein A. Immer mehr Buchstaben formierten sich auf der Haut. Vor Wut ging der Kunde mit geballten Fäusten auf Ulf los. Nur der Arzt konnte ihn noch zurückhalten. Er war derart aggressiv und aufgebracht, dass Ulf schon dachte, das bösartige Tattoo hätte sich auch in die Seele des Kunden eingebrannt. Doch plötzlich wurde der Kunde mucksmäuschenstill! Geschockt stand er vorm Spiegel und starrte auf die Worte, die sich unter seinem furchterregenden Tattoo gebildet hatten. Da stand in großer Schrift zu lesen: „Haltet den Mörder! Er hat sie umgebracht!" Als der Kunde das las, hatte er es mit einem Male sehr eilig. Blitzschnell zog er sich sein Hemd über und wollte gehen. Doch Ulf wurde misstrauisch. Was hatte das zu bedeuten? Wo kam die Schrift so plötzlich her? Und warum erschien ausgerechnet ein solcher Satz? Hatte der unbequeme Kunde etwa etwas auf dem Kerbholz? Er gab dem Arzt ein Zeichen, dass er den Kunden aufhalten möge. Dann rief er die Polizei!

Es stellte sich heraus, dass es sich bei dem vermeintlichen Kunden um einen gesuchten Häftling handelte, der in der vergangenen Nacht aus einem Gefängnis ausgebrochen war. Bei seiner Flucht brach er in ein Einfamilienhaus ein und stahl einen größeren Geldbetrag aus einer herumstehenden Kassette. Als er von der Eigentümerin erwischt wurde, brachte er sie um. Schließlich kam er in Ulfs Studio, wo er sich für das geraubte Geld ein Tattoo stechen lassen wollte. Woher allerdings die merkwürdige Schrift kam, ließ sich nicht herausfinden. Der Verbrecher wurde wieder in die Haftanstalt gebracht. Dort erwartete ihn ein neuer Prozess. Das Tattoo jedoch verschwand und tauchte nie wieder auf. Ulf hingegen konnte sich plötzlich über mangelnden Zulauf nicht mehr beklagen. Alle wollten wissen, wer der geheimnisvolle Tätowierer war, der solche mysteriösen Tattoos stach. In kurzer Zeit erwirtschaftete er einen derartig hohen Umsatz, dass er wegen des Kundenansturmes schon bald ein größeres Studio anmieten musste. Wochen später erschien eine sehr schweigsame, merkwürdig gekleidete Kundin. Sie trug ein langes weißes Kleid und wollte sich ein Engels- Tattoo stechen lassen. Da Ulf keine passende Vorlage hatte, die der Kundin gefiel, zeichnete er selbst ein wunderschönes, süßes Engelchen. Es gefiel der Kundin derart, dass er sofort mit der Arbeit beginnen musste. Als Ulf die Tätowierung fertig gestellt hatte, begann diese plötzlich hell zu leuchten und unter dem Tattoo formten sich wie von Geisterhand geschrieben die seltsamen Worte: „Du bist ein Engel"

Steppenbrand

Es war in der Nähe von Glenns-Cove, als ich sie das erste Mal sah. Eine weiß bekleidete junge Frau mit einem Kind im Arm. Ich konnte mir nicht erklären, warum sie so allein in dieser gottverlassenen Gegend unterwegs war. Als ich sie ansprach, reagierte sie nicht und lief einfach davon. Da ich noch einen dringenden Termin in der Stadt wahrnehmen musste, fuhr ich weiter. Allerdings ging sie mir nicht mehr aus dem Sinn- während der ganzen Fahrt musste ich an sie denken. Irgendwie wirkte sie so unendlich traurig auf mich. War sie vielleicht auf der Flucht? Am Nachmittag fuhr ich doch noch einmal hinaus. Ein Gewitter grollte in der Nähe und wenn diese rätselhafte Frau noch immer draußen unterwegs war, könnte es vielleicht gefährlich werden. Bei Glenns-Cove hielt ich den Wagen an. Die verlassene, abgebrannte Ranch schien der ideale Unterschlupf zu sein. Ich schaute mich in der Ruine um. Doch die Frau mit dem Kind fand ich nicht. Aber wohin konnte sie sonst gegangen sein? Hier gab es doch nichts! Soweit ich sehen konnte, nirgends konnte ich sie entdecken. Das Gewitter kam rasch näher und heftige Blitze zuckten vom Himmel. Schnell setzte ich mich in meinen Wagen und wollte losfahren. Doch der alte Dodge ließ sich einfach nicht mehr starten. Das konnte doch nicht sein! Immer wieder versuchte ich mein Glück, doch es war vergebens. Der Wagen streikte und das Gewitter wurde immer heftiger. Allerdings regnete es nicht und das gab mir zu Denken. Plötzlich schlugen mehrere Blitze in die Wiese am Straßenrand. Sofort ging das trockene Gras in Flammen auf! Ich wurde unruhig, denn ich wusste, dass sich das Feuer bei dieser Trockenheit rasend schnell ausbreiten würde. Wieder und wieder versuchte ich den Wagen zu starten. Vergeblich! Er rückte und rührte sich nicht mehr. Mir blieb nur noch, zu beten, dass sich das Gewitter schnell verzog. Doch es wurde immer heftiger! Gleichzeitig brachen noch weitere Feuer aus. Ich konnte nicht mehr länger im Fahrzeug bleiben, Ich stieg aus und suchte im dichten Qualm nach dem Weg. Doch die Rauchentwicklung war derart stark, dass ich nichts mehr sehen konnte. Gleichzeitig bekam ich einen Hustenanfall nach dem anderen. Sollte ich zurück ins Fahrzeug steigen? Aber wo befand sich das? Offenbar hatte ich bereits die Orientierung verloren. Ich konnte nur noch ahnen, wo es stand. Der stechende Qualm biss unerträglich in meinen Augen. Blind irrte ich durch den dichten Rauch und fand mich nicht mehr zurecht. Plötzlich, wie aus dem Nichts stand die junge Frau mit dem Kind vor mir und lächelte mich an. Woher war sie nur gekommen? In dieser Nebelsuppe konnte doch keiner etwas erkennen. Doch die junge Frau stand vor mir und sprach kein Wort. Sie ergriff meine Hand und zog mich hinter sich her. Und es war ganz komisch, wie durch eine enge Gasse gelangten wir unbeschadet durch das meterhohe, lodernde Flammenmeer. Irgendwann hatten wir dieses vernichtende Feuer hinter uns gelassen. Ich konnte es nicht glauben, aber diese seltsame junge Frau hatte mir das Leben gerettet. Ohne sie wäre ich in dieser glühend heißen Hölle umgekommen. Schweigend standen wir in der Steppe und beobachteten das Feuer aus sicherer Entfernung. Woher nur war diese rätselhafte Frau gekommen? Zwar hatte sich der beißende Rauch in meinen Stimmbändern festgesetzt. Dennoch versuchte ich einige Worte heraus zu pressen. „Danke für die Hilfe, woher kommen Sie eigentlich", rutschte mir gerade noch heraus. Aber die junge Unbekannte schwieg. Sie schaute mich mit ihren großen braunen Augen an, und erst jetzt bemerkte ich, wie schön sie doch war. Sie hatte ein makelloses sanftes Gesicht und obwohl sie lächelte, schien sie doch sehr traurig zu sein. Lange standen wir einfach nur da. Schließlich, als die Flammen wieder erloschen waren und den Blick auf die verfallene Ranch und mein ausgebranntes Auto frei gaben, lief sie los. Sie sprach kein Wort, drehte sich noch einmal um und winkte mir zu. Dabei entdeckte ich Tränen in ihrem wunderschönen Gesicht.

Ich weiß nicht mehr, warum ich ihr nicht folgen konnte. Möglicherweise war es der Schock, der meine Beine lähmte. Die Unbekannte verschwand hinter einem dicken hohlen Baumstamm. Dann sah ich sie nicht mehr. Wollte sie hinter dem Baum ein wenig ausruhen nach all diesen Strapazen? Oder war ihr das Kind in den

Armen zu schwer geworden? Ich spürte, wie ganz langsam meine Lebensgeister zurückkehrten. Endlich konnte ich mich wieder bewegen. Vorsichtig und langsam näherte ich mich dem Baum. Doch die unbekannte Schöne war nirgends zu sehen. Nur der Wind verwehte Unmengen von Asche über die verlassene Steppe. Hinter dem Baum entdeckte ich ein kleines Kreuz. Einsam steckte es im versengten Boden und ich wunderte mich, warum keiner Blumen dort abgelegt hatte. Neugierig beugte ich mich herunter, um das kleine verrostete Schild lesen zu können, welches am Kreuz angebracht war. Schockiert las ich: „Amanda Miller, bei einem Steppenbrand ums Leben gekommen. Sie war mit ihrem gerade erst geborenen Sohn unterwegs zum Arzt!" Darunter hatte man ein winziges Foto angebracht. Es war das Foto der jungen Frau, die mich aus dem Feuer gerettet hatte …

Basecap

Gerda konnte hellsehen. Zumindest glaubte sie das. Denn immer, wenn sie einen besonders intensiven Traum hatte, wurde dieser später tatsächlich wahr. Immer öfter wurde sie in diverse Radiosendungen eingeladen und bekam eines Tages ihre eigene Radioshow. Sie freute sich sehr darüber, denn nun konnte sie anderen Menschen helfen. Oft sah sie in ihren Träumen das, was passieren würde und beriet die Menschen, die selbst nicht mehr weiterwussten. Bis zu jener verhängnisvollen Nacht, als sie den schlimmsten Traum ihres Lebens hatte. Sie sah ein großes Flugzeug, wie es durch die Lüfte flog und plötzlich wie ein Stein vom Himmel fiel. Alle Passagiere kamen dabei ums Leben. Doch seltsamerweise erinnerte sie sich genau an winziges Detail: Alle Passagiere hatten ein gelbes Basecap auf dem Kopf. Glücklicherweise endete dieser Traum, noch bevor der Morgen dämmerte. Auf dem Weg zum Radiosender versuchte sie, diesen furchtbaren Trau zu vergessen. Doch immer wieder drängte er sich auf. Und es schien wie verhext. So, als wollte der schlimme Traum ihr ein unmissverständliches Zeichen geben, kehrte die Erinnerung an ihn ständig zurück. Unter diesen Umständen konnte sie unmöglich vors Mikrofon. Sie fühlte sich einfach nur schlecht. Als sie aber im Studio saß, verging die Angst und die Sendung wurde mal wieder ein riesengroßer Knaller. Gerda bekam Blumen vom

Radiochef und einen dicken Kuss auf die Wange. Doch sie war müde und wollte doch nach Hause, um sich ein wenig auszuruhen. Als sie dort ankam, nahm sie zunächst die Post aus dem Briefkasten und freute sich wie immer über die zahlreichen Fanbriefe, die sie erreichten. Die meisten fanden ihre Radioshow wunderbar und wollten sie noch öfter im Radio hören. In der darauffolgenden Nacht hatte sie wieder diesen entsetzlichen Traum. Nur war er diesmal so real, wie all die Nächte vorher nicht. Sie wälzte sich in ihrem Bett hin und her und stöhnte dabei laut. Denn was sie sah, ließ sie erschaudern. Wieder sah sie viele Menschen, die mit einem Flugzeug unterwegs waren. Und wieder stürzte das Flugzeug ab. Überall sah sie Trümmerteile der Maschine und überall lagen Tote, die entsetzlich verstümmelt auf dem verbannten Boden lagen. Und wieder hatten alle ein gelbes Basecap auf dem Kopf. Sie konnte sich das Ganze nicht erklären und dachte schließlich darüber nach, die Hellseherei und die Radiosendungen aufzugeben. Vielleicht hatte sie das Ganze ja doch zu sehr unterschätzt. Hin und hergerissen stand sie am nächsten Morgen schon sehr früh auf. Sie hatte wenig geschlafen und sie fühlte sich miserabel. Aber das Allerschlimmste war – sie wusste nicht, was sie tun sollte. Einerseits wollte sie die Hellseherei weiterführen. Sie liebte es so sehr und sie brauchte diese Bestätigung der Menschen nach ihren Sendungen. Andererseits fühlte sie sich dem Stress und den Alpträumen einfach nicht mehr gewachsen. Was sollte sie nur tun? Da klingelte ihr Handy. Der Chef vom Radiosender war dran und fragte sie, ob sie bereit wäre, noch an diesem Tag mit einer Maschine nach Paris zu fliegen. Sie könnte dort in einem großen Radiosender mitarbeiten und würde sofort eine eigene Sendung erhalten. Gerda schwieg eine Weile, als sie das hörte. Sollte sie dieses Wagnis wirklich auf sich nehmen? Doch dann spürte sie einen Stich im Herzen. Ihre Zweifel schienen restlos beseitigt. Plötzlich wusste sie, dass diese Sache ihr ganz großes Ding ist. Sie sagte zu und packte sofort ihre große Reisetasche. Sie sollte sich mittags am Abflugschalter melden. Der Flug sei bereits gebucht. Aufgeregt und ein wenig durcheinander stieg sie ins Taxi, welches sie von zu Hause abholte. Am Flughafen lief alles wie geplant ab: Die Tickets waren bereits hinterlegt und die Maschine stand auch schon bereit. Als sie auf dem Weg zum Flugsteig war, der sie in die Maschine führte, wurde ihr von einer Sekunde auf die andere derartig übel, dass sie sich übergeben musste. Eine Flugbegleiterin musste sie festhalten, sonst wäre sie umgekippt. Vermutlich war ihr Kreislauf wegen der großen Aufregung zusammengebrochen. Sie wurde in eine Krankenstation gebracht, wo sich sofort ein Notarzt um sie kümmerte. An einen Flug war nun nicht mehr zu denken. Als sie sich wieder etwas erholt hatte, rief der Arzt ein Taxi und sie wurde nach Hause gebracht. Dort sollte sie sich wieder hinlegen, hatte ihr der Arzt aufgetragen. Außerdem gab er ihr seine Telefonnummer mit. Sollte es doch nicht besser werden, könnte sie jederzeit bei ihm anrufen. Vollkommen erledigt legte sie sich auf ihr Sofa und schaltete den Fernseher ein. Im Radiosender wollte sie sich später melden. Sie hatte erst einmal genug von all den großen Träumen. Gerade wurde über Hellseher und Wahrsager gesprochen. Doch plötzlich unterbrach man die Sendung und eine Eilmeldung wurde verlesen. Darin hieß es, dass soeben eine Linienmaschine nach Paris vom Radar verschwunden sei. Die letzten Funksignale hörten sich an wie: Mayday! Vermutlich war die Maschine abgestürzt. Gerda war entsetzt. Das konnte doch nur ein Irrtum sein. Die Maschine, mit welcher sie fliegen sollte, war verunglückt. Nun musste sie doch beim Radiosender anrufen und mitteilen, dass sie nicht in der Maschine saß. Sie musste dem Radiochef sagen, dass sie plötzlich gesundheitliche Probleme hatte und nun daheim auf dem Sofa lag. Doch als sie den Radiochef verlangte, meinte einer der Angestellten des Senders, dass der in der Unglücksmaschine saß. Er hatte die spontane Idee, mit Gerda zusammen nach Paris zu fliegen. Er wollte ihr etwas sehr Wichtiges sagen. Aber als sie nicht kam, war er wohl derart enttäuscht, dass er sich daraufhin nicht mehr meldete. Dennoch hatte er etwas mit auf den Flug genommen, was er Gerda in Paris übergeben wollte. Es war ein gelbes Basecap, das Wahrzeichen des Radiosenders in Paris ...

275

Flug ins Jenseits

Nach dem Tode ihres geliebten Ehemannes, wollte Brenda alles stehen und liegen lassen und fortgehen. Sie dachte darüber nach, fort zu gehen von diesem furchtbaren Ort. Zu tief war die Wunde, die der plötzliche Tod ihres Mannes in ihr gerissen hatte. Er saß damals im Rollstuhl und hatte keine Freunde, nur sie. Und seine Depressionen wurden eines Tages derart heftig, dass er keinen Sinn mehr in seinem Leben sah. Bei einer Überfahrt von den Bermudainseln nach New York stürzte er sich von der Fähre und keiner konnte ihn mehr retten. Brenda erbte zwar seine Millionen und das wunderschöne riesige Haus in der Lincoln Street. Doch das Leben erschien ihr nicht mehr lebenswert. Noch einmal wollte sie nach Paris fliegen, um bei ihrer alten und einzigen Freundin Ronda ein paar ruhige Tage zu verbringen. Ronda besaß eine kleine Pension und war schon sehr alt. Sie freute sich über Brendas Besuch und reservierte ihr ein schönes Zimmer. Als der Tag der Abreise kam, hatte Brenda so ein merkwürdiges flaues Gefühl. Es war das Gefühl, welches man hat, wenn man endgültig Abschied von etwas nimmt. Sie wusste genau, dass sie New York und ihr schönes Haus nie wiedersehen würde. Und sie ließ die Reisetaschen ins Taxi bringen und ging noch einmal nachdenklich durch alle Räume. Als sie zum letzten Zimmer auf dem langen Gang im Obergeschoss kam, vernahm sie ein merkwürdiges leises Stöhnen. Ein wenig irritiert schaute sie nach, doch sie konnte zunächst nichts sehen. Als sie wieder gehen wollte, sprach plötzlich jemand zu ihr: „Hallo Brenda!" Brenda bekam einen tüchtigen Schreck und sah vor der Terrassentür eine Gestalt. Regungslos stand sie zwischen den wehenden Gardinen der offenen Tür. Brenda konnte nicht sehen, wer es war, weil sie das hereinfallende Licht blendete. Doch die Stimme kam ihr irgendwie bekannt vor. Doch sie wusste beim besten Willen nicht, wer es sein konnte. Und wie war diese Person überhaupt hier hereingekommen? Zwar stand die Tür ein wenig offen, doch das Zimmer befand sich im ersten Stock. Und dieses Stockwerk lag in diesem Hause recht hoch. Die unbekannte Person sprach: „Sei nicht traurig, Du wirst ihn wiedersehen. Er ist nicht fern von Dir. Alles wird wunderbar werden." Brenda konnte sich nicht erklären, was das alles zu bedeuten hatte. Möglicherweise spielten ihr ihre Nerven einen Streich. Zu viel hatte sie in den letzten Monaten mitmachen müssen. Zu schlimm waren die Verluste und zu traurig war der Abschied. Als sie auf die Person zuschritt, löste sie sich in Luft auf. An der Stelle, wo sie gestanden hatte, lag ein Buch. Brenda ging zur Tür und nahm das Buch an sich. Es war eine Bibel in einem schwarzen Ledereinband und sie strahlte so eine seltsame aber angenehme Wärme aus. Plötzlich stieß eine starke Windböe die Flügel der Terrassentür weit auf. Brenda zuckte zusammen, fasste sich aber schnell wieder. Sie schloss die

Tür und lief hinaus zum Taxi. Lange schaute sie zurück zu ihrem großen Anwesen und Tränen liefen ihr übers Gesicht. Sie dachte an die vielen Erlebnisse, die sie hier mit ihrem Mann John hatte. Nie konnte sie sich vorstellen, ihn zu verlieren. Und niemals wollte sie fortgehen von dieser schicksalsträchtigen Gegend. Doch das Leben ging manchmal seltsame Wege. Und so würde sie in wenigen Stunden in der Maschine nach Paris sitzen und ihr bisheriges Leben würde nur noch Vergangenheit sein. Bei diesem Gedanken hielt sie ihre Hand auf die Bibel in ihrer Handtasche. Wieder spürte sie die gleichmäßige Wärme, die von diesem Buch ausging. In der Abfertigungshalle des Flughafens kam sie endlich wieder auf andere Gedanken. Das Treiben und die Geschäftigkeit von tausenden fremder Menschen brachten ihr ein wenig Kraft und Optimismus zurück. Dennoch war es ein Gefühl von Abschied, welches in der Luft lag. Es erfasste ihr Herz und ihre Seele und die Welt erschien ihr so anders als sonst. Sie spürte, dass irgendetwas mit ihr geschehen war. Die Maschine hob pünktlich um 10 Uhr ab. Die anfängliche Angst, die sie jedes Mal bei Flugantritt beschlich, wich einer gewissen Erwartung auf das Kommende. Würde sich Ronda freuen, wenn sie bei ihr erschien? Wie würde sie aussehen? Ging es ihr gut? Brenda schaute aus dem kleinen Fenster neben ihrem Sitz. Dabei trank sie einen Bourbon, den sie sich von der Flugbegleiterin bringen ließ.

Und die weißen Wölkchen unter der Maschine erweckten in ihr das Gefühl von Freiheit und Unabhängigkeit. So etwas hatte sie seit Jahren nicht mehr gefühlt. All die Jahre in New York, der Aufbau des Verlages, was für wilde Zeiten das doch waren. Irgendwie verflogen die Jahre dabei wie die Wolken im Wind. Und ihr Leben? Nach Johns schwerem Unfall musste sie sich schließlich selbst um alles kümmern. Kinder hatten sie keine und manchmal kroch Einsamkeit in ihr hoch. Obwohl sie an Johns Seite ein recht erfülltes Leben führen konnte, wurde dieses Gefühl immer stärker. Vielleicht lag das ja daran, dass sie ihn nicht mehr so erlebte, wie er einmal war. Seine Depressionen, seine Todesahnungen, der Rollstuhl. Brenda atmete tief ein und hielt die Luft kurz an. Sollte dieses Leben nicht anders verlaufen? Warum müssen wir Dinge so erleben und nicht anders? Sie trank den Whisky aus und wollte ein wenig schlafen. Da rüttelte es plötzlich und heftige Stöße erschütterten die Maschine. Einige Fluggäste schrien laut auf. Mehrmals wurde die Maschine hin und her geschleudert. Doch schnell beruhigte sich alles wieder, und da keine Meldung über die Lautsprecher verkündet wurde, glaubte auch Brenda, es sei alles wieder in Ordnung. Erneut schaute sie aus dem Fenster. Doch was war das: Die Wolkendecke hatte eine seltsam grauschwarze Färbung angenommen. War das Wetter schlechter geworden? Die Wolkendecke waberte wie eine zähe Suppe auf und nieder. Irgendetwas schien nicht zu stimmen, oder träumte sie das nur? Auch konnte sie keine Sonne mehr entdecken, es war düster und der Himmel war aschgrau und sah merkwürdig und angsteinflößend aus. Brenda erhob sich aus ihrem Sitz und lief durch die Maschine. Sie wollte nach vorn zum Piloten, um ihn zu dieser seltsamen Erscheinung zu befragen. Unterwegs fiel ihr auf, dass kein einziger Fluggast in seinem Sitz saß. Die Tür des Cockpits stand weit offen. Kein Pilot, keine Flugbegleiter, niemand schien mehr in der Maschine zu sein. Die Maschine war menschenleer! Brenda lief ein eiskalter Schauer über den Rücken, was ging hier nur vor? War sie am Ende verrückt geworden? Sie zwickte sich recht unsanft in den Arm, doch es tat weh! Also war es kein Traum! Auch das gleichmäßige Singen der Triebwerke hörte sich nicht so an, als ob etwas nicht funktionierte. Die Maschine schwebte menschenleer in einem samtig grauen Raum ohne, ja, die Uhren standen. Der Sekundenzeiger ihrer Armbanduhr stand still, sie befand sich wohl in einem Raum ohne Zeit! Unter der Maschine teilte sich plötzlich die graue, wabernde Wolkendecke und gab den Blick auf das Meer frei. Doch auch das lag scheinbar ohne Wellengang wie ein riesiger lebloser See unter dem Flugzeug. Einen Horizont schien es nicht zu geben, überall war es düster und grau. Brenda musste sich erst einmal setzen. Sie nahm auf dem Pilotensitz Platz und wusste nicht, was das bedeutete. Wo waren nur all die vielen Menschen? Warum war nicht einmal mehr die Besatzung in der Maschine? So etwas konnte es doch gar nicht geben, denn sie waren doch in New York gestartet. Irgendjemand musste die Maschine doch auf ihren Kurs gebracht haben? War es vielleicht ein Flug ins Nirgendwo? Plötzlich entdeckte sie im Gang eine Person, die in einem Rollstuhl saß. Brenda erhob sich von ihrem Sitz und schritt langsam auf die Person zu. Als sie vor ihr stand, erschrak sie sich beinahe zu Tode: Die Person war John, ihr Mann! „Oh mein Gott, John, wie kommst Du hierher", rief sie weinend. John lächelte und nahm sie in seine Arme. Sie konnte nicht fassen, ihren geliebten John in dieser Maschine wiederzusehen. Sie fragte ihn, wie er hierhergekommen sei. Doch er streichelte ihr sanft über die Wangen und meinte mit ruhiger Stimme: „Du brauchst keine Angst zu haben Liebling. Es ist gar nicht so unfassbar, wie Du denkst. Es ist etwas Wunderbares. Der Tod ist nicht das Ende. Im Gegenteil, er ist der Anfang eines neuen Seins. Wir werden nun immer zusammen sein. Schau, dort ist Emma, Deine Schwester, die schon sehr früh verstorben ist." Die vollkommen überforderte Brenda starrte in den Gang. Weiter hinten saß tatsächlich Emma. Als sie 35 war, starb sie an Krebs. Und jetzt? Sie war noch genau so jung wie damals. Die Zeit schien stehengeblieben zu sein. Überall in der Maschine saßen plötzlich Menschen, die sie kannte und die doch schon vor Jahren gestorben waren. Und John sprach leise zu ihr: „Wir sehen immer die Menschen, die wir geliebt haben. Ich sehe wieder andere Personen. Aber Dich habe ich ganz nah bei mir. Und das wird ewig so bleiben." Brenda spürte, wie sie immer leichter wurde. Sie spürte, wie alle Ängste und alle Unklarheiten von ihr wichen. In diesem märchenhaften zeitlosen Augenblick fühlte sie sich immer besser, immer sicherer. Sie hielt die Hand auf ihr Herz, doch was war das, es schlug gar nicht mehr. Zunächst glaubte sie, den Schock ihres Lebens zu bekommen, doch sie fühlte sich gut. Sie konnte also nicht tot sein, oder? Ihre Schwester und auch die anderen Menschen, die sie kannte, winkten ihr zu, sprachen jedoch kein Wort. Sie saßen in ihren Sitzen und sahen ebenfalls merkwürdig grau und fahl aus wie das Meer und wie die dahinwabernden Wolken, die scheinbar leblos zum Horizont drifteten. John drückte Brendas Hand ganz fest an sich und meinte nur noch: „Jetzt lass uns heimgehen. Glaub mir, es ist wunderschön." Gleichzeitig verschwanden alle Personen aus dem ruhig dahingleitenden Flugzeug im Nirgendwo und die Bibel in Brendas Hand erstrahlte dabei wie ein Lichtstrahl so hell. Die Fluglotsen im Tower versuchten unterdessen vergeblich, Funkkontakt mit der vermissten Maschine aufzunehmen. Das Flugzeug war plötzlich vom Radarschirm verschwunden. War sie ins Meer gestürzt? Welches Schicksal ereilte all die Passagiere dieses Fluges? Suchtrupps fanden jedoch keinerlei Hinweise auf einen Absturz. Auch die Blackbox konnte nie gefunden werden. Die Maschine und sämtliche darin befindliche Passagiere galten seither als verschollen. Und in Brendas verlassener Villa fand man eine leblose Person am Fenster ihrer Terrasse. Es war Ronda, Brendas Freundin aus Paris. In ihren Händen hielt sie ein kleines Kruzifix. Und eine Bibel in einem schwarzen Ledereinband trieb in den Fluten des Meeres, nahe dem Bermudadreieck ...

Lebensbrunnen

Es war im Sommer 61. Gerade erst hatten die Ärzte bei mir einen großen bösartigen Tumor im Darm entdeckt. Und da alle meine sogenannten Freunde ganz plötzlich mit dem Aufbau ihrer Karriere beschäftigt waren, hatte ich genug Zeit, mich allein zu beschäftigen. Nachdem sich die erste lähmende Angst ein wenig gelegt hatte, wurde mir schlagartig klar, dass ich mit diesem Problem allein fertig werden musste. Ich bekam einige Medikamente, die vermutlich das Sterben hinauszögern sollten. Aber das Verrückteste an dieser Krankheit war, dass ich sie nicht spürte. Sie war in mir, doch ich fühlte nichts! Irgendwann beschloss ich, mein Leben zu verändern. Ich hatte einfach keine Lust mehr, überall als Kranker zu gelten und schweigend auf das Sterben zu warten. Ich wollte nur noch eines: raus! Kurzerhand mietete ich mir ein Häuschen auf dem Lande, kündigte meinen langweiligen Bürojob und zog los. Das kleine Häuschen befand sich in Hillary-Beach, einem nirgendwo eingezeichneten malerischen Fleckchen Erde, am Rande aller Zeiten. Die Einheimischen nannten diese Gegend wohl so. Und irgendwie hatten sie ja recht. Es war dort so schön, dass man diesen Ort keinem verraten mochte. Das kleine Haus gehörte einer Familie Benson. Sie waren schon alt und suchten einen Nachmieter. Um die potentiellen Mieter ein wenig auf die Probe zu stellen, vermieteten sie es den Sommer über. Scheinbar hatten sie bisher niemanden gefunden, der ihnen gefiel. So hatte ich das Glück, dort für wenig Geld wohnen zu können. Als ich dort eintraf, waren die beiden schon weg. Das kleine alte Häuschen schmiegte sich eng an einen Felsen, der einsam zwischen dutzenden dicken Eichenbäumen hervorragte. Es sah ein wenig gruselig aus, doch mir gefiel es. Als ich meine Reisetasche hineingetragen hatte, fand ich einen Zettel auf dem Küchentisch: „Wir wünschen Ihnen viel Spaß in unserem kleinen Haus. Im Kühlschrank haben wir ein paar leckere Sachen für Sie. Also dann, alles Gute, die Bensons!" Es dauerte nicht lange, bis ich die wenigen Räume des Hauses inspiziert hatte. Eigentlich suchte ich eine Dusche, fand aber keine. Nur ein Badezimmer, in dem es lediglich ein winziges Waschbecken gab. Da mir das nicht reichte, musste ich mir wohl oder übel eine andere Wasserstelle suchen, aber wo? Vielleicht gab es einen See in der Nähe, oder einen Fluss? Nachdem ich mich ein wenig ausgeruht hatte, begab ich mich auf die Suche. Hinter dem Haus schloss sich ein idyllisches Gartengrundstück an. Überall standen Gipsfiguren herum und es sah ziemlich kitschig aus. Gerade wollte ich ins Haus zurück, da hörte ich ein leises Plätschern. Es musste ganz in der Nähe sein. Noch einmal ging in den Garten und untersuchte jeden einzelnen Winkel. Und tatsächlich! Hinter einem dichten Gebüsch, am Fuße des merkwürdigen Felsens befand sich ein kleiner Brunnen. Munter und fidel schoss das

Wasser in einer hohen Fontäne nach oben, um im selben Augenblick laut plätschernd in den Brunnen zurück zu fallen. Was für ein wunderschöner Anblick. In allen Farben schillerte das Wasser und regte mich zum Träumen an. Das plätschernde Geräusch weckte in mir Gefühle, die ich lange schon nicht mehr kannte: Eine unbändige Gier nach Leben! Ich setzte mich auf den steinernen Rand des Brunnens und schloss meine Augen. Und plötzlich sah ich, wie mein Leben in einzelnen Episoden vor meinem inneren Auge vorüber flog. Ich sah alles Mögliche, nur meine Erkrankung, die sah ich nicht mehr. Es war, als wäre sie nie dagewesen. Bei diesem Brunnen fühlte ich mich so geborgen und sicher wie nirgendwo sonst. Er schien mir so vertraut, beinahe so, als wäre er ein Teil von mir. Ewig wollte ich so weiterträumen. Doch ich musste meine Medikamente einnehmen. Nachdenklich ging ich ins Haus zurück. Dieser Brunnen hatte mich total verzaubert. Als ich ein wenig zu Abend gegessen hatte, wollte ich noch einmal zu ihm gehen. Vielleicht konnte ich in seiner Nähe gut einschlafen. Einsam lag der kleine Brunnen, und das Mondlicht warf einen magischen Schein auf das dunkel schillernde Wasser. Ich legte mich auf den Brunnenrand und schaute in die Sterne. Myriaden von Lichtpunkten erstreckten sich in dieser unfassbaren Unendlichkeit. Sie standen so starr in diesem schwarzen Nichts, und doch war alles in ständiger Bewegung. Dort draußen gab es keinen Stillstand. Und hier unten auf der Erde? Ein leichter Wind verfing sich im Blätterwerk der Eichenbäume und erzeugte dabei ein geheimnisvolles Rauschen. Es knisterte ganz leise und ich hatte den Eindruck, als wäre irgendjemand in der Nähe. Ich schaute mich um, doch es war keiner da. Vorsichtig stieg ich in das erfrischende Wasser des Brunnens. Das eiskalte Wasser der Fontäne fiel auf mich herab und ich ließ mich ganz ins Wasser fallen. Was für ein Gefühl. Ich konnte gar nicht genug davon bekommen. Und auf einmal fühlte ich mich wie ein spielendes Kind. Ich planschte herum und vergaß die Zeit, mein Alter und meine Krankheit. Ich vergaß alles um mich herum. Ich freute mich, dass ich diese einzigartige Natur, dieses Leben so tief in mich aufnehmen durfte. Ja, dafür lohnte es sich zu leben, jede Sekunde! Es war wunderbar. Ich hatte meine Träume zurück. Als ich müde genug war, legte ich mich auf den Rand meines geliebten Brunnens und schlief ein. Am nächsten Morgen wurde ich von einem seltsamen Pfeifton geweckt. Ich schlug meine Augen auf und hatte sofort den Eindruck, dass irgendetwas anders war als sonst. Ich konnte es mir einfach nicht erklären. Das Wetter war wunderbar und die Sonne kitzelte mich an der Nasenspitze. Das Pfeifen kam aus dem Haus. Auf einer kleinen Kommode lag mein Handy und pfiff laut vor sich hin. Am anderen Ende meldete sich mein Arzt. Er fragte mich, ob ich meinen Termin heute Morgen vergessen hätte. Nervös zog ich den Terminzettel aus der Brieftasche und schaute zur Uhr. Und wahrhaftig, ich hatte den Termin verpasst! Doch der Arzt lachte nur und meinte, dass es nicht so schlimm sei. Gleich am nächsten Tag sollte ich zu ihm kommen. Ich packte also meine Reisetasche zusammen und fuhr am darauf folgenden Tag zu seiner Praxis. Als die Untersuchungen abgeschlossen waren, sollte ich in seinem Zimmer warten. Er wollte etwas Wichtiges mit mir besprechen. Mit versteinerter Miene betrat er den Raum. Kopfschüttelnd betrachtete er sich die Untersuchungsergebnisse, und ich hatte bereits die schlimmsten Vermutungen. Doch als er aufschaute, lächelte er und meinte, dass er so etwas in einer langjährigen Zeit als Chirurg noch niemals erlebt hätte. Alle Befunde seien normal. Es war ein Wunder. Der große Tumor im Darm hatte sich zurückgebildet. Es gab keine Zweifel, ich war wieder gesund! Ich konnte nicht anders, ich sprang auf den Arzt zu und umarmte ihn. Solch eine Nachricht hatte ich wirklich nicht erwartet. Aber wie konnte das nur möglich sein? Der Arzt wusste keine Antwort. Und mir war sie eigentlich auch egal. Ich war gesund, nur das zählte noch! Voller Freude fuhr ich zum Haus und zu meinem Brunnen zurück. Doch als ich durch den Garten zu ihm gehen wollte, fand ich ihn nicht mehr. An der Stelle, wo er gestern noch stand, erstreckte sich eine kleine Wiese. Das konnte doch gar nicht sein. Ich war mir ganz sicher, in seinem Wasser gebadet zu haben. Er musste da sein! Aber ich suchte vergebens, er blieb verschwunden. Da wurde mir klar, dass es der

Brunnen gewesen sein musste, der mir meine Gesundheit zurückgegeben hatte. Als das alte Ehepaar zurückkehrte, fragte ich sie nach diesem Brunnen. Die beiden schauten sich an und der alte Mann meinte: „Ja, vor vielen Jahren hat es hier einen Brunnen gegeben. Ich habe selbst als Kind in ihm gebadet. Leider versiegte er und wir haben eine Wiese darüber gepflanzt. Der Brunnen hatte magische Kräfte. Sein Wasser hat uns stets von schweren Krankheiten befreit. Sie haben diesen zauberhaften Brunnen wiederentdeckt. Sie sollen das Haus haben." Ich wusste gar nicht, was ich vor lauter Glück sagen sollte. Nun war ich also nicht nur meine furchtbare Krankheit los, ich wurde auch noch Hausbesitzer. Doch wovon sollte ich das Haus bezahlen? Der Alte sagte, dass sie es mir für einen Dollar symbolisch verkaufen würden, wenn sie immer mal zu Besuch kommen dürften. Mehr wollten sie nicht. Natürlich willigte ich ein, und wir erstellten einen Kaufvertrag. Leider hatte ich sie seitdem nie wiedergesehen. Eines Tages fand ich im Keller des Häuschens etliche alte Zeitungen. Ich wollte sie schon wegwerfen, da stutzte ich. Auf der Titelseite einer Zeitung entdeckte ich ein seltsames Foto. Es zeigte das kleine Häuschen und ich las den darunter stehenden Text: „Arztehepaar bei Unfall ums Leben gekommen! Beim Ausheben eines Brunnenschachtes stürzte der Inhaber des Anwesens ins den Brunnen. Als ihm seine Frau zu Hilfe kommen wollte, stürzte sie ebenfalls hinein. Die beiden konnten Tage später nur noch tot geborgen werden." Um den Text bis zu Ende lesen zu können, musste ich die Seite umblättern. Auf der anderen Seite hatte man die Fotos des Ehepaares abgedruckt.

Ich erschrak, es war das alte Ehepaar, welches mir das Haus überschrieben hatte! Als ich den Kaufvertrag später auf seine Echtheit überprüfen ließ, stellte man fest, dass die Unterschriften echt waren. Und als ich das Datum auf dem Kaufvertrag verglich, bekam ich einen Schock! Das Ausstellungsdatum des Vertrages war der Tag vor dem tödlichen Unfall des Ehepaares …

Erbschaft

Man sagt, es gibt Menschen, die mit dem Satan paktieren. Doch nicht immer steckt blinder Hass dahinter. Manchmal ist es grenzenlose Liebe, die Menschen so handeln lässt. Als ich die 25-jährige Margret kennenlernte, erschien sie mir zerbrechlich und schwach. Sie lebte noch bei ihren Eltern, weil sie keine Arbeit hatte. Doch auch die Eltern waren arbeitslos und konnten ihrer Tochter nicht helfen. Oft stritten sie heftig miteinander, was Margret sehr traurig werden ließ. Eines Tages lernte sie Jürgen kennen. Er war drei Jahre älter als sie und studierte Medizin. Da es ihm etwas besserging als Margret, half er ihr, wo er nur konnte. Die beiden verstanden sich wunderbar und wollten schließlich eine Familie gründen. Alles lief gut, doch plötzlich begann sich Jürgen zu verändern. Immer öfter zog er sich zurück und sprach tagelang kein einziges Wort. Wenn Margret ihn dann fragte, dann schrie er sie an, sie sollte ihn doch in Frieden lassen. Weil sie ihn so sehr liebte, trennte sie sich aber nicht von ihm. Jedes Mal versuchte sie, die angespannte Situation zu retten, indem sie mit ihm sprach. Und sie hatte das Gefühl, als ob ihn das wieder etwas zugänglicher werden ließ. Als sie jedoch schwanger von ihm wurde, war es auch mit dieser letzten Seligkeit vorbei. Jürgen kommandierte Margret herum und pöbelte sie grundlos an. Margret war froh, wenn er mal nicht da war. Doch sie wusste, dass es so nicht weitergehen konnte. Denn sie hatte Angst, dass es so enden könnte wie bei ihren Eltern. So nahm sie sich vor, Jürgen heimlich zu beobachten. Vielleicht traf er sich mit dubiosen Leuten oder er hatte schlicht und einfach eine Geliebte. Als Jürgen eines Morgens wieder vorgab, zur Uni zu fahren, tat sie so, als hätte sie eine Menge Hausarbeit zu erledigen. In Wahrheit jedoch wollte sie nur eines: Jürgen nachspionieren. Zwar fühlte sie sich absolut nicht gut dabei, doch es musste sein! Nachdem Jürgen aus dem Hause gegangen war, wartete sie einen kleinen Augenblick. Dann zog sie sich eine Jacke über und folgte ihm. Natürlich musste sie darauf bedacht sein, dass er sie nicht bemerkte. Jürgen lief bis zu einer Straßenkreuzung und wartete dort einige Minuten. Plötzlich hielt ein schwarzes Fahrzeug, Jürgen stieg schnell ein und das Auto brauste davon. Margret trug vorsorglich stets einen Zettel und einen Stift bei sich. Sie ahnte wohl, dass sie all das irgendwann einmal brauchen würde. Nachdem sie sich die Autonummer notiert hatte, lief sie nach Hause zurück. Von dort aus rief sie mich an und bat mich, ihr bei ihren heimlichen Ermittlungen behilflich zu sein. Nur ungern erfüllte ich ihr diesen Wunsch, denn es war ja nicht ganz klar, ob Jürgen tatsächlich etwas Anstößiges tat. Dennoch wollte ich ihr helfen so gut es mir möglich war. Jürgen kam an diesem Abend erst sehr spät zurück. Als Entschuldigung gab er an, dass er zusammen mit einem Kommilitonen aus der Uni für eine schwierige Klausur lernen musste. Margret allerdings glaubte ihm kein einziges Wort. Und wieder kam es zu einem erbitterten Streit. Dabei entglitt ihr ein Hinweis auf die morgendliche Beobachtung an der Kreuzung. Jürgen wurde plötzlich sehr ernst und es schien, als sei er geistig weggetreten. Er packte seine Tasche und verschwand wortlos aus der Wohnung. Margret rief ihm noch irgendetwas hinterher, doch es war vergebens. Jürgen kam nicht mehr zurück. Bis Mitternacht wartete sie auf ihn. Doch von Jürgen fehlte jedes Lebenszeichen. Ihre anfängliche Wut wich einem unerklärlichen Angstgefühl, welches mehr und mehr von ihr Besitz ergriff und sie immer unruhiger werden ließ. Schließlich rief sie mich an. Sie schilderte mir den merkwürdigen Vorfall mit Jürgen. Ich fuhr sofort zu ihr und wir warteten noch eine geschlagene Stunde auf ihn. Als er nicht kam, fuhren wir gemeinsam los. Zunächst hielten wir an der Kreuzung, an welcher sie Jürgen in das schwarze Fahrzeug einsteigen sah. Doch ein schwarzes Fahrzeug oder sogar Jürgen konnten wir nirgends entdecken. Margret wusste, wo Jürgens bester Freund, der Kommilitone, mit dem er angeblich gelernt hatte, wohnte. Der war zu Hause und konnte sich ebenfalls nicht erklären, wo Jürgen steckte. Langsam wurde uns die Sache unheimlich. Als wir zur Polizei fuhren, um uns dort beraten zu lassen, mussten wir an einem kleinen Wäldchen vorbei. „Halt mal an", zischte Margret plötzlich. In einer kleinen Schneise hielt ich den Wagen an. Hatte Margret etwas gesehen? War Jürgen hier? Margret deutete auf ein Fahrrad, welches an einem Baum lehnte, es war Jürgens Rad! Zwar fragte sie sich, wie das hierhergekommen sei. Doch vielleicht war Jürgen unbemerkt nach Hause gekommen und hatte es sich geholt. Wir stiegen aus und liefen bis zu einer alten verfallenen Scheune. Aus ihrem Inneren drangen Stimmen. Das Scheunentor war nur angelehnt und stand ein Spalt weit offen. Vorsichtig pirschten wir uns bis zum Tor und schauten durch den schmalen Spalt. Und was wir dann sahen, ließ uns das Blut in den Adern gefrieren. In der Mitte der Scheune stand Jürgen. Er schien jedoch derartig in Trance, dass er stöhnend hin und her taumelte. Plötzlich knirschte und knackte es, dann züngelten Flammen aus dem Erdboden, gelber Rauch stieg auf, aus dem Inneren der Erde erschien eine schwarze Gestalt. War die furchterregende Erscheinung etwa der Satan? Der vermeintliche Satan schwebte vor dem hin und her wankenden Jürgen und wurde größer und größer. Jürgen fiel auf die Knie und flüsterte unverständliche Worte. Dann sprach er mit zitternder Stimme: „Nimm mich an ihrer Stelle und lass sie am Leben. Bitte, nimm mich, ich liebe sie doch so sehr!" Der Satan jedoch, der mittlerweile als riesiges drohendes Monster vor Jürgen schwebte, lachte laut und rief: „Wenn Du sie nicht frei gibst, dann nehme ich mir Dich!" Mit einem lauten Knall verschwand er daraufhin zurück in der Erde und die Flammen verschwanden. Jürgen kniete hilflos auf dem Boden und weinte bitterlich. Er schien vollkommen entrückt von dieser Welt. Sollten wir jetzt eingreifen. Wir mussten es! Wer weiß, was noch alles passiert wäre, wenn wir es nicht getan hätten. Margret rannte als erste in die Scheune. Sie lief geradewegs auf ihren Jürgen zu und hielt dessen Hand ganz fest. Jürgen, der sichtlich überfordert mit der Situation schien, wusste gar nicht, wie ihm geschah. Er stammelte etwas wie: „Was willst Du denn hier? Ich schaff das auch allein! Scher Dich weg, ich brauch niemanden!" Schnell fiel ich ihm ins Wort und versuchte, ihm einige Fragen zu stellen. Mich interessierte vor allem, wer diese Erscheinung war? Auch wollte ich von ihm wissen, was er mit seinem Bitten und Flehen gemeint hatte. Doch Jürgen schaute mich nur schweigend an und fand es gar nicht so lustig, dass ich mit Margret in die Scheune gekommen war. Die wiederum schaffte es ebenfalls nicht, Jürgen eine Erklärung abzutrotzen. Als er sich wieder etwas gefangen hatte, stand er wortlos auf und verschwand mit seinem Fahrrad in der Dunkelheit der Nacht. Wir wussten nicht, was wir von all dem halten sollten. Außerdem bekam ich Angst, Margret könnte diese Aufregung geschadet haben. So fuhren wir wieder zu ihr nach Hause, in der Annahme, dass Jürgen dort sei. Doch er war nicht dort. Margret schien es zu müßig, noch länger nach ihm zu suchen. Sie wollte allein sein, um nachzudenken. Und sie wollte erst einmal allein mit dieser schwierigen Situation fertig werden. Ich fragte sie noch, ob sie sich wirklich sicher sei, dass sie das wollte. Doch sie nickte nur und komplimentierte mich aus der Wohnung. Natürlich sorgte ich mich sehr um sie. Dieser Jürgen schien wohl einfach nicht gut für sie zu sein. Seit sie ihn kannte, hatte auch sie sich verändert. Sie war nicht mehr so lustig und aufgeschlossen wie früher. Ich wusste jedoch nicht, wie ich ihr helfen könnte. So wunderte ich mich auch nicht, dass sie eines Tages heulend vor meiner Tür stand. Sie gestand mir, dass Jürgen sie kurzerhand verlassen habe. Angeblich sei ihm alles über den Kopf gewachsen, das Studium, die Uni, die schwangere Margret, er packte es einfach nicht mehr. Aber was sollte aus Margret werden? Wer fragte sie, wie es ihr in dieser schweren Zeit ging? Oft versuchte ich, sie zu trösten und sprach sehr dann lange mit ihr. Plötzlich geschah etwas sehr Seltsames: Margret erhielt Post von einem Notar. Aus einer Erbschaft sollte sie 500.000 Dollar erhalten. Sie konnte sich das nicht erklären, denn keiner hatte ihr etwas zu vererben. Ihre Familie hatte kein Geld und war selbst bedürftig. Doch der Notar, der ihr das mitteilte, meinte nur lapidar, dass es sich um eine Urkunde handelte, die handschriftlich unterzeichnet sei. Ein älterer Herr hätte sie mit dieser Summe bedacht. Allerdings könnte sie die Urkunde sehr gern einsehen. Es war mir klar, dass sie Gewissheit wollte. Nach all diesen schweren Schicksalsschlägen musste sie wissen, ob sie wirklich dieses Geld geerbt hatte und von wem. Auf der Urkunde aber fand sie keine Hinweise, von wem das Geld kam. Allerdings erkannte sie die Unterschrift, es war die von Jürgen! Wie kam er dazu, ihr so viel Geld zu vererben? War er etwa gestorben? Selbst der Notar konnte ihr das nicht erklären. Als Margret wieder nach Hause kam, fand sie einen Briefumschlag im Kasten vor. Sie öffnete ihn und erstarrte vor Schreck, denn dort stand geschrieben: „Meine geliebte Margret. Wenn Du das liest, dann bin ich nicht mehr unter Euch. Wundere Dich auch nicht über das Geld. Es hat alles seine Richtigkeit. Ich konnte nicht mehr mit ansehen, wie Du leidest. Du hast so viel mitmachen müssen. Nun sollst Du es besser haben. Du musst aber immer wissen, ich habe Dich stets geliebt. Die 500.000 Dollar sind von einer Person, der ich im Gegenzug meine Seele verschrieben habe. Der Vertrag liegt beim Notar und die Unterschrift ist tatsächlich von mir. Ich habe sie mit meinem eigenen Blut geschrieben."

Pullover

Der neunjährige Jerry wünschte sich einen bunten Pullover. Einen besonders schönen sah er in einem kleinen Geschäft in der Stadt. Doch seine Mutter hatte nicht das Geld, um ihm diesen Pullover zu kaufen. Und da er noch zu jung war, um sich das Geld selbst zu verdienen, musste er wohl oder übel auf den schönen Pullover verzichten. Eines Tages kam er mal wieder geschafft von der Schule und ging wie immer an dem kleinen Laden vorbei. Sehnsüchtig schaute er in das große Schaufenster und betrachtete sich seinen bunten Pullover. Wie toll würde jetzt er in diesem schmucken Kleidungsstück aussehen. Ach, er würde ihn so gern einmal anziehen. Dicke Tränen liefen ihm über die Wangen. Die Verkäuferin, die das durch die Schaufensterscheibe beobachtet hatte, kam heraus und fragte ihn, warum er so bitterlich weinte. Jerry gestand ihr, dass er den bunten Pullover so gern einmal anziehen würde. Da die nette Verkäuferin selbst einen Jungen in seinem Alter hatte, nahm sie Jerry kurzerhand mit in den Laden und holte den Pullover aus dem Schaufenster. Jerry durfte ihn einmal drüberziehen. Vielleicht passte er ja und seine Mutter würde ihm das Kleidungsstück doch noch schenken. Immerhin hatte er ja in drei Monaten Geburtstag. Als Jerry den Pullover angezogen hatte, betrachtete er sich in dem großen Spiegel, der in der Umkleidekabine hing. Tatsächlich, der Pullover passte wie angegossen. Lange stand er vorm Spiegel und bewunderte sich. Auch die Verkäuferin meinte, dass er so richtig gut darin aussehen würde. Das bestärkte Jerry noch mehr, mit seiner Mutter zu reden, damit sie sich erweichen ließe. Schweren Herzens zog er das Schmuckstück wieder aus und gab es der Verkäuferin zurück. Traurig trottete er aus dem Laden. Irgendwie schien alles keinen richtigen Sinn mehr zu machen. Und plötzlich wollte er auch gar nicht mehr nach Hause gehen. Er blieb stehen und dachte kurz nach. Die Mutter würde ihm den schönen Pullover ohnehin nicht kaufen, also brauchte er auch nicht mehr heim zu gehen. Er lief durch die Stadt und setzte sich in eine Eisdiele. Seiner Mutter war oft mit ihm dort, weil es da die größten Eisbecher mit dicken Früchten und so richtig viel Sahne obendrauf gab. Jerry zählte sein Taschengeld, na ja, viel war ja nicht mehr da, aber für eine Kugel Eis würde es vielleicht noch reichen. Gerade kam eine Bedienung, da fiel ihm seine Geldbörse herunter. Als er sie schon wieder in der Hand hielt, entdeckte er noch etwas anderes unter dem Tisch. Unter einem Heizkörper versteckte sich eine weitere Geldbörse. Offenbar hatte sie bisher noch keiner gesehen. Jerry zog sie unter Heizung hervor und legte sie auf den Tisch. Dann fragte er die Bedienung nach dem Preis für eine einzige Kugel Eis. Und welch Glück, er konnte sie sich gerade noch leisten. Die Bedienung ging und Jerry schaute in die fremde Geldbörse hinein. Dort steckten mehrere Geldscheine, ein Personalausweis und eine Kreditkarte. Jerry wusste, dass man damit auch bezahlen konnte. Als die Bedienung mit seiner Eis Kugel zurückkehrte, bezahlte er schnell und drückte ihr die soeben gefundene Geldbörse in die Hand. Die Bedienung freute sich sehr über Jerrys Ehrlichkeit und sagte, dass schon ein älterer Herr danach gefragt hätte. Und als sie noch davon sprach, stand dieser ältere Herr auch schon hinter ihr. Er war sehr glücklich, dass jemand seine vermisste Geldbörse gefunden hatte. Denn er musste ja bezahlen können und brauchte seinen Ausweis. Vor lauter Freude spendierte er Jerry einen riesengroßen Eisbecher mit vielen bunten Früchten. Die waren beinahe so bunt wie sein Pullover, den er ja nicht haben konnte. Der alte Mann bemerkte Jerrys Traurigkeit und fragte ihn, was ihn bedrückte. Erst wollte Jerry nichts von seinem Pullover erzählen. Doch als der Alte nicht lockerließ, berichtete ihm Jerry in allen Einzelheiten, wie schön der Pullover doch sei und dass er ihn so gern hätte. Er erzählte dem alten Mann auch, dass er ganz allein mit seiner Mutter lebte, weil Papa schon tot sei. Und er erzählte, dass sie deswegen ganz wenig Geld hätten. Der Alte schaute Jerry nachdenklich an. Er fragte Jerry nach dem Preis des bunten Pullovers. Doch Jerry schwieg, er konnte ja das Geld eh nicht aufbringen. Wozu also noch über den Preis sprechen. Es hätte ja sowieso keinen Sinn. Schließlich fragte der Alte, wo Jerry wohnte.

Und dann gingen die beiden zusammen zu Jerrys Haus, welches nicht weit entfernt war. Die Mutter wartete schon auf ihn und fragte, wo er geblieben sei. Der alte Mann wartete Jerrys Antwort gar nicht erst ab und sagte: „Jerry hatte heute eine gute Tat vollbracht. Er hat meine Geldbörse gefunden. Dafür soll er einen Finderlohn bekommen, denn darin befanden mein Personalausweis und etwas Geld." Schnell zog er einen Geldschein heraus und gab ihn Jerry. Unbemerkt fiel jedoch auch eine kleine Visitenkarte aus der Geldbörse und segelte geradewegs hinter den Fußabstreicher vor der Tür. „Kauf Dir Deinen bunten Pullover. Er ist der Lohn für Deine Ehrlichkeit." Eigentlich war der Mutter nicht recht, dass Jerry Geld von dem alten Mann erhielt. Aber sie wusste, wie gern Jerry den bunten Pullover haben wollte und der hatte ihn sich ja auch wirklich verdient. Der Alte verabschiedete sich und ging. Jerry konnte es gar nicht erwarten, endlich mit seiner Mutter ins Geschäft zu gehen. Das erste Mal konnte er sich selbst etwas kaufen. Und dann auch noch etwas, das er sich so sehnlich gewünscht hatte. Voller Stolz zog er den Pullover an und wollte ihn auch gar nicht wieder ausziehen. Zu sehr gefiel er ihm und er wollte ja allen zeigen, was er jetzt besaß. Beim Bezahlen bekam er eine Menge Geld zurück. Und das bereitete ihm ein schlechtes Gewissen. Er wollte es dem alten Mann zurückgeben. Nur wusste er leider nicht, wo er wohnte. Die Mutter tröstete ihn und meinte, dass er das übrige Geld ja in sein

Sparschwein werfen könnte. Jerry war zwar einverstanden, doch so richtig wohl schien ihm nicht dabei zu sein. Dennoch überwiegte schließlich die große Freude über seinen neuen Pullover. Mit stolz geschwellter Brust lief er neben seiner Mutter her und schaute alle Leute an, die ihnen entgegenkamen. Die schienen sich mit ihm zu freuen und winkten ihm sogar zu, als er sie grüßte. Als die beiden zu Hause ankamen, fiel der Mutter die kleine Visitenkarte auf, die in dem kleinen Spalt hinter dem Fußabstreicher lag. Sie hob das etwas zerknitterte und zerschlissene Kärtchen auf und las: Balthasar Krause, Klavierlehrer. Neben der Adresse des Mannes war auch ein kleines Foto darauf. Es zeigte den alten Mann vor einem Klavier. Natürlich gab sie Jerry sofort die Karte. Der war überglücklich, denn nun konnte er dem Mann das übrig gebliebene Geld zurückbringen. Außerdem wollte er ihm seinen neuen Pullover zeigen. Als die zwei vor dem alten verfallenen Haus standen, wunderten sie sich sehr. Denn das Haus war nur noch eine unbewohnte Ruine. Auch ein Klingelschild fanden sie nicht mehr. Die Mutter fragte eine alte Dame, die gerade vorbeilief, ob sie den vermeintlichen Klavierlehrer Krause kenne. Doch die winkte nur ab und sagte dann traurig: „Ja, ich kannte Herrn Krause sehr gut. Als ich noch ein Kind war, hat mir das Klavierspiel beigebracht. Leider ist bereits vor drei Jahren gestorben."

Gelber Eimer

Unter unserem alten Waschbecken im Keller stand immer ein gelber Wassereimer. Er war noch ein altes Erbstück von meiner Großmutter. Früher diente er dazu, die Wäsche in den Garten zu tragen. Doch über die Jahre nutzten wir ihn, um das Wasser, welches aus den maroden Dichtungen des Waschbeckenablaufes tropfte, aufzufangen. Er war eben so eine Art Notbehelf für alle Zwecke. Dennoch konnte ich mir das Waschbecken ohne diesen Eimer einfach nicht vorstellen. Es wurde Frühling und das Osterfest war nicht mehr weit. Überall erblühten die Osterglocken und die Sonne schien schon recht warm. Mit unserem gelben Eimer transportierte ich den Osterschmuck in den Garten. Ich wollte bunte Ostereier an die gerade erst erblühenden Sträucher hängen. Da gab es plötzlich einen ohrenbetäubenden Knall. Ich erschrak mich fürchterlich und schaute zur Straße vor unserem Haus. Dort war ein Fahrzeug gegen einen Baum gerast und in Flammen aufgegangen. Es brannte lichterloh und dicker schwarzer Qualm stieg in den blauen Himmel. Sofort rannte ich hinaus. Das Fahrzeug war sehr stark beschädigt und eine Seite in dem Fahrzeug befanden sich offenbar zwei Personen. Sie schienen eingeklemmt zu sein, denn sie hantierten panisch im Fahrzeug herum. Vermutlich versuchten sie, die Türen zu öffnen. Doch der immer stärker werdende Rauch nahm ihnen die

Sicht. Ich versuchte, die weniger beschädigte Tür von außen zu öffnen. Doch es gelang mir nicht. Zu heiß waren die metallenen Griffe und ich konnte sie einfach nicht angreifen. Blitzschnell rannte ich zum Haus, schüttete den Osterschmuck aus dem Eimer und lief in den Keller. Dort füllte ich Wasser in den Eimer, schnappte mir einen herumliegenden Lappen und rannte zum Fahrzeug zurück. Ich schüttete das Wasser an die glühend heiße Tür. Als ich den Eimer abstellen wollte, bemerkte ich, dass sich noch etwas Anderes im Eimer befand, ein kleiner Feuerlöscher! Ich nahm ihn, setzte ihn in Gang und erstickte die Flammen, die bereits bedrohlich aus dem Motorraum züngelten. Erst jetzt bemerkte ich mit Entsetzen, dass aus dem abgerissenen Tankstutzen Benzin heraustropfte. Beinahe hätten die Flammen die entstandene Benzinlache entzündet, hätte ich den Feuerlöscher nicht plötzlich im Eimer gefunden. Allerdings erwischte ich nicht alle Flammen. Und im Fahrzeug stand dichter Rauch. Ich musste schnellstens das Fahrzeug öffnen, um die beiden Personen heraus zu holen! Mit dem Tuch versuchte ich, die noch immer sehr heiße Türklinke anzugreifen. Nach einigem Ziehen daran ließ sie sich endlich öffnen. Die beiden Personen, eine Frau und ein Kind, husteten und fuchtelten ängstlich in der Luft herum. Ich ergriff ihre Arme und zerrte sie nacheinander hinaus. Kaum lagen sie im Straßengraben, gab es erneut einen lauten Knall und das gesamte Fahrzeug brannte lichterloh. Ich versuchte, mit den beiden zu sprechen, wollte wissen, wie es ihnen ging. Und nachdem sie sich wieder etwas beruhigt hatten, gaben sie auch Antwort. Mit meinem Handy rief ich einen Notarztwagen. Nach wenigen Minuten und mit lautem Sirenengeheul kam er endlich und versorgte die beiden Verunglückten. Sie konnten gerettet werden. Das Fahrzeug jedoch brannte vollkommen aus. Die Rettungssanitäter bedankten sich bei mir für mein schnelles Handeln. Denn hätte ich nicht sofort geholfen, dann hätte man die beiden wohl nicht mehr retten können. Auch die Feuerwehr kam schnell und hatte den Brand bald unter Kontrolle. Am Osterwochenende besuchte ich die junge Frau und ihren kleinen Sohn im Krankenhaus. Ihnen ging es glücklicherweise wieder recht gut und die Frau sagte zu mir, dass die Versicherung den Schaden zahlt. Sie wollten mir noch etwas schenken, doch mir reichte es schon, die beiden wohlauf zu sehen. Als ich am Nachmittag wieder nach Hause zurückkehrte, ging ich in den Keller, um nach dem Wassereimer zu sehen. Ich wusste nicht mehr, wo ich ihn am Unfalltag abgestellt hatte. Ich fand ihn, er stand wie immer unterm Waschbecken. Doch was war das, ich traute meinen Augen nicht, der gelbe Eimer war bis zum Rand mit Schokolade und Pralinen gefüllt. Und durch das geöffnete Kellerfenster sprang ein niedlicher kleiner Osterhase …

Hotel des Schreckens

An etwas Böses erinnerte mich jenes sonderbare Hotel. Ich war in die Wälder Alabamas gefahren und wollte eigentlich Wandern. Allerdings sollte auch noch ein wenig Erholung dabei sein. Das Hotel hatte ich mir auch gar nicht herausgesucht, ich hatte es zufällig beim Herumfahren in dieser Gegend entdeckt. Doch das es derart einsam lag und so merkwürdig aussah, behagte mir irgendwie gar nicht. Bedrohlich erhob es sich zwischen den hohen Kiefern und sah aus wie ein graues Totenmonument. Dennoch wollte ich nicht weiterfahren; ich war hundemüde und wollte einfach nur ins Bett. Schon im Foyer des nüchternen Gebäudes liefen bleiche Gestalten herum. Es waren Leute, die mich allesamt so merkwürdig anschauten-ich konnte mir das Ganze nicht erklären, sie kannten mich doch gar nicht. Mir war einfach unheimlich zumute und ich hatte nur noch einen Wunsch, auf schnellstem Wege in mein Zimmer zu kommen. Der Concierge, ein junger hohlwangiger, aber überfreundlicher Mann schob mir mit großen Augen den Zimmerschlüssel über den Tresen. Ich unterschrieb auf dem Eincheckformular, welches vor mir lag und begab mich zum Fahrstuhl. Die alte reich verzierte Tür sah gespenstisch aus. Es waren Totenköpfe, die reliefartig die Tür übersäten. Wie konnte man nur so etwas als Zierde anbringen? Ich konnte das nicht verstehen, doch es wurde noch verrückter. Im Fahrstuhl ruckelte es, als sei ich auf einer Straße mit Millionen Schlaglöchern unterwegs. Und als ich schließlich im obersten Stockwerk anlangte, wo sich mein Zimmer befand, stand schon ein älterer Herr in schwarzer Livree an der Tür. Mit kühler monotoner Stimme fragte er mich, wie es mir ginge. Ich wusste nicht so recht, ob es mir angenehm oder irgendwie komisch zumute war. In jedem Fall aber war ich hundemüde. Ich erkundigte mich bei dem sonderbaren Herrn, ob ich immer alle Fahrstühle nutzen könnte, wenn ich ins Foyer wollte. Der überfreundliche Mann verzog keine Miene und sprach mit eisiger sonorer Stimme: „Natürlich mein Herr. Alle Fahrstühle fahren nach unten. Wollen Sie sich überzeugen, es geht in jedem Falle abwärts!" Ich lehnte ab und er grinste ganz merkwürdig und verschwand. Ich war heilfroh, doch noch mein Zimmer erreicht zu haben und stellte meine Reisetasche neben den hölzernen Einbauschrank. Erleichtert atmete ich tief ein und fand, dass die hier mal wieder gelüftet werden sollte. Es roch muffig alt. Ich lief zum Fenster, um es zu öffnen, schaute dabei zum Wald, der das Hotel umgab, und durch welchen ich auch gekommen war. Als ich hinunterschaute, erschrak ich fürchterlich. Vor dem Hotelportal standen drei schwarze Leichenwagen, und mehrere Männer in schwarzen Uniformen trugen weiße Särge aus dem Hotel. Als sie die Särge in den Bestattungsfahrzeugen verstaut hatten, schienen sie mich zu bemerken und starrten regungslos nach oben. Ihre Blicke waren derart durchdringend, dass mir nicht nur ein Kälteschauer über den Rücken lief. Und eine bange Frage nistete sich in meinem Kopfe ein: Wo war ich hier nur hingeraten?

Vielleicht hätte ich doch besser wieder auschecken sollten, denn die Nacht, die mir bevorstand, war noch übler als ich es in irgendeinem Horrorfilm je gesehen hatte. Nachdem ich meine Tasche ausgepackt hatte und mir einen kleinen Imbiss aufs Zimmer bringen ließ, wollte ich mich hinlegen. Draußen war pechschwarze Nacht und seltsamerweise schien das gesamte Hotel im Dunkeln zu liegen. Keine blinkenden Werbetafeln, keine Laternen, nichts, das leuchtete umgab das sonderbare Hotel. Vermutlich war ich dann doch eingeschlafen, denn als ich wach wurde, war schon Mitternacht. Seltsame Geräusche krochen durch die Flure des altehrwürdigen Gemäuers. Es glich einem Röcheln, und schließlich waren da diese Schreie. Sie kamen von den Fahrstuhlschächten. Ich wusste nicht genau, ob ich nachschauen sollte oder nicht. Vielleich hätte ich es besser sein lassen sollen, denn kaum hatte ich mein Zimmer verlassen, um mich zu überzeugen, woher die Geräusche kommen mochten, flackerte das Licht auf der Etage und rote Lichter huschten wie Glühkäfer durch die Luft. Zusammen mit dem Röcheln bildeten sie eine unheilvolle Kulisse. An einer der Fahrstuhltüren stand wieder dieser ältere Herr in der schwarzen Livree. Er verbeugte sich ein wenig und sagte dann:

„Wollen Sie nicht mit mir nach unten fahren? Es gibt frisch Geschlachtetes." Ich spürte, wie mir mein Herz bis zum Halse schlug, und in diesem Augenblick bemerkte ich, dass sein weißes Hemd, welches unter der tiefschwarzen Livree hervorschaute, blutrote Flecken hatte. Panisch rannte ich in mein Zimmer zurück, und in diesem Moment hatte ich nur noch einen Gedanken: Raus hier! Nur wie sollte ich an dem merkwürdigen Herrn, der sich an den Fahrstuhltüren herumtrieb, unbemerkt vorbeikommen?

Ich beschloss abzuwarten, bis das Licht nicht mehr flackerte und ich selbst ein wenig zur Ruhe gekommen war. Nach zwei geschlagenen, endlos lang erscheinenden Stunden war es schließlich soweit. Längst hatte ich meine Reisetasche wieder gepackt und stand fertig angezogen hinter der Zimmertür. Angestrengt lauschte ich, ob ich nicht doch noch irgendjemanden hörte. Doch es blieb ruhig, totenruhig sozusagen. Vorsichtig öffnete sich die Tür, doch der Flur war leer. Der Alte schien nicht da zu sein. So schlich ich mich aus dem Zimmer und suchte nach dem Treppenhaus. Den Lift wollte ich nicht nehmen-wer wusste schon, ob er mich sicher nach unten gebracht hätte. Am Ende des Flures entdeckte ich eine Tür. Sie führte tatsächlich zum Treppenhaus und ich rannte, immer besonnen, dass ich nur ja keine Geräusche verursachte, die unzählig vielen Stufen nach unten. Ich vermied, mich im Foyer zu zeigen, lief stattdessen immer weiter bis zum Keller und fand sogar meinen Wagen, der dort unten in der angrenzenden Tiefgarage stand. Zu meinem großen Erstaunen war es das einzige Fahrzeug, das sich dort befand. Aber hatte ich nicht am Abend noch viele Leute im Foyer umherlaufen sehen? Ich verstand das alles nicht, doch da wurde ich auch schon entdeckt! Besser gesagt, ich wurde erschreckt, denn die roten Lichter, die den Augen des Satans glichen, flogen wie Fledermäuse durch die Gewölbe der Garage. Hastig sprang ich in meinen Wagen und drückte aufs Gaspedal. Seltsamerweise funktionierte das Rolltor nicht. Da es nicht sehr stabil war, durchbrach mein Wagen mühelos diese Absperrung. Draußen wurde es noch verrückter! Der alte Mann in der schwarzen Livree stand an einem Leichenwagen und hob zusammen mit zwei anderen Männern einen schwarzen Sarg in das Auto. Als sie mich sahen, grinsten sie und nickten mir zu. Ich raste an ihnen vorüber und im Rückspiegel sah ich nur noch, dass die Fenster des Hotels allesamt grellrot erleuchtet waren! Plötzlich und wie aus dem Nichts tauchte eine blutverschmierte Gestalt vor meinem Wagen auf! Ihr grausam entstelltes Gesicht stierte Furcht erregend durch die Windschutzscheibe meines Wagens, und Sie wankte dabei, als sei sie längst nicht mehr unter den Lebenden. Ich schaffte es gerade noch rechtzeitig, einen weiten Bogen um die Gestalt zu fahren und raste schließlich durch den angrenzenden dichten Wald, bis ich nach zwei weiteren Stunden endlich eine etwas breitere Straße erreichte. Noch einmal fuhr ich eine knappe Stunde, und endlich, endlich sah ich ein beleuchtetes Schild, welches auf ein Motel hinwies. Ich fuhr dorthin und parkte mein Fahrzeug neben dem Gebäude. Die nette Dame an der recht gemütlich erscheinenden Rezeption erkundigte sich fürsorglich, ob ich eine gute Fahrt hatte und meinte, dass sie noch ein Zimmer für mich habe. Ich war erleichtert, nach all diesen Strapazen wieder unter normalen Menschen sein zu können. Im angrenzenden Gastraum wollte ich meine Gedanken ordnen und einen Kaffee trinken. Die freundliche Dame von der Rezeption jedoch setzte sich zu mir. Sie schien ziemlich neugierig zu sein, denn sie schaffte es tatsächlich, mich beinahe unmerklich auszufragen. Vermutlich kamen nicht viele Leute hierher, sodass sie stets hinter den neuesten Nachrichten aus der Gegend her war. Als ich ihr von dem grausigen Hotel im Wald berichtete, wurde sie jedoch ganz plötzlich ziemlich schweigsam. Mit ernster Miene sah sie mich an und schien mir wohl nicht recht glauben zu wollen. Ich konnte mir das zunächst nicht erklären, erfuhr aber wenig später den schier unfassbaren Grund. Vielleicht, weil ich ziemlich plastisch von meinem soeben Erlebten erzählte, meinte sie dann, dass sie schon einmal einen Gast hatte, der solch ein Erlebnis hatte. Nun war ich neugierig geworden und wollte mehr darüber erfahren. Doch die Dame zuckte nur mit den Schulten und starrte mir ungläubig ins Gesicht. Dann sprach sie mit düsterer Stimme die Worte, die ich niemals mehr vergessen werde: „Wissen Sie, dieses Hotel, in welchem Sie waren, gibt es schon lange nicht mehr. Es ist sozusagen ein Geisterhotel und man sagt, dass sich fürchterliche Dinge dort abspielen sollen. Denn immer, wenn es sich im Wald zeigt, geschieht irgendwo in der Gegend ein schreckliches Verbrechen. Das Hotel selbst steht schon sein hundert Jahren nicht mehr. Es brannte ab, weil ein gestresster Hoteldiener vergaß, eine Kerze, die in einem gerade verlassenen Zimmer weiterbrannte, zu löschen. Sie war wohl umgekippt und entzündete beim Herunterfallen die Tischdeckchen, den Teppich und das gesamte Mobiliar. Bei dem fürchterlichen Feuer kamen alle zehn Hotelgäste und das gesamte Personal ums Leben. Man sagt, dass noch heute der alte Besitzer erscheint, um sich einen Menschen zu holen, als Tribut für die Toten in jener Nacht."

Fuchs

Tim war eigentlich recht gesund. Zumindest sagte man ihm das immer wieder. Doch seit einiger Zeit, als die Schweißperlen wie ein heiliger Rosenkranz um seine Stirn prangten, als die flotten Ausreden dominierten, mal nicht jede Nummer im Bett auszuprobieren, als eben alles ein wenig anders zu werden schien, dachte er gehäuft über sein Leben nach. Die Fünfzig gerade überschritten, spürte er tiefe Ängste und ein gewisses Vibrieren in seinem eigentlich recht widerstandsfähigen Körper. Er ging zum Arzt und hörte mit Schaudern, dass er unter Depressionen litt. Eigentlich konnte das doch gar nicht sein. Hatte er seinen Job in der Werbeagentur nicht äußerst erfolgreich ausgeführt, und war er nicht mit der allerhöchsten Gehaltssonderklasse ausgezeichnet in einen neuen besser gestellten Lebensabschnitt hinübergeglitten? Er wusste es nicht und fühlte sich plötzlich schwach und irgendwie hilf- und sprachlos. Nichts wollte ihm mehr richtig von der Hand gehen, und als sein Chef, ein spindeldürrer angegrauter Mittdreißiger plötzlich fand, dass Tim, sein eigentlich bestes Pferd im Stall, ein wenig zu viel Schweißperlen in seinem sonst ziemlich harmlos wirkenden Gesicht mit sich trug, wusste er einfach nicht mehr weiter. Die Kündigung kam so plötzlich wie ein Hagelschlag im Sommer! Sie warf Tim vollends aus der Bahn. Wie sollte es nun weitergehen? Wovon sollte er seine

Kredite weiter bedienen. Und wie sollte er seinen geliebten Sportwagen zuverlässig abstottern, wenn das Geld zukünftig ausblieb? Er wusste es nicht und lag fortan nächtelang wach. Eines Morgens hatte er schließlich die Lösung. Wohl waren es diese übermächtigen, nagenden Ängste, die ihn nicht mehr daheim aushalten ließen und so ließ er sich kurzerhand in eine psychiatrische Klinik einweisen. Er wollte einfach wissen, wie es mit seinem Körper und mit seinem Geiste stand. In der Klinik lernte er erstmals seinen gesamten Leib so richtig kennen. Auch, wenn ihm viele Dinge noch immer ziemlich unklar erschienen, wusste er immerhin, wie er weitermachen konnte. Eigentlich war es leicht, denn die vielen Therapien und die Spaziergänge, die er sich mehrmals täglich selbst verordnete, halfen ihm, den rechten gesundheitlichen Weg zu beschreiten. Es war eine starke Bronchitis, die ihn dann doch wieder nach Hause trieb. Er schwor sich, nach dieser Erkrankung die Therapien im Krankenhaus fortzusetzen. Doch als er endlich wieder klar sprechen konnte ohne sich gleich umzustülpen, weil seine Bronchien das so wollten, fühlte er sich etwas stärker und wollte schnellstens wieder loslegen. Allerdings ging das nur eine kurze Weile. Und als drei Jahre und drei Nächte vorüber waren, fühlte er sich erneut ausgebrannt und am Ende aller Lebenszeiten. Mehrmals und immer wieder setzte er sich mit den Ärzten im Krankenhaus in Verbindung. Doch die wollten aus unerfindlichen Gründen nichts mehr von ihm wissen und schwiegen. Nicht einmal ein Therapeut seiner kleinen Stadt wollte sich seiner annehmen. Er wollte nur etwas tun, wenn Tim genügend Bargeld vorschoss. Natürlich konnte er das nicht. Und so blieb ihm sämtliche medizinische Hilfe versagt. Als Kassenpatient hatte er in seiner Stadt nichts auszurichten. Nicht einmal die Rettungsstelle seines Krankenhauses konnte ihm da helfen. Er war einfach zu arm, um die notwendige Hilfe zu erhalten. Unter einem Vorwand und unter Vortäuschung falscher Tatsachen, bekam er dann doch einen Therapeuten Termin in einer recht zweideutigen Praxis. Der geldgierige Therapeut schrieb eine Rechnung nach der anderen. Und Tim tat so, als wollte er sie in Kürze begleichen. Immerhin erschlich er sich auf diese Weise dreizehn Therapiestunden. Doch dann war endgültig Schluss. Denn der käufliche Therapeut kam dahinter, dass Tim nur Kassenpatient war und sagte die noch ausstehenden Therapiestunden kurzerhand und eiskalt ab. Tja, da stand also Tim hilflos in seinem Elend und keiner wollte ihm mehr helfen. Ein letzter verzweifelter Besuch im Krankenhaus, wo er einst die besten Therapien erhielt, blieb erfolglos und so zog er sich immer mehr zurück. Sollte es denn wirklich keine Hilfe mehr für ihn geben? Sollte er wirklich mutterseelenallein in irgendeiner Ecke seines schiefen Lebens verenden? Nicht einmal einen Job hatte er mehr, und in seinem Alter war man doch mehr tot als lebendig. Noch niemals vorher ging es ihm so schlecht wie in dieser unseligen Zeit. Nächtelang lag er wach und sann darüber nach, was er wohltun könnte, um die Situation doch noch zu retten. Seine Fantasien reichten von Selbstmedikation bis zum Ertrinken in irgendeinem See. Doch eine realistische Möglichkeit, seinem Leben doch noch einen Sinn geben zu können, fand er einfach nicht.

Eines Tages, als die Schweißausbrüche ihren jähen Höhepunkt zu erreichen schienen, als die Hitzewallungen kaum noch erträglich waren, warf er sich seine Jacke über und verließ fluchtartig seine kleine Wohnung. Er wollte hinaus in den Wald, um dort die frische würzige Luft des noch jungen Tages auf seine Seele wirken zu lassen. Als er so zwischen den Bäumen umherirrte, bemerkte er einen kleinen Fuchs, der sich rasch zwischen den Sträuchern versteckte. Tim wollte ihm hinterherrennen, doch der einsetzende Regen, der schnell immer dichter wurde, versperrte ihm die Sicht. Er blieb stehen und lauschte. Das Rauschen des Regens verband sich magisch mit einem sonderbaren fremdartig erscheinenden Ton. Was konnte das nur sein. Plötzlich wich der Regen einem sonderbaren Leuchten. Tim erschrak, denn dieses Leuchten war nichts anderes als der kleine Fuchs. Er leuchtete wie ein Glühwürmchen und es schien, als ob die Regentropfen um ihn herum verschwanden. Doch nicht nur das seltsame Leuchten dieses kleinen Fuchses versetzte Tim in Erstaunen. Nein, es war dessen märchenhafter Gesang, dieses wundervolle Aneinanderreihen mystischer Töne, die Tim in Erstaunen versetzte. Und als er anhob, um seinem inneren Drang zu folgen, mitzusingen, staunte er noch viel mehr. Eigentlich war er kein besonders guter Sänger, hatte damals in der Schule nie gute Zensuren erhalten für seinen falschen Gesang. Doch diesmal war es anders. Seine Stimme schien sich in die allerhöchsten Höhen hinaufzuschwingen, um dann wie ein Vogel mit brieten Schwingen auf den Boden herabzusinken. Und all das geschah mit den schönsten Tönen, die man sich nur vorzustellen vermochte. Und die beiden, der kleine Fuchs und Tim, der eben noch vollkommen ratlos durch den verregneten Wald geschritten war, sangen wie ein Duett einer fernen wundersamen Welt das Lied der besten Träume. Das Schauseil dauerte ungefähr eine halbe Stunde, dann verschwand der Fuchs in einer Wolke aus silbernem Dunst und der Regen durchnässte Tim wie vor diesem sagenhaften Erlebnis bis auf die Haut. Tim allerdings fühlte sich nicht schlecht, wollte auch nicht heim, und er war auch nicht mehr so ratlos wie eben noch. Er wusste plötzlich, was er nun tun sollte. Ihm wurde klar, dass er soeben einen Ausweg aus seiner schier endlosen Traurigkeit gefunden hatte. Und er hatte einen Sinn in seinem Leben entdeckt, er wollte singen. Es war ganz komisch, denn er brauchte nicht einmal darüber nachzudenken, ob dieser Entschluss auch der rechte sein konnte, er wusste es genau und sang auf einmal ein wundervolles Lied nach dem anderen und konnte gar nicht mehr aufhören damit. So etwas

Unglaubliches hatte er wahrlich in seinem gesamten Leben noch niemals erlebt.

Als er schließlich doch daheim eintraf, setzte er sich an seinen winzigen Schreibtisch und begann Liedtexte zu verfassen. Und schon bald trat er in den Klubhäusern seiner kleinen Stadt auf und kassierte sehr viel Geld. Dutzende Menschen kamen, um ihn singen zu hören. Selbst die Ärzte, die geldgierigen Therapeuten, die ihn nicht behandeln wollten, kamen, um ihn zu hören. Ja und es dauerte auch gar nicht mehr lange, dass bekam er einen hoch dotierten Plattenvertrag und wurde weltberühmt. Als er eines Tages in New York sein erstes Konzert gab, kamen so viele Menschen, dass sie gar nicht in die Halle passten. Und so ließ man einfach die Tore offenstehen und alle konnten seinen Gesang auch draußen auf den Boulevards und Avenues hören. Doch zwischen all diesen vielen Zuhörern stand plötzlich ein kleiner Fuchs. Die Leute wollten ihn schon verjagen, doch Tim wusste, wer da zu ihm gekommen war. Wie vom Blitz geölt sprang er von der Bühne und blieb vor dem kleinen Fuchs stehen. Dann begann er seinen Song und die Leute staunten, denn der Fuchs begann plötzlich ebenfalls zu singen. Die beiden sangen wie sie noch niemals gesungen hatten und ganz New York hörte zu. Und während Tim so sang, erinnerte er sich an den verregneten Wald, als er den kleinen Fuchs das erste Mal singen hörte. Und er wusste, dass er nur diesem Fuchs all diesen großartigen Erfolg zu verdanken hatte. Die beiden traten fortan gemeinsam auf und jeder Mensch auf der großen weiten Welt wollte dieses zauberhafte Duo hören. Und so hatte Tim endlich gefunden, wonach er so lange gesucht hatte, einen Sinn in seinem Leben. Vergessen waren die Schweißperlen und vergessen auch die vielen Misserfolge. Selbst die angekratzte Gesundheit war nicht mehr so wichtig. Denn am Ende zählt nur eines: Niemals aufgeben und neue Ziele suchen! Und wenn man wirklich beharrlich ist und ehrlich kämpft, dann könnte es vielleicht sein, dass man eines Tages einen kleinen Fuchs trifft, der singen kann …

Ausfahrt 77

Das Schneetreiben nahm einfach kein Ende mehr. Immer dichter verwehte der immer stärker werdende Sturm die riesigen Flocken und Susan musste das Scheinwerferlicht ihres Wagens abblenden, um überhaupt noch etwas zu erkennen. Mit aller Macht krachten die Sturmböen in ihr Fahrzeug und es schien beinahe unmöglich weiterzufahren. Sonderbarerweise schien sie plötzlich ganz allein auf der Autobahn zu sein. Allerdings verwehrte der tosende Blizzard ohnehin, dass sie die Scheinwerfer anderer Fahrzeige wahrnehmen konnte. Längst fuhr sie nur noch Schritttempo, und da bemerkte sie es, dieses etwas windschiefe Schild, welches auf die „Ausfahrt 77" hinwies.

„Da muss ich mal raus!", rief sie laut und ihre Entscheidung schien goldrichtig zu sein. Denn plötzlich krachte ein riesiger Baumstamm mitten auf die Fahrbahn und versperrte den Weg. Susan aber fuhr die „Ausfahrt 77" von der Autobahn ab. Die Straße allerdings wurde schmaler und schmaler und mündete schließlich in einen unbefestigten Weg. Der führte geradewegs in ein dichtes Waldstück. Dort ging es nicht mehr weiter und Susan nahm an, dass es sich um einen kleinen Waldparkplatz handelte. Nur war sie ganz alleine dort.

„Nicht einmal den Schnee hat einer weggeräumt!", murrte sie in sich hinein.

Als sie den Motor des Wagens ausgeschaltet hatte, vernahm sie das Donnern und Tosen des Sturmes, der sich in den zahllosen Tannen verfing und die Schneewolken wie eine riesige Herde vor sich hertrieb. Susan hustete und dachte an ihre Eltern. Eigentlich war sie auf dem Weg zu ihnen und wollte unbedingt abends, zum *Heiligen Abend*, dort sein. Aber nun? Es war so dunkel, dass sie glaubte, es sei schon tiefste Nacht. Nervös kramte sie ihr Handy aus der Tasche. Doch es war wie verhext, an diesem verlassenen Ort gab es einfach kein Netz. Aussteigen wollte sie nicht, denn der Sturm war einfach zu stark. So kippte sie die Lehne ihres Sitzes nach hinten, legte sich gemütlich in das entstandene bettähnliche Gebilde und schloss ihre Augen.

Zur gleichen Zeit war auch Familie Miller, Ron, Lena und der kleine Tim, auf dem Weg nach Hause. Und auch sie benutzten jene Autobahn, auf welcher schon Susan gefahren war. Auch sie wunderten sich, dass sie plötzlich ganz allein unterwegs waren. Schließlich fanden sie die winzige „Ausfahrt 77", welche auch Susan genommen hatte, um den Blizzard abzuwarten. Familienvater Ron schimpfte und Lena, seine Frau, versuchte, den Frieden wiederherzustellen. *„Dann schaffen wir es eben nicht!"*, zischte sie, *„Den Weihnachtsbaum können wir morgen immer noch aufstellen!"*

Langsam glitt der Wagen unter den mit Schnee bedeckten Tannen entlang und erreichte den winzigen Parkplatz, wo auch Susan stand.

„*Schaut mal*", rief Tim, der kleine Sohn der Familie, laut, „*dort steht noch ein Auto!*"

Ron hatte es ebenfalls bemerkt und hielt den Wagen an. Lena musste kichern und sagte mit bebender Stimme: „*Das sich hierher noch jemand verirrt hat, unfassbar.*"

Die kleine Familie starrte aus dem Wagen in das wilde Schneegestöber und hatte das Weihnachtsfest, den *Heiligen Abend*, längst abgeschrieben.

Plötzlich ließ der Sturm nach und Ron wollte den Wagen wieder starten. Doch aus irgendeinem Grund funktionierte etwas nicht.

„*Auch das noch!*", rief er entnervt und stieg aus. Auch Susan hatte wohl mitbekommen, dass der Sturm vorüber war und wollte abfahren. Und auch ihr Wagen streikte. Immer wieder versuchte sie es und starrte dabei genervt zu dem anderen Wagen, dem es ebenso erging. Ron zuckte hilflos mit den Schultern und lehnte sich kopfschüttelnd an seinen Wagen. Nun stiegen auch der kleine Tim und seine Mama Lena aus und sprangen vergnügt durch den Schnee. Die beiden schien es gar nicht zu stören, dass sie an diesem merkwürdigen verlassenen Orte festsaßen. Im Gegenteil, sie freuten sich und trällerten ein Weihnachtslied nach dem anderen. Susan stieg ebenfalls aus ihrem Auto und rief: „*Es hat wohl wenig Sinn, in den Motorraum zu sehen! Oder haben Sie Ahnung?*" Damit schaute sie zu Ron, der immer wieder mit den Schultern zuckte.

„Wissen Sie was", rief Lena, „wir haben einen Weihnachtsbaum dabei. Den haben wir eigentlich für heute Abend besorgt, es war der letzte, ein bisschen schief zwar, aber egal. Wollen wir ihn hier aufstellen?"

Tim rief laut: „Ja, das wäre wirklich schön", und Susan nickte, während sie sich die kalten Hände rieb.

„Ich habe Streichhölzer dabei, und wenn wir ein bisschen Reisig sammeln, was halbwegs trocken ist, könnten wir uns ja ein Lagerfeuer machen."

Susan fand diese Idee großartig und holte die Flasche Sekt, die eigentlich für ihre Eltern bestimmt war, aus dem Wagen.

„Und die trinken wir dazu!", rief sie laut.

„Schade, dass wir nichts zu essen dabei haben", meinte Ron.

Und während die anderen nach trockenem Reisig suchten, holte Susan die Becher ihres Saftservice aus dem Wagen.

„Das war eigentlich ein Geschenk für meine Eltern, für den Sommer, wenn sie im Garten ihres kleinen Häuschens sitzen. Komisch, nun muss es ausgerechnet im Winter ausprobiert werden!"

Lena und Ron mussten kichern und Tim sprang immer wieder durch den meterhohen Schnee, um sich in besonders hohe Haufen einfach fallen zu lassen. Es dauerte nicht lange, da hatten sie eine Menge Holz gesammelt und Ron versuchte, das Lagerfeuer zu entfachen. Doch so sehr er sich auch mühte, das Feuer wollte nicht entstehen.

Plötzlich knackte es laut. Die Vier zuckten zusammen!

„Haben Sie das gehört? Was war das?", rief Lena.

„Ist vielleicht ein Bär oder ein noch wilderes Tier!", entgegnete Susan und musste lachen. Den anderen Dreien aber war es nicht nach lustig sein. Sie verzogen sich in ihren Wagen und schauten von dort ängstlich in die Dunkelheit. Plötzlich bohrten sich zwei Scheinwerferkegel in die Nacht und ein drittes Fahrzeug rollte heran. Es war ein winziges altes Auto, welches klapperte und quietschte. Es schien wohl ebenfalls nicht mehr weiterfahren zu wollen und hielt schließlich neben den anderen beiden Autos an. Kaum war der Motor aus, sprang ein junger Mann aus dem Wagen. Der stöhnte laut und rief aus voller Kehle: *„Was für ein blöder Abend! Das hatte gerade noch gefehlt!"*

Nun kamen auch die anderen aus ihren Autos und gesellten sich zu dem Neuankömmling.

„Ist die Autobahn immer noch dicht?", erkundigte sich Ron und der junge Mann, der sich unbedingt John ansprechen lassen wollte, meinte, dass er einfach nur eine Pause machen wollte.

„Sagen Sie mal ... John ... haben Sie getrunken?", wollte Susan von dem unbekümmerten, ziemlich kecken Mann wissen. Der vermeintliche John pfiff sich ein Weihnachtsliedchen und rief: *„Ein wenig, aber was soll's! Es geht sowieso nicht mehr weiter! Ich bin eben rausgeflogen und kann jetzt tun und lassen, was ich will!"*

Ron und Lena verzogen ihr Gesicht, nur Susan schien das nicht zu stören. Sie fand den frechen Jüngling möglicherweise recht nett und lächelte ihn verlegen an. Als John bemerkte, dass Ron das Reisig nicht anzünden konnte, kramte er aus dem Kofferraum seines Autos mehrere Einmalgrills hervor.

„Damit dürfte es wohl gehen! Zufällig habe ich in einer solchen Fabrik gearbeitet, die so was herstellt. Habe einige heimlich beiseitegeschafft und die können wir nehmen!"

Ron und Lena fanden das zwar nett, doch über die Art und Weise, wie John zu den Einmalgrills gekommen war, rümpften sie nur die Nase. Als dann aber das Lagerfeuer knisterte und einen angenehmen, warmen Feuerschein verbreitete, schien es egal zu sein, woher die Grills gekommen waren. Sie waren da und das war einfach gut so. John hatte ein paar leere Bierkästen im Wagen und die holte er und stellte sie um das Feuer herum. Währenddessen brachte Ron den Weihnachtsbaum. Er steckte ihn in den tiefen Schnee gleich neben dem Feuer und Lena band noch ein paar Zellstofftaschentücher an dessen Äste, damit sie nicht so kahl aussahen. Etwas Anderes hatten sie ja nicht und dann setzten sie sich auf die Bierkästen und wärmten sich am Feuer die Hände. Susan rutschte immer näher an John heran, und der holte sein Pausenbrot, welches er an diesem Tag ja nicht mehr gebraucht hatte, um es mit den anderen zu teilen. Für jeden war ein belegtes Brot da und es schmeckte wirklich gut. Währenddessen öffnete Lena die Sektflasche. Genüsslich goss die jedem etwas in die Plastik-Saftbecher ein.

Dann erhob sie ihren Becher und wollte etwas sagen, da knirschte es plötzlich. Es hörte sich an, als wenn etwas durch den Schnee stapfte. Ron, der schon glaubte, ein Wolf wäre im Anmarsch, zog einen brennenden Ast aus dem Feuer und zischte: *„Bleibt wo ihr seid, ich versuche, das wilde Tier mit dem Feuer zu vertreiben."*

Es dauerte eine ganze Weile, ehe sich das vermeintliche Wildtier zeigte. Allerdings war es kein wildes Tier, sondern ein Mensch. Es war ein alter Mann, der irgendwie aussah wie der Weihnachtsmann. Zwar trug er keinen langen roten Mantel, sondern einen alten braunen, der obendrein auch noch kleine Löcher hatte. Und sein Bart war auch nicht weiß, sondern zerzaust und grau. Immerhin, einen Rucksack, wenngleich einen sehr ausgeleierten, hatte er auf dem Rücken.

Als er die Fünf an ihrem Lagerfeuer und dem danebenstehenden Weihnachtsbaume sitzen sah, blieb er stehen und räusperte sich laut. Keiner traute sich, etwas zu sagen und Ron warf schnell den brennenden Ast ins Feuer zurück, bevor er sich auf seine Kiste fallen ließ. Neugierig schaute sich der Alte um und räusperte sich erneut. Aber dann nahm er seinen Rucksack vom Rücken und ließ ihn in den Schnee plumpsen.

„Na", begann er zu sprechen, *„da war wohl der Winter schneller, als ihr gucken konntet, wie?"*

Und als er das sagte, schaute er sich den Weihnachtsbaum genauer an, welcher vom knisternden Lagerfeuer geheimnisvoll angeleuchtet wurde.

John fasste sich als erster und sagte: *„Ja, so kann man das wohl sagen! Auf der Autobahn geht's ja nicht mehr weiter. Aber irgendwie ist's wie im richtigen Leben."*

Der Alte schaute John mit ernster Miene an und meinte schließlich: *„Manchmal sind unsere Wege einfach versperrt und wir müssen stehenbleiben. Dann müssen wir eben die nächste Ausfahrt nehmen, um nachzudenken, was wir tun können, stimmt's?"*

Abwartend schaute er in die Runde und Susan hatte Tränen in ihren Augen. So gern wäre sie jetzt bei ihren Eltern, wäre bei ihrer Mutter und würde sie umarmen, wie auch ihren achtzigjährigen Dad. Der Alte schritt etwas näher an die mit den Tränen ringende junge Frau heran und nickte ihr aufmunternd zu, während er dabei seine Augen schloss.

„Keine Sorge, es geht ihnen gut. Sie sind wohlauf und warten auf dich."

Susan wollte etwas sagen, doch der Alte öffnete seine Augen und meinte dann: *„Fürchte dich nicht. Ich kann mir schon denken, dass du dich sehr um sie sorgst. Aber wenn ich dir sage, dass sie wohlauf sind, kannst du mir das glauben. Es wird alles gut."*

Lena musste sich nun ebenfalls die Tränen aus dem Gesicht wischen und hielt die Hand ihres

Mannes ganz fest. Mit der anderen zog sie ihren kleinen Sohn fest an sich heran und ließ ihn nicht mehr los. Auch zu den Dreien stapfte der Alte und hatte wohl bemerkt, wie sehr Lena bemüht war, die Familie zusammen zu halten.

„Es ist doch nicht schlimm, Weihnachten mal nicht daheim zu feiern.", meinte er dann.

„So viele Menschen können das nicht. Ist es denn so wichtig, jeden Heiligen Abend im schicken Heim zu verbringen? Reichen dafür nicht auch ein verschneiter Tannenwald und ein Lagerfeuer mittendrin? Schaut, ihr habt ein solch schönes Lagerfeuer gemacht und den Baum so wunderbar aufgestellt, besser geht's doch wirklich nicht. Ach so, noch was, egal, wo ihr auch immer seid, ihr seid zusammen. Das ist es, was zählt, Zusammensein! Und das ist doch ganz einfach und gar nicht schwer."

Als er Susan weinen sah, musste er ein wenig grinsen. Und als er so zu ihr stapfte, um sie sich genauer zu betrachten, sagte er: *„Und du solltest nicht ewig so allein durchs Leben gehen. Sieh mal, gar nicht weit von dir entfernt ist jemand, der heute ein liebes Wort gebrauchen kann. Denn er hat etwas verloren, das ihm sehr wichtig war."*

Bei diesen Worten schaute er kurz zu John, der das alles sehr gut zu verstehen schien. Er lächelte Susan an und die trank ihren Becher in einem Zuge leer. Schließlich wischte sie sich die Tränen aus den Augen und schob verlegen ihre Bierkiste neben Johns. Der zögerte gar nicht lang und nahm die junge hübsche Frau beherzt in seine Arme. Irgendwie schienen sie sich wohl gefunden zu haben, jedenfalls nickte der Alte wieder so seltsam, als er auf den Weihnachtsbaum zu stapfte. Unterwegs blieb er noch bei dem kleinen Tim stehen und strich ihm sachte über seine bunte Bommelmütze.

„Du musst mir versprechen, besser in der Schule zu lernen, sonst wird's nichts mit dem Berufswunsch Feuerwehrmann!"

Tim war wie erstarrt, hatte er doch nie gedacht, dass dieser alte Mann etwas von seinen Zensuren und schon gar nicht von seinem Traum von einem Feuerwehrauto wusste. Er wurde puterrot und schämte sich ein wenig. Doch der Alte ließ sich nicht beirren und sagte nur: *„Ach, nimm es nicht so schwer! Das schaffst du schon. Immerhin hast du heute den Weihnachtsmann gesehen. Wenn das nichts ist!"*

Er öffnete seinen Rucksack und holte einige bunt eingewickelte Dinge hervor.

„Hier, das ist für euch, und ich bin mir sicher, dass jeder sofort weiß, welches Geschenk für ihn ist. Ich muss nun weiter. Euch wünsche ich alles Glück dieser Welt und vergesst niemals diesen wundervollen Abend. Denn es ist euer Heiliger Abend. Gottes Segen und ahoi!"

Mit diesen Worten schnallte er sich den alten Jute-Rucksack wieder auf den Rücken und verschwand alsbald zwischen dem Geäst der Sträucher und der düsteren Tannen.

Ron schaute nachdenklich zum lodernden Feuer und bemerkte, dass da noch der Wanderstock des Alten lag. Schnell sprang er auf, griff sich den Stock und rannte dem Alten hinterher, um ihm den Stock zu bringen. Doch so sehr er sich auch umschaute, den alten Mann konnte er nirgends mehr entdecken. So nahm er den Stock an sich und ging zurück. Die übrigen Vier saßen noch immer schweigend um den Weihnachtsbaum und das Lagerfeuer herum und wussten nicht, wie ihnen geschah. Dann aber rief John: *„Na los, lasst uns die Geschenke öffnen! So schnell finden wir ganz sicher keine mehr heute Abend!"*

Und so erhoben sich alle und nahmen sich je ein Päckchen. Merkwürdigerweise trugen alle Geschenke kleine Etiketten, auf denen ihre Namen verzeichnet waren. Schnell waren sie ausgepackt, wobei sich der kleine Tim besonders beeilte. Als alle ihre Päckchen geöffnet hatten staunten sie. John und Susan hatten je eine Reise in eine idyllisch gelegene Baude im Gebirge geschenkt bekommen. Und es war klar, dass sie diese Reise zusammen machen wollten. Lena wunderte sich, denn diesmal hatte sie kein Küchengerät bekommen, so wie sonst. Nein, es war etwas, dass sie sich schon lange gewünscht hatte: *ein Urlaub in einer winzigen Fischerhütte am Meer.*

Und auch Ron fand diesen Urlaubscheck in seinem Präsentkarton. Ja, und der kleine Tim bekam ein blinkendes, feuerrotes Feuerwehrauto, ein ferngelenktes, denn das wünschte er sich am allermeisten. Seine kleinen braunen Augen leuchteten und alle sahen, wie glücklich er war.

Noch sehr lange saßen die Fünf am Lagerfeuer und der *Heilige Abend* verging. Schließlich wurden sie müde und wollten nur noch eines: *nach Hause!*

Als schließlich auch das Lagerfeuer verlöschte, räumten sie alles in die Fahrzeuge, verabschiedeten sie sich voneinander und tauschten noch ihre Adressen aus. Zufrieden setzten sie sich in ihre Autos, und es war ganz merkwürdig, denn die Fahrzeuge ließen sich sofort starten. Langsam fuhren sie durch den tief verschneiten Winterwald zur Autobahn zurück. Und auch hier wunderten sie sich, denn es waren viele Fahrzeuge unterwegs.

„Ach, das war wirklich ein wunderschöner Heiliger Abend.", stöhnte Lena und Ron nickte ihr zustimmend zu. Währenddessen schlief der kleine Tim auf dem Rücksitz und hielt dabei seine neue feuerrote Feuerwehr ganz fest in seinen Händen. Susan und John fuhren hintereinander her und hatten nur ein einziges Ziel: die Liebe. Nie hätte Susan gedacht, auf eine solch merkwürdige Weise jemanden kennenzulernen. John fühlte sich ebenso und ihm war leicht, so leicht wie schon lange nicht mehr. Er wusste, dass er mit dieser fabelhaften Frau, mit Susan, alles schaffen könnte. Das gab ihm die nötige Kraft zum Weitermachen und für einen Neuanfang. Und dieses vermeintliche Wunder hatte ihm dieser sonderbare *Heilige Abend* gebracht.

Als Susan schließlich daheim bei ihren Eltern eintraf, kam sie diesmal nicht allein. Sie brachte einen netten, gutaussehenden jungen Mann mit, John.

Tim, der daheim wieder zu ganz neuem Leben erwachte, weil er nicht mehr müde sein wollte, setzte sich gleich an seinen Laptop. Er wollte unbedingt die Stelle heraussuchen, wo die Ausfahrt war, an welcher sie diesen merkwürdigen *Heiligen Abend* erlebt hatten. Doch als er auf der Karte nachschaute, gab es da weder eine solche Ausfahrt noch einen dichten Tannenwald. Nichts dergleichen war da zu sehen.

Als er den Laptop traurig wieder zuklappte, strich ihm seine Mama übers Haar und meinte: *„Ist es nicht egal, ob es diese Ausfahrt gibt oder nicht? Schau, wir waren alle zusammen und haben sogar ganz liebe neue Freunde kennengelernt. Und du mein Sohn, du hast den Weihnachtsmann gesehen. Das ist doch wirklich toll!"*

Tim sah das natürlich ein und er holte seine feuerrote Feuerwehr und ließ sie quer durchs Zimmer fahren. Und dabei war ihm, als wenn eine wohlbekannte Stimme raunte: *„War das nicht ein toller Heiliger Abend? Immerhin hast du heute den Weihnachtsmann gesehen. Das ist doch auch etwas. Frohe Weihnachten Tim und nicht vergessen: Das Wichtigste ist, dass man zusammen ist und am Heiligen Abend nicht allein bleiben muss, egal, wo man gerade ist."*

Haus des Todes

Jo war arbeitslos und ziemlich nahe am sozialen Abstieg. Seit Jahren bekam er keine Anstellung und das, obwohl er ein wirklich gut ausgebildeter Heizungsmechaniker war. Doch sein Alter [55] hielt potentielle Arbeitgeber davon ab, ihm eine Stellung zu geben. So musste er eben irgendwie klarkommen. Allerdings gab es große Schwierigkeiten, denn sein schmuckes Haus, welches sich an einem kleinen See befand, war noch nicht so ganz abgezahlt. Und sein Auto, welches ihn tagtäglich zuverlässig in die Stadt brachte, musste auch noch abgestottert werden. So wusste sich Jo einfach keinen Rat mehr – er musste dringend Geld beschaffen, weil er von der Stütze nicht mehr leben konnte.

An einem düsteren Regentag fuhr er schließlich in den Wald hinaus, um über alles nachzudenken. Der Regen klatschte wie ein böses Omen nicht nur gegen die Autoscheiben – auch in seine Seele, die schmerzhaft und brachliegend dahinzuvegetieren schien.

Irgendwann bog er ab, fuhr tief in den dichten unwegsamen Wald hinein. Es wurde immer dunkler und dann geschah das Unheil: der Wagen rutschte in ein tiefes Schlammloch und kam nicht mehr heraus. Immer wieder gab Jo Gas, doch die Räder bohrten sich immer nur noch tiefer in den seichten Boden hinein.

Es half nichts, er musste aussteigen, wenn er den Wagen freibekommen wollte. Gerade wollte er die Wagentür öffnen, da bemerkte er etwas im Scheinwerferkegel, der sich in die unheilvolle Dunkelheit bohrte. Als er genauer hinschaute, war da aber nichts. *Sonderbar*, dachte er sich, *da war ganz sicher etwas!* Vorsichtig öffnete er die Autotür und ließ sich in die tiefe Pfütze neben dem Wagen gleiten. Bis zu den Waden versank er im Morast und fluchte und schimpfte lautstark vor sich hin. Mühsam und stöhnend stampfte er in den Wald – dort war zumindest kein Schlamm mehr. Vor sich hin brabbelnd suchte er einige Äste und Gestrüpp zusammen, um es unter die Räder seines Fahrzeugs zu schieben. Vielleicht half das ja, den Wagen wieder flottzubekommen. Als er das Astwerk unter die Reifen geschoben hatte, stieg er in seinen Wagen und fuhr an. Doch es gelang ihm nicht, aus dem Schlammloch herauszukommen. Stattdessen sank der Wagen noch tiefer in den Morast hinein.

Irgendwann gab er auf, stieg aus und putze sich am Moos die Schuhe ein klein wenig ab. Langsamen Schrittes lief er durch den Wald und hatte plötzlich die verrücktesten Ideen.

Wen störte es schon, wenn er einfach nicht mehr zurückkäme, wenn er einfach ewig durch den Wald streifte und sich von Beeren und Früchten ernährte? Keiner würde es bemerken und er wäre all die vielen nagenden Sorgen und Probleme endgültig los.

Da es jedoch immer kälter wurde, setzte er sich fröstelnd auf einen Baumstumpf und wartete erst einmal ab. Eigentlich sollte er wieder umkehren, im Wagen warten, bis es wieder etwas heller würde. Und vielleicht würde ihn ja jemand aus der misslichen Lage befreien, ihn aus dem Schlammloch ziehen, sodass er wieder heimfahren könnte. Kopfschüttelnd über seine hilflose Lage, über sein verpatztes Leben, starrte er vor sich hin, und sein rastloser Blick schien zwischen den unzähligen Bäumen und Sträuchern nach einem Fluchtweg zu suchen.

Plötzlich bemerkte er ein sonderbares Blitzen zwischen den Bäumen. Es war ein mattes rotes Licht, welches sich bis zu seinen müde gewordenen Augen schlich. Als es einfach nicht mehr aufhörte, stieg in ihm die Neugier auf – er wollte unbedingt der Sache auf den Grund gehen und lief los. Lange war er unterwegs und es war wirklich sehr anstrengend, durch das unwegsame Gelände, zwischen all dem dichten Gestrüpp hindurchzukommen. Ziemlich abrupt endete das Gestrüpp und er stand vor einem kleinen Häuschen, welches irgendwie unheimlich aussah.

Aus den winzigen Fenstern drang das rote Licht – es war nicht sehr hell, aber dafür ziemlich gut sichtbar. Die Tür an der Stirnseite des Gebäudes glich einem uralten Bretterverschlag und Jo klopfte nach einigem Zögern entschlossen an. Es dauerte eine kleine Weile, dann wurde die Tür geöffnet …

Es war der Förster des Waldes, der einen festgefahrenen Wagen zwischen den Bäumen entdeckte. Niemand war zu sehen und auch auf das laute Rufen antworte ihm keiner. Er benachrichtigte einen Forstbetrieb, der den Wagen aus dem Morast ziehen sollte. Auch die Polizei benachrichtigte er, worauf die Beamten stundenlang das gesamte Waldstück durchsuchten. Sie fanden niemanden, so wurde die Suche wieder eingestellt.

Als der Gerichtsvollzieher Tage später das Anwesen des Schuldners Jo S. aufsuchte, öffnete ihm zunächst niemand. Nur die Terrassentür stand weit offen und so betrat der Gerichtsvollzieher das Haus. Im Schlafzimmer fand er schließlich den vermissten Jo blutüberströmt und leblos vor.

Die spätere Obduktion brachte zu Tage, dass dem armen Jo beide Hände abgetrennt wurden. Er war verblutet, weil die Wunden nicht fachgerecht versorgt worden waren.

Neben Jo fand man genau eine Million in großen Scheinen vor. Woher Jo das viele Geld hatte konnte lange nicht geklärt werden.

Eines Tages aber waren Spaziergänger im Wald unterwegs. Es war jener Wald, in welchem einst Jo mit seinem Wagen steckenblieb. Das alte Ehepaar streifte auf der Suche nach Pilzen durch den dichten Wald und verirrte sich schließlich. Als sie ein kleines Haus zwischen den Bäumen entdeckten, aus dessen Fenstern ein mattes rotes Licht fiel, glaubten sie sich in Sicherheit.

Doch als sie das Haus betraten, traf sie beinahe der Schlag! Im Inneren sah es aus wie in einem Schlachthof: überall lagen abgetrennte Gliedmaßen, die wohl von Menschen stammen mussten.

Der Bewohner des Hauses, ein sonderbar gekleideter, verwirrter Mittvierziger, wollte den beiden Eheleuten helfen, aus dem Wald zu gelangen, wenn sie ihm dafür ihre Hände gäben.

Sie stellten wohl eine Art Pfand für die vermeintliche Hilfe dar.

Den beiden Alten gelang es, heimlich eine SMS an ihren Sohn abzuschicken. Die schnell eintreffende Polizei konnte das Ehepaar befreien. Als man jedoch nach dem plötzlich verschwundenen, verwirrten Sonderling fahndete, fand man ihn nicht mehr. Und als man wenig später auch das Haus genauer untersuchen wollte, fand man auch das nirgends mehr. Man suchte den gesamten Wald ab, aber es war vergeblich, das Haus blieb verschwunden.

Monate später verirrten sich zwei junge Leute in jenem Wald. Ihr Wagen fuhr sich in einem Schlammloch fest und die beiden streiften wenig später durch den Wald, um Hilfe zu holen. Sie bemerkten ein matt rotes Licht, welches zwischen den Bäumen hindurch schimmerte. Und als sie sich durch das dichte Gestrüpp hindurch einen Weg gebahnt hatten, standen sie erstaunt vor einem winzigen Häuschen. Aus dessen kleinen Fenstern drang dieses sonderbare mattrote Licht. Die beiden wurden eingelassen, worauf das Haus urplötzlich verschwand.

Die beiden jungen Leute wurden nie mehr gefunden – nur ihren Wagen, der sich noch immer im Wald befand, entdeckte man recht bald. Der Waldarbeiter, der den Wagen mit seinem Traktor aus dem Morast zerrte, bemerkte plötzlich ein mattrotes Licht, welches unheilvoll durch die Bäume blitzte. Und er machte sich auf, um dieses Licht zu suchen …